井蛙抄

雑談篇

注釈と考察

野中和孝 著

和泉書院

目次

I 注釈

I 注釈

凡例

一、底本は第三種系統本のうち、現存唯一の写本、天理大学附属天理図書館本（伝宋心筆）を使用した。底本にある頭注・傍書は重要と思われる箇所のみを明記し、すべてを明記したわけではない。

一、本文は漢字カナ混じり文であるが、旧字体は新字体に改め、カナ字体はそのまま表記した。また、濁点・句読点を施し、漢文体には訓読点・送りがなを付し、和歌はすべて改行一字下げで示した。さらに、判読不能箇所には□を付し、その読みを（　）の中に記した。

一、【校異】は、本文のみを行い、割注や傍注には施していない。対校の諸本（成立順）の略号は次の通り。総＝京都府立総合資料館蔵本、尊＝尊経閣文庫本（伝徳大寺公維筆）、京＝京都大学附属図書館本（伝中院通勝筆）、松＝島原松平文庫蔵本、広甲＝広島大学附属図書館蔵本《写本》、広乙＝広島大学附属図書館蔵本《慶安元年板本》

一、第六七節以降の【参考】は、写本未見の二本（歌＝日本歌学大系本、群＝続群書類従本）の本文（翻刻文）がわかるように示した。

一、【語釈】は、人物は最終官位（職）のみを示し、和歌事績を詳述した。また、必要に応じ諸説とその論者名を示した。さらに、現在唯一の校注『歌論歌学集成第十巻』（三弥井書店、第一節〜第六六節までの頭注・補注）との論点の相違を示すために、『集成』と明記して補ったが、すべてを示したわけではない。

一、本文掲載をご許可いただいた天理大学附属天理図書館にお礼を申し上げる。

一　続古今集加撰者事

故宗匠被《テ》二語《リ》申《サ》一云《ハク》。続古今ハ正元々年、西薗寺の一切経供養時《ノ》、民部卿入道一人、可《キ》二撰進《ス》一之由、直《ニ》被二仰《セ》下《サ》一侍《リ》しを、其後《ノ》被《レ》レ加《ヘ》二撰者《ヲ》一、結句真観下《シ》二向関東《ニ》一、将軍家中務卿親王此道《ノ》御師範と成《リ》て、「毎事関東より被《レ》レ申《サ》」とて、我《ガ》思《フ》さまに申行《シ》へり。民部卿入道ハ、「我《ガ》撰進の哥の外ハ、一事以上不《レ》レ可《カラ》レ有《ル》レ申《スコト》二子細《ヲ》一」とて口を閇《シ》侍き。和哥評定時《ノ》、治定事も後又申改《シム》。「かやうにこそ評定にハ治定シ侍しニ、何様事哉」之由被レ申《サ》けれバ、「いまなにと候《ヒ》ケルヤラン、鶴内府被レ参《ラ》被二申行《シハ》一侍《リ》し」と真観返答シケリ。「仙人ノワタマシノヤウニ、タヅニ物ヲ負《ハ》スルハ」ト、民部卿入道利口シ申サレケルト云々。集《ノ》治定後、所存相違《ノ》事共一巻ニ書《キ》テ、常盤井入道相国ノ許ニ遣ス。為兼《ノ》「延慶訴陳」ノ時、「勅撰々者故実二百余ケ条」秘書ヲ、祖父入道より相伝之由、書《キ》タルハ此《ノ》事也。為教卿、トキハイ相国ニ随逐ノ間、見及《ブ》歟。詞書ニ「百首ニ」ト侍るを、「百首哥ニ」トアルべキカナド、躰ノチ、トシタル大旨ハ事共也。ナニカ秘事ニテモアルベキ《ト》云々。

【校異】 正元々年—正元之年（広乙）、西薗寺—西園寺（総・尊・京・松・広甲・広乙）、将軍家—将軍（広甲）、入道ハ—入道（総・京・広甲・広乙）、我撰進の哥の外ハ—我撰進の外ハ（総）・我撰のうたの外ハ（広乙）、不可有—不有（広乙）、シ侍しニ—侍りしに（広乙）、いま—いさ（総・尊・京・松・広甲・広乙）、被参—参（広乙）、被申—申（総・松）、ヤウニ—せうに（松）、負スルハ—負する（松）、利口シ—利口して（松）、書テ—書之（総）、許ニ—もとへ（松）、勅撰々者—勅撰之者（広乙）、二百余ケ条—二百ケ条（広乙）、秘書ヲ—秘事を（尊・京・広乙）・秘事（広甲）、書タルハ此事也—書たる也（広乙）、詞書ニ—詞書（広甲）、百首ニ—百首（松）、躰ノ—躰の大旨ハ（総）・躰の事共也（広乙）、シタル—したる事共也（総・京）、大旨ハ事共也—

ナシ（総・京）・大旨（広乙）、ナニカ―なに（松）、アルヘキ―有へきと（総）・有へしと（松）

【口語訳】故宗匠（二条為世）が語られて云う。続古今集は正元元年、西園寺実氏邸（北山第）で行われた一切経供養の時、民部卿入道（為家）一人が撰進するべきと、（後嵯峨院より）直に仰せ下されたのを、その後撰者を加えられ、結局、真観が関東に下向し、将軍家（中務卿宗尊親王）の歌道師範となって、「ことあるごとに関東から（親王が）申される」として、（真観の）思うままに（撰入作業を）行った。民部卿入道（為家）は、「自分が撰入した歌以外には、一事も子細を申しあげることはない」として口を閉ざした。和歌評定の時となり、決定したことでも後にまた改変された。そこで（為家は）「このように評定で決定したのに、どうして変えられたのか」と申されたので、真観は「いまどのように申されようとも、鶴の内府（基家）が参られ申し行われたことです」と返答した。民部卿入道（為家）は「仙人がわたまし（転宅）をし、鶴（内府基家）に責任を負わせるとは（無責任なことだ）」と、強く申されたと云々。続古今集竟宴の後、（為家は）異議を集めて一巻にまとめ、常盤井入道相国（実氏）のもとに遣わした。為兼は「延慶訴陳状」の中で、「勅撰撰者故実二百余ヶ条」という秘書を、祖父入道（為家）より相伝したと書いているのがこれである。（為兼の父）為教卿が常盤井相国（実氏）に随伴した折に見たのであろうか。続古今集の詞書に「百首に」とあるのを、「百首歌に」とあるべきかなど、撰進が遅れたのはこのようなことがあったからであろうが、なにか秘事があったのだろうかと云々。

【語釈】〇故宗匠＝頓阿（一二八九年生、一三七二年没）の歌道の師、二条為世。建長二〈一二五〇〉年生、延元三〈一三三八〉年八月五日没。藤大納言と号。正二位大納言二条為氏の男。母は飛鳥井教定の女。正二位権大納言民部卿。元徳元〈一三二九〉年出家（法名明釈）。大覚寺統に近仕。後宇多・後二条・後醍醐天皇の信任を受け、勅撰集撰者となることで京極家の為兼と対抗。嘉元元〈一三〇三〉年新後撰集、元応二〈一三二〇〉年続千載集を撰進。続現葉集の撰者。二条家宗匠として、浄弁・兼好・頓阿・慶運の「和歌四天王」を育てた。「嘉元百首」「文保百首」に出詠。連歌もよくした。勅撰集に続拾遺集六首、新後撰集一一首、玉葉集一〇首、続千載集三六首などの一七七首入集。**○続古今**＝第一一番目の勅撰集。後嵯峨院の院宣により、文永二〈一二六五〉年一二月二六日奏覧、同三年三月一二日竟宴。正元元〈一二五九〉年三月一六日には為家が単独撰の勅命を受けるが、三年後の九月、真観らの四人（ほかに藤原基家・同家良・同行家）が加撰されたことにより、為家は直接には撰進しなかった。また、家良は撰中に没し、その子経平や飛鳥井教定を補充することも考えられたが、実現せず。**○一切経供養**＝正元元〈一二五九〉年三月五日、西園寺実氏の北山第にて、大宮院・東宮・上皇・中宮等の臨席のもとに一切経の供養が行われた。**○民部卿入道**＝藤原為家。建久九〈一一九八〉年生、建治元〈一二七五〉年五月一日没。正二位権中納言藤原定家の男。母は内大臣藤原実宗の女。妻に宇都宮頼綱（蓮生）の女、安嘉門院四条（阿仏尼）。正二位権大納言。民部卿。建長八〈一二五六〉年出家（法名融覚）。後鳥羽上皇・順徳天皇に近侍し、蹴鞠の才があった。承久の乱後、和歌道に専念。寛喜元〈一二二九〉年自邸にて百首主催。宝治二〈一二四八〉年後嵯峨院御歌合の判者。続後撰集の撰者。続古今集の当初単独撰者。勅撰集に新勅撰集六首、続後撰集一一首、続古今集四四首、続拾遺集四三首、新後撰集二八首、玉葉集五一首などの三三三首入集。**○真観**＝葉室光俊の法名。建仁三〈一二〇三〉年生、建治二〈一二七六〉年六月九日没。右大弁入道・弁入道とも称。権中納言正二位葉室光親の男。母は参議定経卿の女、順徳院乳母従三位経子。妹は鷹司院按察。幼時から順徳院に近侍。承久の乱で父の処刑、自らも筑紫配流。翌年召還された。右大弁正四位下。嘉禎二〈一二三六〉年二月二七日出家。貞応二〈一二二三〉年「春日社歌合」を主催。反御子左家の中心人物。宗尊親王の和歌師範。続古今集の撰者の一人。歌学書に『簸河上』。勅撰集に新勅撰集四首、続後撰集一〇首、続古今集三〇首、続拾遺集一六首、新後撰集一〇首、玉葉集五首などの一〇三首入集。**○将軍家**＝宗尊親王。仁治三〈一二四二〉年一一月二二日生、文永一一〈一二七四〉年八月一日（七月二九日とも）没。中書王と称。後嵯峨天皇皇子。母は木工頭平棟基の女。建長四〈一二五二〉年摂家将軍藤原頼嗣を廃した北条氏により鎌倉幕府第六代将軍。一品中務卿。文永三年将軍を廃され帰洛。

同九年父没後に出家（法名覚恵、行澄・行証・行勝とも）。蹴鞠・管弦・和歌を好み、藤原為家・同光俊を和歌の師として、鎌倉歌壇に隆盛をもたらした。『徒然草』には、「鎌倉中書王にて御鞠ありける」時の逸話を載せる（第一七七段）。弘長三〈一二六三〉年に建長五〈一二五三〉年～正嘉元〈一二五七〉年までの詠歌を修撰した（『吾妻鏡』七月二九日条）のが『初心愚草』（散佚）。弘長元〈一二六一〉年「宗尊親王家百五十番歌合」を主催。同二年藤原基家に命じて、「三十六人大歌合」を撰ばせた。家集に『中書王御詠』『宗尊親王御百首』『宗尊親王三百首』など。勅撰集に続古今集六七首、続拾遺集一八首、新後撰集一七首、玉葉集二二首、続千載集一〇首などの一九〇首入集。**○西薗寺**＝西園寺実氏。建久五〈一一九四〉年生、文永六〈一二六九〉年六月七日没。常盤井入道と号。太政大臣西園寺公経の男。母は中納言藤原能保の女保子。女子に大宮院姞子（後嵯峨院后・後深草亀山二国母）。後嵯峨院の外戚として院の信任を得た。従一位太政大臣。文応元〈一二六〇〉年出家（法名実空）。寛元四〈一二四六〉年以降、没するまで関東申次として権勢。『徒然草』には、「勅書を、馬の上ながら、捧げて見せ奉るべし、下るべからず」の礼式についての実氏の言を載せる（第九四段）。御子左家の藤原為家を支持し、歌人としても活躍。勅撰集に新勅撰集一七首、続後撰集三六首、続古今集六一首、続拾遺集二九首、新後撰集一四首、玉葉集三一首、続千載集一三首などの二四七首入集。**○鶴内府**＝九条基家。建仁三〈一二〇三〉年生、弘安三〈一二八〇〉年七月一一日没。幼名は鶴殿。月輪・後九条内大臣と称。従一位太政大臣九条良経の三男。母は摂政松殿藤原基房の女、従二位寿子。正二位内大臣、翌年辞す。続古今集撰者の一人。嘉禄元〈一二二五〉年「基家家三十首」、建長八〈一二五六〉年「百首歌合」などを主催。「古来歌合」（散佚）の撰者。勅撰集に続後撰集八首、続古今集二一首、続拾遺集二〇首、新後撰集六首、玉葉集二首などの七九首入集。**○仙人ノワタマシノヤウニタヅニ物ヲ負スルハ**＝出典不明。「鶴」とは「鶴の内府」（基家）を指す。「ワタマシ」は貴人の転居の尊敬語。**○延慶訴陳**＝玉葉集をめぐり、二条為世と京極為兼（建長六〈一二五四〉年～元弘二〈一三三二〉年三月二一日）との論争を記した「延慶両卿訴陳状」。延慶三〈一三一〇〉年五月二七日為世の第三度訴状が現存。**○為教**

卿＝京極為教。嘉禄三〈一二二七〉年生、弘安二〈一二七九〉年五月二四日没。法名は明正（明心）。毘沙門堂と号。正二位権大納言為家の男。母は宇都宮頼綱（蓮生）の女。為兼の父。京極家・毘沙門堂家の祖。従二位。同母兄為氏と反目。勅撰集に続後撰集二首、続古今集三首、続拾遺集七首、新後撰集四首、玉葉集一〇首、続千載集二首などの三六首入集。

【考察】後嵯峨天皇皇子の宗尊親王は鎌倉将軍として一一歳（建長四〈一二五二〉年）で下向し、二五歳で再び上洛している。ところで、当時の御子左家当主は為家である。彼は、後深草・亀山両院の外戚に当たる太政大臣従一位の西園寺実氏の支援を受けて、京歌壇に君臨していた。一方、真観（葉室光俊）は宗尊親王の支援を受け、鎌倉歌壇に支持されていた。ここに為家と真観との両人に、和歌上の師弟関係を認められる、宗尊親王の詠歌を示す。まず、真観によって撰進された『瓊玉和歌集』（文永元年一二月九日撰）。これは続古今集の撰集中の詠歌であり、親王の思いの強さが歌語に投影されている。

文永元年十月御百首に
真葛はふ野原の小鹿恨みても鳴きてもさこそ妻を恋ふらめ（秋上179）
同
下むせぶ思ひをふじの煙にて袖のなみだはなるさはのごと（恋二372）
同
まてといふにさらに別のとどまらば何をうき世に思ひわびまし（雑下504）

なお、これに真観は次の一首を付して奉じている。
おいてかくもしほに玉ぞやつれぬる浪は神代のわかのうらかぜ（書陵部蔵本五〇一・七三六による）

次に、為家に評語を求めた『中書王御詠』（文永四年一二月撰）。これは『瓊玉和歌集』以後の親王の詠歌が示され、為家の評語とともに、帰洛前後の親王の心境が伺える。

春雨

あめそそくゆふべのそらのうすがすみものあはれなるはるのいろかな　（春17）

融覚、先年うすがすみと詠候、亡父うすがすみ面白と被難候き、下句不庶幾候。

無常

見し人の昨日のけぶりけふのくも立ちもとまらぬよにこそありけれ　（雑330）

人のよはながれてはやき山がはのいはまにめぐるあはれいつまで　（同右331）

御述懐御詠銘二心肝一老涙満レ眼、不レ及レ申二是非一擱筆候。

（書陵部蔵本五〇一・八七による）

二　寛元六帖人々哥

戸部被《テ》レ申《サ》云《ハク》。「寛元六帖《ノ》人々《ノ》哥、大略誹諧たゞ詞也。民部卿入道詠も、誹諧躰多し」とて、トキハイ入道相国、故京極中納言入道被レ申《サ》風躰ニハ異《ナル》とて、しばしハ不《ト》レ被レ請《ハ》云々。彼六帖《ノ》哥躰ニ諸人哥なりて、暫《シ》ハ哥損《ゼ》之侍ケル也。

【校異】誹諧たゞ詞也民部卿入道詠も誹諧躰多しとて―誹諧躰多しと（松）、被申―被申候（広乙）、被不請―不被情（尊・松・広甲・広乙）、彼―ナシ（松）、損之―損して（総・広乙）・損て（尊・京・松・広甲）

【口語訳】戸部（二条為藤）が申されて云う。寛元六帖撰入の人々の歌は、おおむね誹諧歌が多い。民部卿入道（為家）の詠も誹諧歌が多いとして、常盤井入道相国（実氏）は故中納言入道（定家）が申される風体には異なるとして、しばらく受けられなかったと云々。六帖歌に当世歌人も習ったために、しばらく歌が損じたのである。

【語釈】○戸部＝二条為藤。建治元〈一二七五〉年生、元亨四〈一三二四〉年七月一七日没。正二位権大納言二条為世の次男。母は賀茂氏久の女。初め叔父為雄の猶子となるが、為道早世により家督を嗣ぐ。正三位権中納言。文保二〈一三一八〉年後醍醐天皇即位後は、政界活動も活発。元亨三年、続後拾遺集撰者の下命後、撰中に没。『井蛙抄』巻六（第三種本一〇三節）には「戸部云」として二八節記されて、「故宗匠云」の一九節を凌ぐ。勅撰集に新後撰集六首、玉葉集五首、続千載集一七首などの一一六首入集。○寛元六帖＝家良・為家・知家・信実・光俊の五名により各題一首を詠作してできた類題集。寛元元〈一二四三〉年一一月〜同二年六月までに詠まれたもの。「新撰六帖題和歌」「新撰六帖」とも。合計二六〇〇余首から成る。主催者は家良（建久三〈一一九二〉年生、文永元〈一二六四〉年九月一〇日没）。家良は勅撰集に新勅撰集七首、続後撰集一四首、続古今集二六首、続拾遺集一七首、新後撰集一五首、玉葉集七首などの一一九首入集。○誹諧躰＝古今集雑体部の「誹諧歌」の用例に見える「ざれ歌」「思ひよらぬ風情」（季吟注）を詠んだ歌の意。○トキハイ入道相国＝西園寺実氏。一一九四年生、一二六九年没（第一節参照）。○故京極中納言入道＝藤原定家。一一六二年生、一二四一年没（第四節参照）。

【考察】「寛元六帖」と同時期の歌合に、寛元元年一一月一七日催行の「河合社歌合」がある。参加メンバーは、為家・為氏・為教の父子、信実・為継・藻壁門院少将・春宮弁（弁内侍）・少将弟・為綱の父子及び甥、蓮性（知家）・行家の父子、真観（光俊）・光成の父子の他に、日吉成茂・藤原永光、能暹・円空などの僧、さらに鷹司院兵衛督・安嘉門院甲斐・正親町院左京大夫などの女房である。主催者の信実（当時六七歳）は、右京権大夫正四位下隆信の男であり、隆信と同母の兄弟、定家の男為家に判を託している。歌壇が御子左派と反御子左派の二派に分かれる以前の、「為家・真観・蓮性がともに参加した最後の私的な催し」（黒田彰子説）としてよい。信実と組まされた真観は、冬月・千鳥・不遇恋の各題で、判者為家により、勝・持・勝の判が下されている。その一例を示す。

さえあかすもりの嵐に空はれて月の木間の冬枯もなし　（二番左・信実）

起き出でて又こそみつれ冬の夜にさえかへりたる山のはの月　（同右勝・真観）

左、もりの月あらしにはれ、冬がれなき木のまの月、おもかげあらはに侍るを、さえあかすと侍るや。させるよせなく侍らむ。右、またこそ見つれとおきて、さえかへりたる山の端の月、誠におぼろげならず見え侍れば、勝と申すべし。　（書陵部蔵本一五一・三六一による）

この年から集められた、「寛元六帖」はその傾向を維持していると見られる。

三　**寛元六帖俗ニ近し**

一条法印云《ハク》。トキハイ入道相国薨《ジ》給《ヒ》て後、入道民部卿人ノのもとへ遣《ハス》状ニ、「此《ノ》道ノ昵年久《シク》テ悲歎難《シ》レ休《ミ》。就《ク》レ中《ン》、『寛元六帖俗ニ近く、読続歟本ノマ、古今《ノ》新撰者無《シ》二秀逸一』と被《ル》レ申《サ》事、殊《ニ》難《キ》レ忘《レ》事《ト》也」云々。

【校異】 薨給て―故京極中納言逝去給て（松）、昵年久テ―眼年久之（広乙）、悲歎―非難（広乙）、難休―歎休（広甲）、寛元六帖―寛元六帖哥（松）、近く―近て（広甲）、新撰者―新勅撰者（京）

【口語訳】 一条法印（藤原定為）が云う。常盤井入道相国（実氏）が薨じられた後、入道民部卿（為家）がある人のもとに遣わした手紙に、「歌道での親密さが長かったので、悲しみに尽きない。とりわけ『寛元六帖（の歌）は俗に近く、続古今集の新撰者は秀逸な歌がない』と申されたことは、ことに忘れがたいことである」と云々。

【語釈】 ○**一条法印**＝藤原定為。生年未詳、嘉暦二〈一三二七〉年以前に没。正二位権大納言二条為氏の男。母は飛鳥井教定の女。為世の同母弟。一条法印と称。醍醐寺法印。建治二〈一二七六〉年頃、「住吉社奉納歌合」に「阿闍梨として出席」（井上宗雄説）。二条派歌僧として活躍。「定為法印申文」は嘉元の内裏百首の人数に加えられなかったことを嘆いた奉書（嘉元元年四月一一日付）。『井蛙抄』巻六に「一条法印云」として一一節記載される。勅撰集に続拾遺集二首、新後撰集七首、玉葉集一首、続千載集二一首などの八二首入集。○昵＝「ムツヒ」と傍注。○新撰者＝松の脚注に「新撰者とハ鶴内府歟其故当初為家一人ニテ後ニ内府真観等ヲ被加云々御不審もやと存候後ニ付□」とある。

【考察】ここで「寛元六帖」の和歌を為家が「俗に近し」と言い放つ決定的な出来事は、続古今集の新撰者加撰である。第一節によると、続古今集の最終の撰進に際し、真観らの意向を受け入れず、「我撰進の哥の外ハ、一事以上不レ可レ有レ申二子細一」と言って、口を閉ざしたとされる。歌壇の重鎮たる御子左家為家（当時六八歳）からすると、真観（為家より五歳年下）の加入は意に反したことであったにちがいない。第二節考察の「河合社歌合」からは二〇数年後のことである。

四　俊成ハ幽玄、定家ハ義理

故宗匠云《ハク》。俊成ハ幽玄ニテ難《ク》レ及《ビ》、定家ハ義理フカクテ難《シ》レ学《ビ》。只、民部卿入道《ノ》躰ヲ可《キ》レ学《ブ》之由、深《ク》相存《スル》也ト云々。

【校異】定家ハ—定家卿（広甲）、フカクテ—ふかくして（総）

【口語訳】故宗匠（為世）が云う。俊成（の歌）は幽玄の体をそなえていて及び難く、定家（の歌）は義理が深く詠まれて学び難い。ただ、民部卿入道（為家）の歌を学ぼうという思いが深くあったと云々。

【語釈】○俊成＝藤原俊成。永久二〈一一一四〉年生、元久元〈一二〇四〉年一一月三〇日没。名は初め顕広。五条三位と称。権中納言藤原俊忠の男。母は伊予守藤原敦家の女。権中納言葉室顕頼の養子となるが、仁安二〈一一六七〉年五四歳で実家に復し、俊成と改名。正三位。右京大夫・皇太后宮大夫。安元二〈一一七六〉年出家（法名釈阿、阿覚・澄鑒とも）。天承・長承年間〈一一三一年～一一三五年〉頃より作歌活動。保延四〈一一三八〉年藤原基俊門下となり、崇徳院歌壇で活躍。長寛二〈一一六四〉年「歌林苑歌合」「住吉社歌合」「広田社歌合」などの判者。出家後、守覚法親王の召により家集『長秋詠藻』を自撰。文治四〈一一八八〉年千載集を単独撰進。「六百番歌合」の判者。式子内親王の和歌の師。著書に『古来風体抄』『俊成卿述懐百首』『正治奏状』『保延のころをひ』など。勅撰集に詞花集一首、千載集三六首、新古今集七三首、新勅撰集三五首（うち一首長歌）、続後撰集三一首、続古今集二七首、続拾遺集二二首、新後撰集一八首、玉葉集六一首などの四二五首入集。**○幽玄**＝歌論用語。「古今集真名序」・『和歌体十種』に用例が見える。「御裳濯河歌合」の俊成判詞では「『鳴立つ沢の』といへる、心幽玄に、姿及び難し」と評。**○定家**＝藤原定家。応保二〈一一六二〉年生、仁治二〈一二四一〉年八月二〇日没。名は初め光季・季光。京極中納言（黄門）と称。皇太后宮大夫藤原俊成の男。母は若狭守藤原親忠の女、美福門院加賀。正二位権中納言。天福元〈一二三三〉年出家（法名明静）。詠歌の初見は治承二〈一一七八〉年「別雷社歌合」。九条家家司として同家に出入りしつつ、良経・慈円らと交流。正治二〈一二〇〇〉年以後、後鳥羽院仙洞歌壇の中心として活躍。建仁元〈一二〇一〉年和歌所寄人。元久二〈一二〇五〉年三月二六日後鳥羽院の勅定により、他四人（通具・有家・家隆・雅経）の撰者とともに新古今集を撰進。また、貞永元〈一二三二〉年六月一三日後堀河院の命を受け、新勅撰集を撰じ、天福二〈一二三四〉年五月内々奏覧。著書に『詠歌大概』『衣笠内府歌難詞』『近代秀歌』『源氏物語奥入』『僻案抄』など。家集に『拾遺愚草』。勅撰集に千載集八首、新古今集四六首、新勅撰集一五首、続後撰集四三首、続古今集五六首、続拾遺集二九首、新後撰集三二首、玉葉集七〇首などの四六七首入集。**○義理**＝定家歌論では、「情以レ新為レ先、詞以レ旧可レ用」「常観念古歌景気可レ染レ心」（『詠歌大概』）、「いづれも有心躰に過ぎて歌の本意を存ずる姿は侍らず。…よくよく心を澄まして、その一境に入りふしてこそ稀によまるる事は侍れ、されば、宜しき歌と申し候は、歌毎に心の深さのみぞ申したためる」（『毎月抄』）。また、「まづ心深く、長高く、巧みに、詞の外まで余れるやうにて、姿気高く、詞なべて続け難きがしかもやすらかに聞ゆるやうにて、おもしろく、かすかなる景趣たち添ひて面影ただならず、けしきはさるから心もそぞろかぬ歌にてはべり」（同上）などがあり、歌の心を重視した傾向が伺え、その上で「詞なべて続け難きがしかもやすらかに聞ゆる」のように、表現論上の緻密さを要求した。

【考察】 為家の作家活動は「当初の世評は芳しくなく、建保六〈一二一八〉年の「道助法親王家五十首」の人数にも加えられなかった。が、徐々に本格的に歌作にとり組むようになり、とりわけ承久の動乱を契機に、為家卿千首をはじめとする多数の独詠百首の習作を通して、歌人としての技量をみがき、寛喜・貞永頃には第一線歌人として認められるようになった」（佐藤恒雄説）とされる。為家の歌道への参入で重要なのが、慈円との出会い（第三三節）である。為家は祖父俊成、父定家とは違った和歌の修練を経たことにより、先代への私淑の様子も理会される。一方、俊成から定家への父子伝授については、定家の歌論書『近代秀歌』（承元三〈一二〇九〉年成立）に、その様子を伺うことができる。すなわち、「歌は広く見遠く聞く道にあらず。心より出でて自らさとるものなり」として、歌道の心得が伝えら、また、「いはむや難義など申す事は、家々に習ひ、所々に立つるすぢおのおの侍るなれど、さらに伝へ聞くこと侍らざりき」として、家々の秘説の乱立を生んだ、歌難儀の問題が示される。後者への定家の対応は、同自筆本（為秀相伝本）に記された「此草子定家卿真筆」「証本」の意欲的な伝授である。この証本作りこそが定家の半生の使命ともなったといえよう。

五　亡父哥殊勝なれ共

又云《ハク》。民部卿入道被レ申《サ》ケルハ、「亡父《ノ》哥殊勝なれ共、見シラザラン子孫、ミダリニ撰入せバ、アシカルベキ哥多シ。我哥ハヲロカナレ共、タトヒ哥シラザラン子孫ノ撰出《シ》タリ共、サマデアシカルマジキ哥ヲ詠《ミ》置《キ》テ侍《ル》也《ト》」云々。

【校異】見シラサラン―哥見しらさらん（総・尊・京・松・広甲・広乙）、ヲロカナレ―おろかなれ（尊・京・松）、タトヒ―たとい（総・京）、侍也―侍也と（尊・京・広甲）

【口語訳】又（故宗匠が）云う。民部卿入道（為家）が申されるには、「亡父（定家）の歌はとりわけ優れているが、（歌道を）よく知らない子孫がみだりに撰入したら、よくない歌が多くなる（それほど難解な歌が多い）。（それに比べ）私の歌はあまりうまくないが、たとえ歌（道）のことを知らない子孫が撰んだとしても、それほど悪くない歌を詠み残しています」と云々。

【語釈】〇民部卿入道＝藤原為家。一一九八年生、一二七五年没（第一節参照）。〇亡父＝為家の父定家。一一六二年生、一二四一年没（第四節参照）。その日記『明月記』の治承四〈一一八〇〉年九月条に、「世上乱逆追討雖レ満レ耳不レ注レ之、紅旗征戎非二吾事一」とあり、政治への無関心を示す発言をした。この「紅旗征戎非二吾事一」を、再度承久元〈一二一九〉年五月二一日の奥書をもつ「後撰和歌集」に記す。

【考察】定家の歌の難解さとは、伝統の詠歌のルールに則っていないことを意味している。定家は「自二文治建久一以来、称二新儀非拠達磨歌一、為二天下貴賤一被レ悪、已欲レ被二弃置一」（『拾遺愚草員外』、書陵部御所本五〇一・五一一）と記し、自らの歌に対して「新儀非拠達磨歌」としている。「達磨歌」の用語は「新風歌人の和歌が晦渋であることを誹謗する意味で、六条家の人々を中心に用いられた」とされる（久保田淳説）。慈円の『拾玉集』には、「達磨歌」の用例が見られる。「九月七日故殿の小松谷墓所にて、五部大乗経供養とききて、法服のさうぞくおくりたてまつる次に、前摂政の御もとへ」という詞書に続けて、七首が示された後に、左注として次のようにある。

抑其後倩返返加レ案候に、彼御出家之後絶不レ令二参仕一、こはいかなる次第候や、不レ可レ参之由仰了上には、不レ及二左右事一にて罷過候へども、倩加レ案候に、なに候も今は入候まじく候、次第に候、恋慕の思ひも難レ休候へば、只今推参ばやと思給候、如何候、（中略）可レ有二御計一候歟、達磨歌とかやは如レ此之時、遣レ心事に候歟

その時の贈歌を三首示す。

思ひやるこころぞはれぬあし曳のやまひのきりのあきのゆふ暮　（5652）

むかし人いつつのこりのしるしとて六のみちをばいまやいづらむ　（5653）

斧音をいかにききなす杣ならんきるもきらぬも知る人のため　（5658）

（五巻本青蓮院本による）

六　教定ハ此道門弟ナリ

又云《ハク》。二条左兵衛督教定ハ、此《ノ》道《ノ》門弟ナルウヘニ、縁者にナリテ、細々会合シキ。アル時酒宴ノ雑談ニ、教定卿、「故中納言入道殿《ノ》御詠ニ、

長月ノ月在明ノ時雨ゆへあすのもみぢの色もうらめし

ト云《フ》御詠、染《ミテ》二心肝《ニ》一殊勝ニ覚《エ》候《フ》」之由被レ申《サ》時、禅門盃ヲモタレタルヲ打《チ》置《キ》テ、気色アシク成《リ》テ、「是ハナニカ面白《ク》候やらん」と被レ申《サ》けれバ、「其《レ》マデハ候ハず。たゞ打おぼゆる事ヲ申《ス》」由被レ申ければ、「白地ニモかやうニ被《ルル》レ仰《セ》下無《キ》二本意一事《ト》上也。『是ハ百番哥合にも書《キ》入《レ》テ候へ共、風躰不レ可レ然』。勅撰などに可《キ》レ入《ル》哥ニあらざる』よし慥《カニ》申《シ》侍《リ》しに、是をしも被《ルル》二称美《セ》一之条、不レ得二其《ノ》心《ヲ》一」と云々。此《ノ》哥、今「玉葉」に撰入《セラルルコト》、不思議《ノ》事也《ト》云々。

【校異】 故中納言入道殿―故中納言殿（総）、長月の月―なか月の月の（総・尊・京・松・広甲・広乙）、在明―有月（総・尊・京・広甲・広乙）、あすの―す、の（尊）、覚候之由―覚候由（尊・京・松・広甲）、アシク成テ―あしく（広乙）、打おぼゆる―覚ゆる（総）、百番哥合―百番の哥合（松）、慥―たしかに（総・尊・京・松・広甲）、是をしも―是を（尊・京・広甲）、其心と―其心（総・尊・京）・其意（松・広乙）、今玉葉―玉葉（広甲・広乙）

【口語訳】 又（故宗匠が）云う。二条左兵衛督（教定）は、歌道の門弟であるだけでなく、（為氏の舅として）縁者になり、再三会合に参加した。ある時酒席の雑談で、教定卿が「故中納言入道（定家）の詠歌に、

（九月の有明の月は時雨のために明日の朝には紅葉の色も深まってしまう、そのことがうらめしい）

という御詠（の一首）は心肝に染み入るほど優れた歌と思う」と申されたところ、禅門（為家）は手に持った盃を置いて不機嫌になり、「この歌はどうして面白い歌なのだろうか」と申せれたので、（教定が）「それほどというのではない。ちょっと思ったままでを申した」と申された。（為家は）「はっきりとこのように仰せられたのは不本意なことだ。（父定家は私に）『これは百番歌合にも書き入れたが、風躰はあまりよくない。勅撰集に入るような歌ではない』と、たしかに申された。（それなのに）これを賞美する心が私にはわからない」と（言われた）云々。この歌が「玉葉集」に入集したことは、不思議なことであると云々。

【語釈】 **○教定**＝飛鳥井教定。承元四〈一二一〇〉年生、文永三〈一二六六〉年四月八日没。二条三位と称。飛鳥井雅経の男。母は大膳大夫大江広元の女。子は二条為世の母。正三位左兵衛督。関東伺候の廷臣として、頼経・頼嗣・宗尊親王の三代の将軍に仕えた。重代の和歌と蹴鞠の両道で重用。著書に『飛鳥井教定卿記』。勅撰集に続後撰集四首、続古今集六首、続拾遺集七首、新後撰集三首、玉葉集一首などの四〇首入集。**○縁者**＝総・京・広乙の割注に「為氏舅」、松の割注に「為氏聟」。**○細々**＝「再々（さいさい）」。再三。**○故中納言入道殿**＝藤原定家。一一六二年生、一二四一年没（第四節参照）。**○「長月ノ月在明ノ」の歌**＝『花月百首』（建久元〈一一九〇〉年九月一三夜、良経家で披講）

のうち、「月五十首」の定家の一首（『拾遺愚草』700）。定家自筆本（冷泉家本）は「ゆへ」だが、東京大学本では「ゆゑ」。『定家卿百番自歌合』（75）。○**禅門**＝藤原為家。一一九八年生、一二七五年没（第一節参照）。○**白地**＝底本に「アカラサマトヨムカ」と傍注。○**百番哥合**＝「定家卿百番自歌合」（三八番左）。○**玉葉**＝京極為兼単独撰者の玉葉集。当初、永仁元〈一二九三〉年、為世・為兼・雅有・隆博の四人撰者の意図が大きく変容。為兼・為相の撰者論争をへた末、応長元〈一三一一〉年五月三日、為兼一人に伏見院の院宣が下り、翌正和元〈一三一二〉年三月二八日に奏覧。歌数二八〇一首（正保版本）。

【考察】飛鳥井家は雅経―教定―雅有という三代にわたり、蹴鞠・和歌で将軍家に仕えた家である。宗尊親王の鎌倉将軍在位の時期に、親王家の「屏風色紙形源氏絵」の制作に対し、長老女房として宗尊親王に仕えた小宰相の難が示されると、教定・弁の局・長門の局の陳状が著されていたが、その難や陳状の披露が教定急死後まで控えられていたとされる（寺本直彦説）。ここで蹴鞠の家のゆかりを示す教定の詠歌を示す。

　参議雅経うゑおきて侍りけるまりのかかりのさくらを思ひやりてよみ侍りける
ふるさとにのこるさくらやくちぬらん見しよりのちもとしはへにけり　（続後撰・雑上1043）

また、『吾妻鏡』（弘長三年七月二三日の条）によると、教定を仲介して、宗尊親王と為家との繋がりを捉えることができる。

　将軍家五百首詠、付㆓前右兵衛督教定卿㆒、為㆓合点㆒被㆑遣㆓入道民部卿（為家）之許㆒

この弘長三〈一二六三〉年は、為家六六歳、親王二二歳、教定五四歳の時であった。

七　歌ハ人にも見合

戸部云《ハク》。歌ハ人にも見合《ハセ》、可《キ》レ去《ル》二禁忌《ヲ》一也。中納言入道、内裏御会《ノ》「行路柳」ニ、

「道ノ辺ノ野原ノ柳モヱソメテあハれ思ノ煙くらべや」

ト詠《ビ》ぜらる。彼《ノ》一座後鳥羽院、仙洞御覧ぜられて後、定家卿可《キ》レ停《ム》二出仕《ヲ》一之由、可《キ》レ被《レ》レ仰《セ》旨、被《レ》レ申《サ》二禁裏《ニ》一。経《テ》二日数《ヲ》一後、出仕ヲユルサレテ後、ことさらニ着陣して、「道ノ事如《キ》レ此《クノ》御沙汰有《ル》二気味一之由、殊《ニ》自愛《スト》」云々。先達猶《ホ》如《シ》レ此《クノ》、後学可《キ》二存知《ス》一者也。

【校異】 去禁忌―去禁（広乙）、御会―御会に（尊・京）、モヱソメテ―もえ初て（総・尊・京・松・広甲）、詠せらる―詠らる、（広乙）、可被仰旨―可被仰之旨（総・尊・京・広甲）・被仰之旨（松）・可被仰下之旨（広乙）、被申禁裏―被申禁（広甲）、出仕ヲユルサレテ後ことさら―出仕後殊又（広甲）

【口語訳】 戸部（為藤）が云う。歌は（披講前に歌を）人に見合わせることを禁じるべきでない。中納言入道（定家）は内裏御会の「行路柳」という題に、

（道の辺の野原の柳が新芽を吹きはじめ、その色と思いのたけとはどちらがすばらしいであろうか）

と詠まれた。その歌をかの一座の仙洞（後鳥羽院）が御覧になって後、定家卿を出仕停止にするべきと仰せられ、その旨を禁裏に申された。数日後に（定家は）出仕を許された後、畏まって着座し、「歌道のことはこのような院のご沙汰があるから、ことさら自愛しなさい」と云々。（当家の）先達もやはりこのとおりだから、後学の者は承知するべきである。

【語釈】 **○中納言入道**＝藤原定家。一一六二年生、一二四一年没（第四節参照）。**○内裏御会**＝承久二〈一二二〇〉年二月一三日の二首歌会。この日は定家の亡母の命日であったため、「忌日をはばからずまゐるべきよし、蔵人大輔家光、

三たび文つかはしたりしかば、かきつけてもちてまゐりし二首」『拾遺愚草』下（冷泉為村書写本、なお、定家自筆本の同箇所に押紙が貼られている）とある中の一首。「行路柳」題は「野外柳」題。**〇行路柳**＝歌題例としては見えないが、権僧正永縁の歌に「行路暁月といへることをよめる」として「もろともにいづとはなしに有明の月の見送る山路をぞ行く」（三奏本金葉集・秋206）を初めとして、「行路〜」題が多く見える（瞿麦会編『平安和歌歌題索引』）。**〇「道ノ辺ノ野原ノ柳」の歌**＝『拾遺愚草』（2747）の定家の一首。冷泉家蔵自筆本には押紙が貼られ、第三句以降「下もえぬあはれなげきのけぶりくらべに」となる。**〇定家卿可停出仕**＝先の十三日の順徳天皇の日記には「定家述懐歌立耳歟」とされ、後鳥羽院の檄に触れることとなった。これは菅原道真の詠（「道のべに朽木の柳春くればあはれ昔としのばれぞする」）の「発想に酷似する」と同時に、実際一年後の承久三年五月の乱との関わりで、「自身をひそかに悲運に死した菅公になぞらえた定家に怒った」とされる（久保田淳説）。

【考察】「定家卿可停出仕」のことは、二条家にとってはどうしても記憶に消せない事件であったのであろう。この事件の発生には、歌論史上の「禁制詞」の要件が関わっている。『井蛙抄』巻三には「庶幾せざる詞」、巻五には「同類事」が記され、「中務卿親王文応三百首御歌」「六百番歌合」「円位上人勧進歌合」「右大臣家歌合」「千五百番歌合」「順徳院御百首」などの用例から、「禁制詞」のこと、いわゆる主ある歌詞を後世の人が使わないことを記す。次に巻五の冒頭の例を示す。定家と番えられた、中宮権大夫家房の右歌への判者俊成の評語があり（「六百番歌合」）、結果俊成は主ある歌詞とは認めず、引き分けとしている。

　すハの海の氷の上のかよひぢハけさ吹風に跡絶にけり

左方申云。右歌堀川院百首顕仲卿うたに、「すはの海の氷の上のかよひぢハ神のわたりてとくるなりけり」。上三句無㆓相違㆒之上、所㆑詠之意趣又同。判云、右のすはの海之事、左方申云。其も如㆑然。百首中非㆓殊秀逸㆒者難㆓去敢㆒事歟。

八 中納言入道哥ハ心得られぬ

又云《ハク》。「中納言入道哥ハ心得られぬ」とて、後鳥羽院被《レ》二御覧《ゼ》一、なげすて給《ヒ》けるが、又被《ルル》二御覧《ゼ》一時、「深意有《リ》ける」とて、御感ありけりト云々。

【校異】 すて給けるか―すてさせ給けるか（総・広甲・松）・すてさせ給ひける（広乙）、有ける―有けり（総・尊・京・広甲）、御感ありけりト―御感ありけると（松）、この後に「以之思之先達歌共を見侍らは能々心をつけて見侍へき事也」（総・尊・松・甲）・「以之思之先達哥共とも見侍らはよく〳〵心を付て見侍へき事なり」（広乙）

【口語訳】 又（戸部が）云う。「中納言入道（定家）の歌は理解できない」といって、後鳥羽院が（定家の歌を）御覧になると、投げ捨てになったという。又、ある時（定家の歌を）御覧になると、「心深い歌だ」として感動されたと云々。（この例から歌のことを思うと、先達の歌を見る時には、よくよく注意して見るべきである。）

【語釈】 **〇中納言入道哥**＝藤原定家の「あきとだに吹きへぬ風にいろかはるいくたの森の露の下草」（障子絵四六箇所の名所題を詠んだ「最勝四天王院和歌」96、他に『拾遺愚草』1927、「定家卿百番自歌合」43、「定家家隆両卿撰歌合」19、『後鳥羽院御口伝』7、続後撰集248に入集）かとされる（安田章生説）。**〇後鳥羽院**＝第八二代天皇。元暦元〈一一八四〉年七月二八日～建久九〈一一九八〉年正月一一日の在位。承久三〈一二二一〉年七月八日の承久の乱により出家（法名は良然）。諡号は顕徳院、追号は後鳥羽院。隠岐院とも称。高倉天皇の第四皇子。母は七条院藤原殖子（修理大夫坊門信隆の女）。同一三日関東の沙汰により隠岐に奉移。当地にて延応元〈一二三九〉年二月二二日崩（六〇歳）。管弦・蹴鞠・競馬・今様・和歌・連歌を好んだ。後鳥羽院歌壇を形成し、和歌所を設置し、藤原定家らに新古今集撰進を下命。その再精撰が『隠岐本新古今和歌集』。著書に『後鳥羽院御口伝』『後鳥羽院宸記』『時代不同歌合』など。勅撰集に新古今集三七首、続後撰集二九首、続古今集四九首、続拾遺集一九首、新後撰集一〇首、玉葉集一七首などの二五八首入集。

【考察】他本に見られる「よく〳〵心を付て見侍べき事」とは、和歌注釈の心得を主張している。和歌注釈は、源経信著『難後拾遺抄』、源俊頼著『俊頼髄脳』などの成立した一一世紀末〜一二世紀初めに盛んに行われ、その後「歌の家」の秘伝的な性格を有するようになったといえる。次に一例をあげよう。「能宣みまかりてのち四十九日のうちにかうぶりたまはりて侍けるに、大江匡衡がもとよりそのよし言ひおこせて侍りける返り事に言ひつかはしける、墨染にあけの衣をかさね着てなみだの色のふたへなるかな」という、祭主輔親の一首（後拾遺・雑一892）に、次のような注釈（『難後拾遺抄』）を施す。

是はよろこびのなみだ、なげきのなみだは、ふたいろにぞあるとよみたり。しからばなみだは、なげきもよろこびも、こゝろにしみておぼゆる事にていでくるもの也。げにあかきなみだはうれへの深きよりおこりたるにはあれども、ならべてひとつはあかしとよまんことは、よろこびの涙はあかうはなしといふ本文などみえず。いかゞあらん。よくしりたる人にとふべし。このちのなみだの本文は、むかしからに卞和といふ人、荊山といふ山にてあらたまをえて、ときのみかどにたてまつれるを「そらたまたてまつりたる」とて、左のあしをきられぬ。また、つぎのみかどにたてまつるに、おなじやうに「そらたまなり」とて、右のあしをきられぬ。またつぎのみかどの時、このたまをいだきて、三日三夜なきけるに、なみだつきて、つひにちのなみだをもてすとある也。さて、そのみかどのとはするに、「あしのき（ら）れたる事は、なにともおぼえず。此たまのもちゐられぬをかなしぶなり」といひければ、たまつくりにみせられけるに、「いみじきたまなり」とて、もちゐられたりとある事也。いはゆる「和氏辟玉」とて、くるま十二両をてらすなどいひつたへたるなり。

この説話は『韓非子』巻四「和氏」を原典とするが、六条源家の経信からその子俊頼にはそのまま伝えられなかった。それは内容の細部の違いもあるが、大きな違いとして、原典と経信の説ともに左足・右足なのが、『俊頼髄脳』では、左手・右手となっているところである。

九　中納言入道慈鎮和尚ニ

又云《ハク》。中納言入道、慈鎮和尚ニ進ずる状、「我《ガ》哥事ヲ書《ク》ニ、西行法師、所《ノ》レ称《スル》日本第一《ノ》哥人ト云《フ》トいへ共、亡父哥ニ比スルニ、十分《ノ》一ニ不《ル》レ及《バ》」ト云々。

【校異】 進する—進ける（総・広乙）、状—状に（総・松・広乙）、哥事—哥の事（松）、不及ト—不及（総・広乙）

【口語訳】 又（戸部が）云う。中納言入道（定家）が慈鎮和尚（慈円）に送った書状に、「私は歌のことを書こうと思うが、西行法師はいわゆる日本第一の歌人といわれるが、亡父（俊成）の歌と比べると、十分の一にも及ばない」と云々。

【語釈】 **○中納言入道**＝第七節参照。**○慈鎮和尚**＝慈円。久寿二〈一一五五〉年生、嘉禄元〈一二二五〉年九月二五日没。法諱は初め道快。無動寺法印・吉水僧正と称。諡号は慈鎮。関白藤原忠通の男。母は太皇太后宮大進藤原仲光の女、加賀。九条兼実・兼房とは同母兄弟。成家・定家とは義兄弟。藤原経定の未亡人に養われ、永万元〈一一六五〉年青蓮院に入り、仁安二〈一一六七〉年出家。三年後には一身阿闍梨、ついで法眼。治承二〈一一七八〉年法性寺座主。その後入京し、養和元〈一一八一〉年法印に叙せられ、慈円と改名。建久三〈一一九二〉年天台座主・権僧正となり、後鳥羽上皇の護持僧。建仁三〈一二〇三〉年大僧正。建仁元年和歌所寄人。『徒然草』には、後に『平家物語』を作った信濃前司行長（中山行隆の男）の生活を助けた功績を紹介する（第二二六段）。兼実を通して六条清輔、御子左俊成と歌道の師弟関係。著書に『愚管抄』『慈鎮和尚自歌合』。家集に青蓮院座主尊円入道親王による、慈円の百首類聚他からなる『拾玉集』。勅撰集に千載集九首、新古今集九二首、新勅撰集二七首、続後撰集二二首、続古今集一一首、続拾遺集一三首、新後撰集九首、玉葉集二八首などの二六九首入集。**○亡父**＝藤原俊成。一一一四年生、一二〇四年没（第四節参照）。

【考察】『後鳥羽院御口伝』に記された、後鳥羽院の歌人評によると、俊成（釈阿）は「やさしく艶に心も深くあはれなる所もありき。殊に愚意に庶幾するすがたなり」、西行は「おもしろくして、しかも心も殊に深く、ありがたくいできがたきかたも共にあひかねてみゆ。生得の歌人と覚ゆ。おぼろけの人まねびなどすべき歌にあらず。不可説言語の上手なり」とある。慈円を諭す定家の真意は不明だが、ともに優れた二人の先人に対し、やはり父の歌道に対する取り組みの姿勢の方に、強く私淑されたのである。また、慈円（吉水僧正）に対する後鳥羽院の評価は、「おほやう西行がふりなり。すぐれたる歌はいづれの上手にもおとらず。むねとめづらしきやうをこのまれき。まことにもそのふりにおほく人の口にある歌あり」である。次に俊成、西行、慈円の詠歌を掲げる。一説に建暦元〈一二一一〉年九月の後鳥羽院編とされる『自讃歌』から、順に各二首づつを引いておく。

しめおきていまはとおもふ秋山のよもぎがもとにまつむしのなく　(63)
まれにくる夜はもかなしき松風をたえずや苔のしたに聞くらん　(68)
きりぎりすよさむに秋のなるままによわるかこゑのとほざかり行く　(166)
山ざとにうき世いとはむ友もがなくやしく過ぎし昔かたらむ　(170)
木葉ちるやどにかたしく袖の色をありともしらでゆくあらしかな　(32)
山ざとに契りしいほやあれぬらんまたれんとだにおもはざりしを　(38)

一〇　西行自哥を番て

或人語《リテ》云《ハク》。西行自哥を番《へ》て宮川哥合、定家少年《ノ》比《ニ》、判ヲコヒケリ。被《ルル》レ判《ゼ》之後、西行人ノもとに遣ける状ニ、「侍従こそ哥判じて出して候へ。是もよからんずる。ゲニこそ」ト云々。

【校異】自哥を番て—自歌番て（松）、宮川—宮河（松）、人ノもとに—のもとに（松）、ゲニこそ—けに候そ（総・京）・けに候と（尊・松・広甲）

【口語訳】ある人が語って云う。西行は自歌を左右に番いて、定家の少年の頃、判詞を求めた（「宮川歌合」）。（定家が）加判したのを見て、西行がある人に遣わした書状に、「あの侍従（定家）が判を付けて出してくれた。結構なことだ。まったく。」と云々。

【語釈】〇西行＝元永元〈一一一八〉年生、文治六〈一一九〇〉年二月一六日没。法諱は円位。西行・大宝房と号。俗名は佐藤義清（憲清）。左衛門尉佐藤康清の男。母は監物源清経の女。清経は今様・鞠の名手。保延元〈一一三五〉年左兵衛尉。鳥羽院下北面、徳大寺家（実能）随身。保延六〈一一四〇〉年一〇月一五日出家。東山・鞍馬・嵯峨などを経て高野山に住す。治承四〈一一八〇〉年伊勢に移住。承安三〈一一七三〉年～四年の頃、自撰の『山家集』。文治二〈一一八六〉年「二見浦百首」進上。同年八月に大仏砂金勧進のため陸奥に赴く。同三年嵯峨に結庵。『徒然草』には、後徳大寺大臣（藤原実定）の寝殿の池の縄張りを見て、西行が「鳶のゐたらんは、何かは苦しかるべき。この殿の御心さばかりにこそ」の言を発したことを載せる（第一〇段）。俊成定家父子に判を乞い、『御裳濯河歌合』『宮河歌合』結構。同六年河内弘川寺に没。著書に『西行上人談抄』『山家心中集』。勅撰集に詞花集一首、千載集一八首、新古今集九五首、新勅撰集一四首、続後撰集一三首、続古今集一〇首、続拾遺集九首、新後撰集一一首、玉葉集五七首などの二六七首入集。〇侍従＝藤原定家。一一六二年生、一二四一年没（第四節参照）。安元元〈一一七五〉年一二月八日、侍従（一四歳）。建暦元〈一二一一〉年九月八日、従三位昇進。

【考察】再三の催促の末にようやく届けられた定家の判詞は、西行を大いに喜ばせたのであろう。定家に贈ったお礼状には、その様子をうかがわせる。西行の手紙（『贈定家卿文』、「平安朝歌合大成」副文献資料所収）の中で、自歌に対する定家の歌評姿勢を次のように記している。

此の御判の中にとりて、九番の左の、「わが身をさても」といふ歌の判の御詞に、「作者の、心深く悩ませる所侍れば」と書かれ候ふ。返す返す面白く候ふ物かな。「悩ませ」など申す御詞に、万づみな籠りて、めでたく覚え候。これ新しく出で来候ひぬる判の御詞にてこそ候ふらめ。

ここには、西行の九番左歌、「世の中をおもへばなべて散る花のわが身をさてもいづちかもせむ」の一首に対して、定家の判詞は「『世の中を思へばなべて』といへるより、終りの句の末まで、句毎に思ひ入れて、作者の心深く悩ませるところ侍れ」とある。その評語に感慨深げな様が見て取れる。

一一　遠所より被遣勅書

後鳥羽院、遠所より、九条内大臣殿于レ時権大納言へ被《ル》レ遣《ハサ》勅書を見侍《リ》しかバ、「哥《ノ》事能々可《シ》レ有《ル》二稽古一。法性寺関白、昔最勝寺額ヲ書《キ》、老後ニ門前ヲ過るごとに赤面す」と云々。

【校異】内大臣殿―内大臣（広乙）、最勝寺―最勝寺の（総・尊・京・松・広甲）、老後ニ―老後（松）、赤面す―赦面す（尊・松）

【口語訳】後鳥羽院が（隠岐の）遠所から（京の）九条内大臣（時の権大納言）へ遣わされた勅書を見ると、「歌は十分に稽古を積むべきである。法性寺関白（藤原忠通）は、昔最勝寺の額を書写して、老後に（その寺の）門前を過ぎるたびに赤面した」と云々。

【語釈】**○後鳥羽院**＝第八二代天皇。一一八四年七月二八日～一一九八年正月一一日在位（第八節参照）。**○九条内大臣殿**＝九条基家。一二〇三年生、一二八〇年没（第一節参照）。西園寺実氏に官位を超されて以来（寛喜三〈一二三一〉年四月）、籠居（寛喜四年）。**○法性寺関白**＝藤原忠通。永長二〈一〇九七〉年生、長寛二〈一一六四〉年二月一九日没。

法性寺殿と称。太政大臣藤原忠実の男。母は右大臣源顕房の女、師子。従一位太政大臣。鳥羽・崇徳・近衛・後白河四代の摂政・関白を歴任。異母弟の頼長を愛した父忠実と対立。保元の乱勝利後、保安二〈一一二一〉年氏長者。忠通—兼実—良経と続き、その後九条道家と月輪基家に分裂。応保二〈一一六二〉年出家（法名円観）。詩文・和歌に優れ、忠通家歌壇を形成。源俊頼、藤原基俊を庇護し、二〇巻本『類聚歌合』『本朝無題詩』の成立にも関わった。勅撰集に金葉集二度本一五首（三奏本九首）、詞花集七首、千載集七首、新古今集四首、新勅撰集一首などの五九首入集。

○**最勝寺**＝現京都市左京区岡崎最勝寺町。元永元〈一一一八〉年に鳥羽天皇の御願寺として造営。正和三〈一三一四〉年二月一四日に焼失した（「花園天皇宸記」）。

【考察】 隠岐に奉移後の後鳥羽院については、『明月記』の記事より推察することができる。「遠所貴人ノ似レ可レ有二吉事一云々」（嘉禄元〈一二二五〉年一〇月一七日条）、「遠所讒言連々之由聞レ之」（同二年三月二八日条）とあり、これらは関東の使者によって伝えられたという。しかし、定家には「若不二納受一者、又何為哉」（同上）と記すのみである。また、『増鏡』「ふじ衣」によると、隠岐での嘆きを鎮めようと、「都へも、たよりにつけつつ、題をつかはし、歌を召」されたという。近臣の人々が歌を送り、院が判ぜられるという趣向であった。その中に家隆二位や出家した秀能（法名如願）がいたが、次はその時の歌である。

人ごころうつりはてぬる花のいろにむかしながらの山の名もうし　（左御製）
なぞもかく思ひそめけむさくらばな山としたかくなりはてつるまで　（右家隆の二位）
（「例のかずかずはいかでか、只片はしをだにとて、」）
わたのはら八十島かけてしるべせよはるかにかよふおきのとの舟　（秀能）

一一 妙音院入道仁平御賀

妙音院入道、仁平御賀ノ時、琵琶ヲ弾ズ。孝博聞《キ》テ、「中将殿御琵琶こそ、漸《ク》比巴ニなりにたれ」と云々。「我ハ鬼神ヲモひきへしつべく思ふニ、孝博申状《スニ》、頗《ル》無念」之由思はれけるニ、尾張ニ左遷之後、孝博ガ詞ヲ思食《シス》」と云々。物ノ道如《シ》レ此《クノ》。相構《ヒヘ》て、昨今ノ詠ノ見苦《シ》くヲオボユルヤウニ、可レ有《シトル》二稽古一云々。

【校異】聞テ—聞之（総・尊）、御琵琶—御比巴（尊・広甲）、漸比巴—漸琵琶（総）・ひハ（広乙）、ひきへしつべく—ひきかへしつへく（松）、尾張ニ—尾張（広乙）、思食と—思召（総・尊）・思合（京・松・甲・広乙）、見苦くヲ—見くるしく（総）・見昔を（尊）・見苦（京・広甲）・見苦敷を（松）・見苦を（広乙）、可有稽古—稽古あつへしと（松）

【口語訳】妙音院入道（藤原師長）は、仁平二年の鳥羽法皇五十賀の時、琵琶を弾いた。これを孝博が聞いて、「中将殿（師長）の御琵琶は、ようやく琵琶の音になっている」と云々。（入道は）「私は（琵琶の音色が）鬼神の心をも動かすと思うので、（わが師の）孝博の申すことは、大変無念だ」と思っていたところ、（入道が）尾張に左遷された後、孝博の言葉を思い出したと云々。ものの道はこのようなものである。十分注意して、昨今の歌の詠の見苦しさを悟り、稽古を積むべきであると云々。

【語釈】○妙音院入道＝藤原師長。保延四〈一一三八〉年生、建久三〈一一九二〉年七月一九日没。妙音院・四条大相国と称。従一位左大臣藤原頼長の男。母は陸奥守源信雅の女。祖父忠実の養子。伯父忠通。従二位権中納言左中将のとき、保元の乱で父左府に連座して除名後、土佐国へ配流。召還後、安元三〈一一七七〉年四月一日従一位太政大臣。その後、再び治承三〈一一七九〉年一一月一七日清盛の奏請により解官され、尾張へ配流。同一一月一一日、配所の尾張にて出家（法名理覚）。養和元〈一一八一〉年三月に帰洛。琵琶は西流（院禅流）を藤原孝博より伝授され、「妙音院流」を創始。勅撰集に千載集一首のみ。○仁平御賀＝仁平二〈一一五二〉年三月七日に催行された、鳥羽法皇五十賀。「参議左近中将経宗、師長朝臣等、為㆓楽行事㆒」（「兵範記」）とある。○**孝博**＝藤原孝博。生没年未詳。加賀守藤原孝清の男。無官だが、琵琶藤三と称。八幡寺主行実の男、藤原博定の養子となり、琵琶七郎と呼ばれた。なお、実父を長慶、養父を藤原孝清・博定とされる（岩佐美代子説）。

【考察】『平家物語』巻第五「文学被斬」には、琵琶に秀でた師長の一節が、唐突な行動をとる文覚との対比により記される。

をりふり御前には、太政大臣妙音院、琵琶かきならし、朗詠めでたうせさせ給ふ。按察大納言資方卿拍子とツて、風俗・催馬楽うたはれけり。右馬頭資時・四位侍従盛定和琴かきならし、今様とり〴〵にうたひ、玉の簾・錦の帳の中さゞめきあひ、まことに面白かりければ、法皇もつけ歌せさせおはします。それに文覚が大音声出で来て、調子もたがひ、拍子もみな乱れにけり。

また、勅撰集に唯一入集した千載集の師長歌は、琵琶以外に、箏曲の能力をうかがわせる。

源惟盛としごろ侍るものにて、箏のことなどをしへ侍りけるを、土左国にまかりける時、かはじりまでおくりにまうできたりけるに、青海波の秘曲のことぢたつることなどをしへ侍りて、そのよしの譜かきてたまふとて、おくにかきつけて侍りける　入道前太政大臣

をしへおくかたみをふかくしのばなん身はあを海の浪にながれぬ　（離別494）

一三　鶴殿哥事

戸部云《ハク》。新勅撰ノ時、光明峯寺殿より鶴殿ノ哥事ヲとり申さるゝ時、撰者ノ御返事ニ、「後京極殿ノ鐘愛ノ御子

として、三十七ニならせ給《ヒ》候《フ》。尤《モ》其《ノ》仁と可《ク》レ申《ス》候へ共、御風躰猶《ホ》存《ズル》旨《ノ》候」由、被レ申《サ》二子細《ヲ》一て、但《ダ》、

「『なきぬべき夕の空を時鳥またれんとてやつれなかるらん』、

是等ハ宜《シク》候《フ》」之由被《ト》レ申《サ》云々。

【校異】 とり申さるゝ―執申さるゝ（総・尊）、時鳥―郭公（総・尊・京・広乙）、宜候之由―宜候しよし（総）・宜之由（尊・広甲・広乙）、被申―申され候（松）

【口語訳】 戸部は云う。新勅撰集（撰進の）時、光明峯寺殿（道家）より鶴殿（基家）の歌のことを取り立てて申された時、撰者（定家）のご返事に、「（道家は）後京極殿（良経）のご寵愛の御子として、三七歳におなりになった。とりわけ（勅撰集に入集するのに）すぐれた人と申すべきだが、（歌の）ご風体は（よくないところが）ある」と子細に申され、ただ、（基家の）

「（泣き明かしたことにより、夕方の空を見ていると、時鳥の音色もつれないことよ）

という歌などは良い歌だ」と申されたと云々。

【語釈】 **○戸部**＝二条為藤。一二七五年生、一三二四年没（第二節参照）。**○新勅撰**＝第九番目の勅撰集。後堀河天皇の勅命、藤原定家の撰。自筆本の仮奏覧は天福二〈一二三四〉年六月三日。成立時、幕府に対する政治的配慮から、後鳥羽院・順徳院ほかが排除された。入集歌数順に上げると、家隆四三首、良経三六首、俊成三五首、公経三〇首、慈円二七首、実朝・道家各二五首、定家一五首など。基家の歌は入集せず。**○光明峯寺殿**＝九条道家。建久四〈一一九三〉年生、建長四〈一二五二〉年二月二一日没。後京極摂政太政大臣良経の嫡男。母は権中納言一条能保の女。源実朝の没後、三男頼経が四代将軍。従一位関白。嘉禎四〈一二三八〉年四月二五日法性寺別業で出家（法名行恵）。のち、行遍・栄然より伝法灌頂を受ける。建長四〈一二五二〉年頼経の子頼嗣が将軍職を追われ、道家も不遇の中に東山峯

殿に没。父良経の跡を継ぎ、歌壇の庇護者となり、「内大臣道家家百首」「光明峯寺摂政家歌合」「光明峯寺摂政家秋三十首」などを主催。日記『玉蘂』。勅撰集に新勅撰集二五首、続後撰集一八首、続古今集二一首、続拾遺集一五首、新後撰集八首、玉葉集五首などの一一九首入集。**○鶴殿**＝九条基家。九条良経の三男。一二〇三年生、一二八〇年没（第一節参照）。**○後京極殿**＝九条良経。仁安四〈一一六九〉年生、元久三〈一二〇六〉年三月七日没。南海漁夫・西洞隠士・式部史生秋篠月清と号。後京極摂政・中御門摂政と称。関白九条兼実の次男。母は従三位藤原季行の女。妹に宜秋門院任子。従一位太政大臣。「六百番歌合」をはじめ、多くの歌会・歌合・詩歌会を主催。建仁元〈一二〇一〉年和歌所寄人。新古今集で仮名序の執筆。良経の歌は「故摂政は、たけをむねとして諸方を兼ねたりき。いかにぞや見ゆる詞のなさ、歌ごとに由あるさま、不可思議なりき」（「後鳥羽院御口伝」）とされた。著書に『作庭記』。自撰家集『秋篠月清集』。日記『殿記』。定家撰の『物語二百番歌合』は良経の依頼による。勅撰集に千載集七首、新古今集七九首、新勅撰集三六首、続後撰集二八首、続古今集二七首、続拾遺集一九首、新後撰集一四首、玉葉集一六首などの三一九首入集。**○「なきぬべき夕の空を」の歌**＝続後撰集（夏175）・「洞院摂政家百首」の基家の一首。

【考察】新勅撰集は、貞永元〈一二三二〉年一〇月を形式的奏覧日、天福二〈一二三四〉年六月を奏覧日、文暦二〈一二三五〉年三月を実質的完成日とし、三度の成立過程を要して完成している（岩波文庫解題）。完成までに撰者定家の手元には、多くの関東武士や山僧などの詠集が届けられた（『明月記』貞永二年四月四日条、同五月一七日条など）。最終過程で、来訪（『明月記』文暦二年正月七日条）後の定家の切継ぎ作業の結果、新勅撰集に残された例歌は次の通り。

僧正円玄やまひにしづみてひさしく侍りける時、よみ侍りける　権大僧都経円

のりのみちをしへし山はきりこめてふみみしあとに猶やまどはむ（雑二1191）

一四　家隆ハ寂蓮が聟也

又云《ハク》。家隆ハ寂蓮が聟也。寂蓮相具して、大夫入道《ノ》和哥《ノ》門弟ニなりき。禅門被《テ》レ申《サ》云《ハク》。「此未来ノ哥仙タルベシ。見参ノタビニ難儀など云《フ》事をバとハず、いつも『哥よむべきまさしき心ハ、イカニト侍《ル》べきゾ』ト云《フ》事ヲトフ」トテ、被《ルルト》レ感《ぜ》云々。

【校異】此―此仁（総・尊・京・広甲・広乙）・此人（松）、タビニ―度ことに（総）、難儀―難義（総・尊・広甲）、事をハとハす―事をいとはす（総）、まさしき―た丶しき（総）、イカニト―いかに（総・松）

【口語訳】又（戸部が）云う。家隆は寂蓮の婿である。寂蓮が（家隆と）連れ立って、大夫入道（俊成）の歌道の門弟となった。禅門（為家）が申されるには、「この人は未来の歌仙となるであろう。見参のたびに難儀など問わず、いつも『歌を詠むときの心構えとはどのようなものか』と尋ねた」といって、感心されたと云々。

【語釈】〇家隆＝藤原家隆。保元三〈一一五八〉年生、嘉禎三〈一二三七〉年四月九日没。壬生二品・坊城と称。北家良門流の正二位権中納言藤原光隆の男。母は太皇太后宮亮藤原実兼の女。女子に土御門院小宰相。従二位。嘉禎二〈一二三六〉年出家（法名仏性）。「六百番歌合」に出詠。若年期より俊成に師事。「正治二年初度百首」に加えられ、以後、後鳥羽院仙洞歌壇の有力歌人。建仁元〈一二〇一〉年和歌所寄人となり、翌年の新古今集撰者。承久の乱による後鳥羽院隠岐配流後も、京の音信を院に消息。家集『壬二集』（玉吟集）には古本系高松宮本で全五帖二八五〇首。勅撰集に千載集四首、新古今集四三首、新勅撰集四三首、続後撰集一八首、続古今集四三首、続拾遺集一六首、新後撰集一八首、玉葉集一六首などの二八四首入集。〇寂蓮＝保延五〈一一三九〉年頃生、建仁二〈一二〇二〉年七月頃没。少輔入道と称。俗名は藤原定長。醍醐寺阿闍梨俊海の男。久安六〈一一五〇〉年頃伯父俊成の猶子。従五位上・中務少輔に至るが、承安二〈一一七二〉年頃出家（法名寂蓮）。西行・慈円らと交流。九条家や仁和寺の歌会などに活発に出詠。「別雷社歌合」「右大臣兼実歌合」「六百番歌合」「守覚法親王家五十首」に出詠。建仁元〈一二〇一〉年和歌所寄人。新古今集の撰者（撰進以前に没）。家集『寂蓮法師集』には陽明文庫本などの自撰本で一〇九首。勅撰集に千載集七首、新古今集三五首、新勅撰集八首、続後撰集八首、続古今集七首、続拾遺集七首、新後撰集九首、玉葉集八首などの一一六首入集。**〇大夫入道**＝藤原俊成。一一一四年生、一二〇四年没（第四節参照）。**〇禅門**＝藤原為家。一一九八年生、一二七五年没（第一節参照）。**〇難儀**＝「難義」。わかりにくい歌語注釈のこと。定家は「難義など申す事は家々に習ひ、所々に立つるすぢおのおの侍る」（『近代秀歌』）とし、家々の説を尊んだ。

【考察】家隆の伝流を多く記す『古今著聞集』には、やはり「寂蓮が聟」が見られる（巻第五（212））。同書によると、円位上人（西行）が諸国修行の折、わざわざ家隆を尋ねてきて、「末代に、貴殿ばかりの歌よみはあるまじきなり。おもふ所侍れば、付属してたてまつる也」と言い、自歌合二巻（御裳濯河・宮川の両歌合）を与えたとされ、この二巻はその後、家隆の女小宰相局に伝授されたという。

一五　土御門小宰相被申ける

基任語りて云《ハク》。土御門院小宰相家隆女也被レ申《サ》けるハ、「故二位ノ哥ニハ、心えにくき哥ナドハ候はず。

『たかさごのおのへの鹿のなかぬ日もつもりはてぬる松の雪哉』

と云《フ》哥を、心えにくきやうに人おもへり。ふかたちておもへバ心えにくし。あさ〳〵と心ふれバ、殊ニやすく心えらるゝ哥也《ト》」と云々。

【校異】語りて云―語云（総・広乙）、哥ナドハ―哥など（松）、おのへ―をのへ（京）、雪哉―白雪（広乙）、えにくき―意得にくき（尊）、ふかたちて―ふかく（広乙）、心ふれは―心うれハ（総・松・広乙）、殊ニ―殊（広甲）

【口語訳】基任が語って云う。土御門院小宰相（家隆女）が申されるには、「故二位（父家隆）の歌には理解しにくい歌などはない。

（高砂の尾上の松の近くでは鹿が鳴かない日でも、すっかり積もった松の雪だよ）

という歌を、人々は理解しにくい歌と思っている。（情趣を）深いと思って見ると理解しにくいが、（情趣を）浅いと思って見ると、とても簡単に理解される歌だ」と云々。

【語釈】○**基任**＝斎藤基任。生没年未詳。元徳三〈一三三一〉年以前の没か。左衛門尉斎藤基永（観意）の男。従五位下。左衛門尉。事件に関わり、因幡に下って出家（『草庵集』）。兄弟の基有・基世・基明はともに勅撰歌人。「頻りに歌合を催し、歌を諸人に勧め、某年事に坐して因幡に下り剃髪」「有力な二条派歌人」とされる（井上宗雄説）。勅撰集に新後撰集一首、玉葉集一首、続千載集五首、続後拾遺集三首、風雅集一首、新千載集八首などの二八首入集。○**小宰相**＝生年未詳、文永二〈一二六五〉年以後まもなく没か。土御門院小宰相・承明門院小宰相とも。従二位藤原家隆の女。土御門天皇（一一九八年〜一二一〇年在位、一二二一年一〇月に土佐国に、同閏一〇月に阿波国に移座）、その生母承明門院在子（後嵯峨院の祖母、正治元〈一一九九〉年一二月一三日に従三位・准后（年二九）、建仁二〈一二〇二〉年一月一五日に院号）に出仕し、その後後嵯峨天皇に仕えたか。「宝治百首」によると、小宰相の周辺には、安嘉門院高倉・鷹司院按察・同帥・俊成女・後深草院弁内侍・藻壁門院少将内侍・同但馬・後鳥羽院下野などの多くの女流歌人。「遠島御歌合」「百三十番歌合」「宝治百首」に出詠。『建礼門院右京大夫集』などの伝存に関わる。また、『鳴門中将物語』に有識の女房として登場。勅撰集に新勅撰集二首、続後撰集六首、続古今集一二首、続拾遺集四首、新後撰集二首、続千載集二首、続後拾遺集一首、風雅集一首などの三九首入集。○**故二位**＝藤原家隆。一一五八年生、一二三七年没（第一四節参照）。○**「たかさごのおのへの鹿の」の歌**＝「道助法親王家五十首」・冬七首「松雪」の家隆の一首（『壬二集』1776）。

【考察】藤原（斎藤）基任の二条派歌人との交流を見ると、二条為世やそのパトロン的存在とされる後嵯峨天皇の皇子覚助法親王との歌のやりとりが多く存在している。

前大納言為世よませ侍りし三首歌に、叢虫

霜むすぶあさぢが原のきりぎりすかればともにとねをやなくらん (続千載・秋下533)

二品法親王覚助家五十首歌に、落花

いざ桜ちるをつらさにいひなさで梢の外のさかりともみん (新拾遺・春下152)

同、旅泊

梶枕いかにさだめて夢もみんうきねになるる人にとはばや (同右・羇旅833)

同、忍恋

かくばかりしのばざりせば恋しさのひとかたにのみ物やおもはん (同右・恋一972)

また、為世門下の兼好、頓阿との交流の歌も見られる。

基任がすすめ侍りしあみだ経の歌

いつか又よのうきくものほかに見むこれよりにしにすめる月かげ (兼好集196)

基任にさそはれて秋のころ深草にて

心をもうつしてきつるふか草やうづらなくのの秋はぎのはな (草庵集・秋上457)

藤原基任、おもひの外の事によりていなばの国にくだりて後、かしらおろしぬとききて、申しつかはし侍りし

そのままに忘れず忍ぶ面影もかはるときくぞさらにかなしき (同右・雑1158)

基任因幡国に下り侍りし後、法性寺山庄の花の陰にて人人十首歌よみ侍りしに

散るまではながめしものを山桜ことしやどかす人やなからん (続草庵集・春89)

一六　梅の哥に花やかなる哥なし

或人云《ハク》。新勅撰えらばれける時、梅の哥に花やかなる哥なしとて、撰者、周章せられけり。猶《ホ》も「壬生ノ二品《ノ》哥《ノ》中にぞあるらん」とて、撰みられけるニ、

「月影もいく里かけて匂らん梅さく山の嶺の春風」

と云《フ》哥をみ出《デ》丶、被《ルルト》レ入《レ》云々。

【校異】 哥中に―哥に（総）、撰みられけるニ―撰ハれたるに（総・広乙）・えらハれける時（尊）、月影もいく里かけて―幾里か月の光も（広甲・広乙）、被入―入らる、と（総）・被入と（京）

【口語訳】 或人が云う。撰者（定家）が新勅撰集を撰ばれた時、梅の歌に華やかな歌がないと言っていろいろと捜されたという。やはり「壬生二品（家隆）の歌にきっと（いい歌が）あるだろう」として撰ばれた歌に、

（月光があたり一面に照らし、そこには梅の花が匂っている、その匂いをのせて、山の峯には春風が吹いているよ）

という一首を発見して、撰入されたと云々。

【語釈】 **○或人**＝不明。**○新勅撰**＝第九番目の勅撰集（第一三節参照）。**○周章**＝あまねく遊び歩くの意だが、ここでは歌を捜したこと。**○壬生ノ二品**＝藤原家隆。一一五八年生、一二三七年没（第一四節参照）。**○「月影もいく里かけて」の歌**＝新勅撰集（春40）の家隆の一首。ただし、第一句二句「いくさとか月のひかりも」。

【考察】 家隆は晩年の後鳥羽院と懇意に交流をもったことは周知である（第一一節参照）。「遠嶋御歌合」の一番判詞では、家隆と自歌（判者・一番左歌ともに「女房」となるが、後鳥羽院のこと）との番わせに触れ、「八十余の露の命、いまだあだし野の風にきえはてぬ程に、しなじなのすがたをたぐらへんとおもふ。これによりて、雁の玉章の便に付て、

うとからぬ輩に、十題の歌をめしあつめて、書つかへり」とする。また、一番左歌が勝となる恒例に違えたことにつき、「これはいとめおどろくものにはあらず。右歌おぼろ月夜の後朝、まことに朝がすみにたより有て、こと葉つづきすがた殊におかしく侍る。しかれども一番の左にことを寄て、こと更勝劣を決せざるなり」とする。

一七　亡父卿ノ人トハヾノ哥

故宗匠語《リテ》云《ハク》。亡父卿ノ

「人トハヾミズトヤいはん玉津嶋かすむ入江の春の曙」

ノ哥ハ、「建長詩哥合《ノ》」時、かやかミのたてがミのうらに書《キ》て、祖父入道ニみせ申されし時、「ミつとやいはん」と被レ書《カ》たりしを、「ミずとや」とそばになをされたり。作者ハ猶《ホ》所存とけずながら、「みずとや」と書《キ》て被《ルルト》レ出《デ》云々。

【校異】亡父卿ノ―亡父卿か（広甲）、ノ哥ハ―の哥（広甲）、建長―建仁（広甲）、かやかミ―かんや紙（総）・かむや紙（尊・広甲・広乙）、祖父入道―祖父（広乙）、なをされたり―被書たり（広乙）、被出―被出と（尊・京・広甲）

【口語訳】故宗匠（為世）が語って云う。亡父卿（為氏）の（人が尋ねたなら見たことがないと言おう、霞の中に漂う玉津島の入江の春の曙よ）の歌は、「建長詩歌合」の時、（為氏が）紙屋紙のたて紙の裏に書いて、祖父（為家）に見せ申されたところ、「見つとやいはん」と書かれたのを、「見ずとや」と直して傍書された。作者（為氏）はそれを納得しなかったが、（本文として）「見ずとや」と書いて提出されたと云々。

【語釈】○亡父卿＝二条為氏。貞応元〈一二二二〉年生、弘安九〈一二八六〉年九月一四日没。正二位権大納言藤原為

家の男。母は宇都宮頼綱（蓮生）の女。二条家の祖。正二位権大納言。弘安八年八月二〇日年出家（法名覚阿）。「河合社歌合」「仙洞詩歌合」に出詠。建治二〈一二七六〉年七月二二日亀山院院宣により続拾遺集を撰進、弘安元〈一二七八〉年一二月二七日奏覧。播磨細川荘領有をめぐり、訴訟のため鎌倉へ下向。勅撰集に続後撰集六首、続古今集一七首、続拾遺集二一首、新後撰集二八首、玉葉集一六首などの二三二首入集。○**「人トハヾミズトヤいはん」の歌**＝続後撰集（春41）の「江上春望」題の為氏の一首。為世著『和歌庭訓』の「余情事」に「彼浦の景気まなこにうかびて、多の風情こもりて聞ゆる」とされた。○**建長詩哥合**＝建長二〈一二五〇〉年九月「仙洞詩歌合」（散佚）。『為家集』131に「江上春望」題で、「難波江や冬ごもりせし梅がかのよもにみちくる春のしほ風」がある。○**かやかミ**＝京都紙屋院（官用造紙所）で漉かれた和紙の総称。「うるはしき紙屋紙、陸奥紙などのふくだめる」（源氏物語「蓬生」）。○**たてがミ**＝古文書の用語で、一枚の紙を折らずに横長のまま縦に用いること。また、その紙。ここでは包み紙として使用された。○**祖父**＝藤原為家。一一九八年生、一二七五年没（第一節参照）。

【考察】「仙洞詩歌合」（散佚）が開催された建長二年は、続後撰集の撰集資料として行われた「宝治百首」から二年後であり、また、後に鎌倉歌壇を牽引することになる宗尊親王が鎌倉将軍として東下りする二年前である。同年九月には真観撰とされる「現存和歌六帖」が完成し、翌三年冬には真観撰の「秋風集」が撰進されている。次に「詩歌合」の入集歌を勅撰集より抜き出す。

むらさきの藤江の岸の松がえによせてかへらぬなみぞかかれる　（続後撰・春下157、太上天皇）
そめもあへずしぐるるままにたむけ山紅葉をぬさと秋風ぞふく　（同右・秋下442、為家）
こぎかへるたななし小舟見えぬまでおなじ入江にかすむ春かな　（続拾遺・春上39、弁内侍）
あしびきの山かぜさむき月影にさよふけぬとや鹿のなくらん　（同右・秋上262、入道内大臣）
みむろ山秋のこのはのいくかへりした草かけて猶しぐるらん　（同右・秋下360、為教）

こぎいづる入江のを舟ほのぼのと浪まにかすむ春のあけぼの　（新後撰・春上36、冷泉太政大臣）

難波がたいり江にたてるみをつくしかすむぞ春のしるしなりける　（玉葉・春上23、後嵯峨院）

一八　後嵯峨院民部卿入道ニ

小倉黄門禅門云《ハク》。後嵯峨院、民部卿入道ニ被《レ》レ仰《セ》けるハ、「為氏卿ハ、『いずとやいハん玉津嶋』、『袖ふる山にかゝる白雲』、有《ル》二人口《ニ》一歟。そこにハこれほど秀逸いづれかある」と被二仰下《セサ》一と云々。

【校異】 いすとや―みすとや（総・尊・京・松・広甲・広乙）、有人口歟―有人口（松）。これほと―これほとの（京）、秀逸―秀逸は（尊・広甲）、被仰下と―被仰下（松・広乙）

【口語訳】 小倉黄門禅門（公雄）が云う。後嵯峨院が民部卿入道（為家）に仰せられたことは、「為氏卿の、『見ずとやいはん玉津嶋』、『袖ふる山にかゝる白雲』という歌は、人の口に上がっているか。お前はこれほど秀逸な歌は他にある（のを知っている）か」と仰せ下されたと云々。

【語釈】 **○小倉黄門禅門**＝小倉公雄。寛元二〈一二四四〉年頃生、正中二〈一三二五〉年以後程なく没。底本に「俗名公長」と傍注。山階左大臣洞院実雄の男。母は藤原頼氏の女。小倉家の祖。正二位権中納言。文永九〈一二七二〉年二月後嵯峨院崩御後、出家（法名頓覚）。「亀山殿七百首」に出詠。「外宮北御門歌合」に判者。「白河殿七百首」「亀山殿七百首」に出詠。弘安～正中までの百首歌に多く出詠。勅撰集に続古今集二首、続拾遺集五首、新後撰集一三首、玉葉集一〇首、続千載集二〇首などの一一〇首入集。**○後嵯峨院**＝土御門院第一皇子（承久二〈一二二〇〉年二月二六日生、文永九〈一二七二〉年二月一七日没。仁治三〈一二四二〉年三月一八日即位、寛元四〈一二四六〉年正月二九日譲位）。母贈皇太后源通子（土御門宰相中将通宗女）。『徒然草』には、皇女延政門院が幼少の折、父院を思って、「ふたつ文字、

牛の角文字、直くな文字、歪み文字とぞ君は覚ゆる」と詠じ、「こひしく」と伝言したという逸話（第六二段）、「後嵯峨の御代までは言はざりけるを、近きほどより言ふ詞なり」として、式の変化への嘆きを載せる（第一六九段）。続後撰集・続古今集の撰集下命者。勅撰集に続後撰集二三首、続古今集五四首、続拾遺集三三首、新後撰集二六首、玉葉集一一首などの二〇九首入集。**○民部卿入道**＝藤原為家。一一九八年生、一二七五年没（第一節参照）。**○為氏卿**＝二条為氏。一二二二年生、一二八六年没（第一七節参照）。**○「いずとやいハん玉津嶋」の歌**＝第一七節参照。**○「袖ふる山にかゝる白雲」の歌**＝続後撰集・春中（70）の為氏の一首。上句は「をとめごがかざしのさくらさきにけり袖」。**○人口歟**＝底本に「本マヽ」と傍注。

【考察】後嵯峨院が譲位し、後深草天皇が即位した寛元四〈一二四六〉年は、政治史的にも大変革の時であった。源頼朝によって創設された関東申次の職は、初代の吉田経房以後、西園寺公経・坊門信清・九条道家らの将軍側近の公卿が選任されていたが、同年に北条時頼が道家の罷免と西園寺実氏の指名を断行したことにより、西園寺家がこれを世襲するようになる。次に同年の政治的な出来事を列記しておく。

・正月二九日…［後嵯峨］御譲位アラセラル／［後深草］御受禅アラセラル
・二月一日…院御厩始　御湯殿始　前右大臣実氏馬八匹牛三頭ヲ献ズ　是日院司ヲ補シ右大臣兼平前内大臣定通右近衛大将藤原実基以下ニ任命アリ
・同月二日…上皇六条殿ニ御方違御幸シ給フ　是日院政始
・同月一三日…前右大臣実氏ノ第二女公子ヲ従三位ニ叙ス　是日頼経上洛ノ事ヲ令ス
・同月二八日…前右大臣実氏ニ太政大臣ノ兼宣旨ヲ賜フ　頼経二所ニ参詣ス
・三月三日…政始アリ　是日上皇宣陽門院ノ六条殿ニ御方違御幸アラセラル
・同月四日…上皇承明門院ノ土御門殿ニ御幸シ給フ　平等院一切経会前右大臣実氏ヲ太政大臣ニ任ジ牛車ヲ聴ス

・同月一五日…上皇関東申次熊野三山検校ノ事ヲ藤原道家ニ詢ヒ給フ
・同月二三日…経時病ニ依リテ執権ヲ弟時頼ニ譲ル
・同月二六日…執権時頼評定始
・四月一六日…宗尊親王御着袴日時定／二二日…宗尊親王御着袴始
・五月二四日…越後守北条光時潜ニ頼経ト謀リ執権時頼ヲ除カントシ鎌倉騒動ス　時頼前但馬守藤原定員父子ヲ禁錮シ光時ヲ詰問ス　光時及ビ弟時幸出家ス
・同月二六日…執権時頼北条政村、実時等ト光時ノ事ヲ議ス
・六月一三日…幕府、北条光時ヲ伊豆ニ流シ越後ノ国務ヲ没収シ千葉秀胤ヲ上総ニ逐フ
・同月一四日…六波羅ノ使、鎌倉ヨリ帰洛シテ頼経上洛ノ報ヲ伝フ　人心駭擾ス
・同月二九日…是月越前大仏寺ヲ改メテ永平寺ト号シ僧道元董住ス
・七月一一日…頼経鎌倉ヲ発ス／二八日…頼経上洛シテ六波羅北方重時ノ若松第ニ入ル
・九月一日…時頼前若狭守三浦泰村ヲ招キテ政務ヲ謀ル
・一一月四日…前権大納言正二位藤原為家服解
・同月二四日…大嘗会
・一二月九日…吉書奏　太政大臣実氏ヲ罷ム
・同月一四日…摂政実経上表シテ左大臣ヲ罷ム　前内大臣通光ニ太政大臣兼宣旨ヲ賜フ
・同月二四日…除目　前内大臣通光ヲ太政大臣ニ任ジ右大臣兼平ヲ左大臣ニ内大臣忠家ヲ右大臣ニ大納言藤原実基ヲ内大臣ニ任ズ
・是歳、前摂政道家普門寺ヲ建テ僧円爾董住ス

（『史料綜覧』より抜粋）

一九　白河殿七百首ノ時

戸部云《ハク》。「白河殿七百首」ノ時、民部卿入道ハ御製《ノ》御数をミあはせて、八十首詠ず。冷泉大納言為氏は、「わかものハおほく仕れ」と禅門ゆるされて、百首是を詠ず。還御之時、「達者とこそみえつれ」と、直ニ勅定アリケリ。

【校異】 白河殿―白川殿（広甲）、わかものハ―我もの（松）

【口語訳】 戸部（為藤）が云う。「白河殿七百首」の時、民部卿入道（為家）は（後嵯峨院の）御製歌の数を見合わせて、八十首を詠じた。冷泉大納言（為氏）は「若者は多く詠め」という禅門（為家）のお許しのもとに、百首を詠じた。（その後、院が）還御の時、「達者（の歌詠み）と見受けられた」と、直に勅定があったという。

【語釈】 ○**戸部**＝二条為藤。一二七五年生、一三二四年没（第二節参照）。○**白河殿七百首**＝禅林寺殿七百首・仙洞七夕御会とも。文永二〈一二六五〉年七月七日、後嵯峨院仙洞御所の白河殿（禅林寺殿）で開催された当座探題歌会。続古今集編纂のために催された。題者として為家（春百三〇首・恋百五〇首）、行家（夏七〇首・冬七〇首）、真観（秋百三〇首・雑百五〇首）。

【考察】「白河殿七百首」では、歌人により歌数に違いがある。群書類従本によると、御製五八首、為家（民部卿入道、本七百首開催より一〇年前に出家）七九首、為氏（侍従中納言）一一四首、そのほか、真観・顕朝各四五首、資季四二首、行家三七首などである。その代表歌人の歌をあげる。

初ねとはおもはざらなん一年にふたたびきたる春のうぐひす　（御製）
山のはのみえぬを老にかこちても霞にけりな春のあけぼの　（為家）

春のきる霞の袖の色そへて衣の関のなにやたつらん　（為氏）

かご山の松風はやく春立て波にぞかへる池のこほりは　（真観）

右の第一首は続古今集・雑上1484「年中立春」題で入集し、第二首は続拾遺集・雑春478「山霞」題で入集し、第三句「かこてども」とされる。また、第四首は夫木集（雑五10735）の「初春風」題で入集し、第三句「春たてば」とされる。

二〇　真観まいりて短冊を

又云《ハク》。彼「七百首」、真観まいりて、短冊を泉の水のなかに風に吹《キ》入《レ》られ、てのごひぬの丶かせにて、取《リ》上《ゲ》などして、見苦シカリケリ。如《キ》レ此《クノ》事、尤《モ》可《キ》レ有《トル》二用意一云々。

【校異】 七百首―七百首時（総・尊・京・松）、なかに―なかへ（松）、てのこひ―てのこい（総・尊）、かせ―風（尊）

【口語訳】 又（戸部が）云う。彼の「七百首」の時、真観が参上したところ、短冊を泉の中に風に吹き入れられた。そこで手拭いのかせ木で取ろうとした様子は、見苦しいことであった。このようなことがあるから、（短冊などを余分に）用意しておくべきであると云々。

【語釈】 **○真観**＝葉室光俊の法名。一二〇三年生、一二七六年没（第一節参照）。**○短冊**＝籤・付箋・メモ用紙など、日常のきわめて実用的なもの。短冊を懐紙として詠歌の清書用料紙に使った例が本節か。**○かせ**＝底本に「マ、」と傍注。ここでは手拭いを架ける横木。

【考察】「白河殿七百首」の開催時、真観は六三歳である。この頃、真観は歌学書『簸河上』を著している。これは静嘉堂文庫蔵本（伝為相筆古写本）の奥書によると、「依二本寺之鬱訴一、卜東関東之旅宿、遂及二荏鞆雨裏一、為消二百千万緒一之徒然、柳営風前忽写㆓三十一字之秘訣㆒者也」とあり、当時の鎌倉将軍宗尊親王の依頼により、著したとされる（歌学大系解題）。真観が宗尊親王の歌道師範となり、関東歌壇を支配したことは、続古今集の撰者追加の折の経緯（第一節参照）より明らかである。

二一　祝部忠成にあふ

祝部行氏語《リテ》云《ハク》。少年時《ノ》、祝部忠成新勅撰作者にあひて侍《リ》き。草子などみて哥よみ侍《リ》しかバ、「たゞ哥ハあを雲にむかひて案ぜよ。今よりふる哥にかゝりてハ、うるハしき哥よみにハなるまじ」と申《シ》き《ト》云々。

【校異】 少年時—少年（広甲）、たゝ哥ハ—たゝ（尊・広甲）、むかひて—むかひ（尊・広甲・広乙）・むかい（京）、案せよ—あむせよ（松）、まし—ましき（総・尊・京・広甲）、と申き云々—と云々（総）

【口語訳】 祝部行氏が語って云う。（行氏の）少年の時、祝部忠成（新勅撰集作者）に会っ（て歌のことなどを話し）た。（私が）草子などを見ながら歌を詠じたので、（忠成は）「ただ（一心に）青雲を見上げるような気分で詠みなさい。今から（歌道に初心の頃）古歌にとらわれ過ぎると、立派な歌詠みにはなれないだろう」と申したと云々。

【語釈】 **○祝部行氏**＝生没年未詳。元亨三〈一三二三〉年頃八〇歳前後で生存か。従四位上権禰宜行言の男。代々禰宜職を継ぎ、従四位下（正四位下とも）。日吉社禰宜。惣官。「和歌声誉、頗不㆑後㆓等輩㆒矣」（「二一代集才子伝」）。勅撰集に新後撰集一首、新千載集三首、新拾遺集二首などの一二首入集。**○祝部忠成**＝生没年未詳。文永三〈一二六六〉年頃生存。日吉禰宜親成の男。資成の子とも（「二一代集才子伝」）。正四位下、加賀守、日吉社禰宜。定家と交流（『明月記』）。勅撰集に新勅撰集・続後撰集各一首、続古今集三首、続拾遺集・玉葉集各一首などの一三首入集。**○あを雲**＝元来青い雲、灰色又は淡い藍色の雲の意。

【考察】行氏と忠成は祝部氏という日吉社禰宜の家系で、同門である。祝部氏の系図に「日吉社司祝部系図」があるが、その内容には不明なところが多いとされる（福田秀一説）。

二二　信実卿をバ無双哥よみ

故宗匠云《ハク》。民部卿入道ハ、信実卿をバ無双哥《ノ》よみにおもハれたりき。続後撰時、巻頭にいれんとて、「立春哥《ノ》十首斗、書《キ》てたまハらん」といひつかハされたれバ、「之ハなにの御要にか候《フ》らん」とて、書《キ》ても出《ダ》さず。卑下ノ心も幽玄なりき。百首をよみて、民部卿入道ニ点をこひたる哥《ノ》中ニ、「『をはつせ山のたに〴〵に』と云《フ》哥、山法師のやうにや候《フ》らん」と詞を付て遣《ハシ》たれバ、其日《ノ》夜に入《リ》て、中院へ尋来《ネタ》れり。対面して、「たゞ今なに事ニ御渡《リ》そ」と被《レ》㆑尋《ネ》けれバ、「『谷〴〵』、山法師のやうなると承《リ》候《フ》事がおもしろくぞ、参《リ》て候《フト》」云々。数寄ノ程ヤサシカリキ。

【校異】信実卿—信実朝臣（総・尊・京・松・広甲）、おもはれたりき—思ハれき（広甲）、之ハ—是ハ（総・松・広乙）・くわ（尊・京・広甲）、なにの—なに（広甲）、御要—御用（松）、書ても出さす—書ていたされす（松）、こひたる—こいたる（尊）、をはつせ山の—をはつせの山の（松）・はつせ山の（広乙）、其日夜—其夜（広甲）、なに事ニ—何事にか（松）、御渡そ—御渡候そ（総・尊・広甲）、おもしろくぞ—おもしろく候て（総・尊・広甲・広乙）、参て候云々—参て候と云々（京）

【口語訳】故宗匠（為世）が云う。民部卿入道（為家）は信実卿を他に並ぶ人のいない歌詠みと思われた。続後撰集撰進の時、（信実卿の歌を）巻頭歌にしようと思い、「立春の歌を十首程書いて提出ください」と（使者を送って）依頼されたところ、（信実は）「この私がどうして（その役を）果たせようか」と言って、提出しなかった。卑下する心も深くて立派であった。（その後、信実卿は）百首を詠み、民部卿入道（為家）に合点を乞うた一首に、（為家が）「『をはつせ山の谷々に』とは、山法師のようだ」という評価の詞を付けて返されたところ、（信実卿は）その日の夜になって、中院（為家）邸を尋ねてきた。（為家は）対面して、「こういう時間になんのご用ですか」とお尋ねになると、（信実卿は）「『谷々』が山法師のようだとお聞きして面白く思い、参上しました」と云々。（信実卿の）風流心のほども感心なことである。

【語釈】○信実卿＝藤原信実。治承元〈一一七七〉年生。一説に、文永二〈一二六五〉年一二月一五日八九歳で没（同三年以降も生存とも）。藤原北家長良流、右京権大夫隆信の男。母は中務少輔藤原長重の女。正四位下左京権大夫、中務権大輔、備後守。「河合社歌合」を主催。「春日若宮社歌合」に出詠。父隆信と同様に似絵の名手。宝治二〈一二四八〉年に出家か（法名寂西）。勅撰集に新勅撰集一〇首、続後撰集一七首、続古今集二八首、続拾遺集二一首、新後撰集一〇首、玉葉集六首などの一三二首入集。○続後撰＝第一〇番目の勅撰集。撰者は為家。宝治二年七月二五日、後嵯峨院の勅命により、建長三〈一二五一〉年一〇月二五日奏覧。流布本一三七七首（精撰本一三七一首）。入集歌は定家四三首、実氏三四首、後鳥羽院・良経二九首、俊成二八首、土御門院二六首、後嵯峨院二五首、慈円二二首など。千載集・新勅撰集とともに二条家三代集として規範的な地位を示した。○山のたに〳〵＝『信実朝臣集』春歌（15）の信実歌に「前藤大納言五十首」として、「みよしのの水わけ山のたにだにのせぜにわかれてちる桜かな」があり、享保二一〈一七三六〉年冷泉為村識語の同伝本には、「たにだに」に「山ほうしカ」と傍注。○山法師＝滋賀県三井寺の僧徒を「寺法師」というのに対し、比叡山延暦寺の僧徒をいう。兼好は文保三〈一三一九〉年四月二五日に、三井寺を山法師に焼かれた「寺法師」に、惟継中納言が「寺はなければ、今よりは法師とこそ申さめ」と言ったと記す（『徒然草』第八六段）。○中院＝康元元〈一二五六〉年五九歳で出家した晩年の為家が、阿仏尼と隠棲生活を送った嵯峨中院の別荘。○おもしろくぞ＝底本に「そ」の右に「マ、」と傍注。

【考察】続後撰集撰集の際に、為家が信実歌を巻頭歌にする依頼をしたことの事情がうかがえる。現存本によると、巻頭歌は俊成の「年のうちに春たちぬとや吉野山かすみかかれるみねのしら雪」となり、実現しなかったことになる。信実の父は隆信、その母は若狭守親忠の女（美福門院加賀）であり、彼女はのち俊成と再婚し、成家・定家をもうけているから、俊成孫定家男の為家とは姻戚関係があった。

二三　続後撰ノ難

弁入道ノ書《キ》たる「続後撰ノ難」ト云物ヲ、先年見侍りしに、

成茂があづまへ下《リ》て、

「すてはてずちりにまじハるかげそハゞ神もたびねのとこや露けき」

と云《フ》哥の詞に、「涙ノこぼれければ」とかゝれたるを、「よく其《ノ》時涙のこぼれける。一の幡さしの寂西が蚊虻にて、詞がきなどにかやうの事あるぞとかけり。誠に異他なる門弟也。隆信と定家一腹の兄弟也。其よりことにあさからぬ為《ル》二門弟《ト》一歟《ト》」。

【校異】成茂が—成茂（広乙）、神も—神そ（松）、涙ノこほれけれは—涙しほれは（松）、よく—よくそ（総・尊・京・松・広甲・広乙）詞かき—ことかき（松）、事あるそ—事のあるそ（総・尊・京・松・広甲）、異他なる—他に異なる（広乙）、定家—定家と（総・尊・京・松・広甲・広乙）、為門弟歟—為門弟也（広甲）

【口語訳】弁入道（真観）が書いた「続後撰の難」というものを、先年見たところ、

成茂が東に下りて（詠んだ歌）、

（捨てられなくて塵に交わるわが身に、旅の神も添い寝してくれて、その床が涙にあふれ、露けさを増しているよ）

という歌の詞書に、「涙がこぼれたので」と書かれているのを、（真観は）「よくぞその時涙がこぼれたものよ。

（当世歌人として）一番手の寂西（信実）は歌道に浅く、詞書などにこのようなことがあったと書いている。実に風変わりな（定家の）門弟よ。隆信と定家は同腹の兄弟である。（隆信の男信実は）とりわけ浅からぬ門弟となったのだろうか」と。

【語釈】○弁入道＝真観。葉室光俊の法名。一二〇三年生、一二七六年没（第一節参照）。**○続後撰ノ難**＝真観の書き残した書（散佚）。続後撰集は第一〇番目の勅撰集。撰者は為家。**○成茂**＝祝部氏。治承四〈一一八〇〉年生、建長六〈一二五四〉年八月没。大蔵大輔従四位上允仲の男。母は源光基の女。姉妹に後鳥羽院下野（源家長室）。丹後守正四位下、大蔵少輔、丹後守、日吉社禰宜。惣官。後嵯峨院・為家との和歌の交流があった。「春日社歌合」「宝治百首」にも出詠。定家と交流（『明月記』）。七十賀に後嵯峨院・藤原為家より詠（『古今著聞集』）。勅撰集に新古今集一首、新勅撰集五首、続後撰集八首、続古今集二首、続拾遺集五首、新後撰集六首、続千載集四首などの四四首入集。**○「すてはてずちりにまじハる」の歌**＝続後撰集（神祇574）の祝部成茂の一首。詞書に「おもはぬ事によりて、あづまのかたにまかれりけるに、本社のことのみ心にかかりてなみだのこぼれければ」とある。**○一の幡さし**＝「はたさし」は馬に乗って大将の旗を持つ者のこと。ここでは第一番手の意か。**○寂西**＝藤原信実の法名。一一七七年生、一二六五年没（第二二節参照）。**○蚊虻**＝蚊と虻の喩。「蚊虻走牛羊」で、小さいものでも大きいものを制するという喩。**○隆信**＝藤原隆信。康治元〈一一四二〉年生、元久二〈一二〇五〉年二月二七日没。藤原北家長良流、皇后宮少進藤原為経の男。母は若狭守藤原親忠の女（美福門院加賀）。藤原俊成の養子。定家の異父兄。上野介、越前守、右馬督。正四位下右京権大夫。建礼門院右京大夫の恋人。建仁二〈一二〇二〉年九月一五日出家。法然に帰依（法名戒心）。「守覚法親王家五十首」「正治二年院初度百首」に出詠。家集に『隆信朝臣集』。勅撰集に千載集七首、新古今集三首、新勅撰集六首、続後撰集二首、続古今集四首、続拾遺集二首、新後撰集六首、玉葉集四首などの六九首入集。

【考察】「続後撰集の難」（散佚）では、真観は祝部成茂の歌に否定的である。詞書中に「なみだのこぼれければ」と明記したことを批判しているのか。文末部分の内容とともに不明である。なお、頓阿と同じく為世を師とした兼好は、成茂の一首「冬のきて山もあらはに木のはふり残るまつさへ峰にさびしき」（新古今冬565）を、「まことに少しくだけたる姿にもや見ゆらむ」として、否定的な評価を下している。さらに、『源家長日記』に「衆議判の時、よろしきよし沙汰ありて、後にもことさら感じ仰せ下されける」とあると指摘する（『徒然草』第一四段）。

二四　信実朝臣女三人

信実朝臣、女三人あり。みなよき哥よみ也。藻璧門院少将ハ、ことに秀逸也。

「をのがねにつらき別のありとだに思もしらで鳥や鳴《ク》らん」

といふ哥を感じて、京極黄門、老後に古今を書《キ》てあたへらる奥書に、「国母仙院少将殿、依《リ》レ為《ルニ》ニ此道之堪能一、不レ顧《ミ》ニ老眼之不堪一ヲ書ニ写《スト》之《ヲ》一」云々。

【校異】 鳥や鳴―鳥のなく（松）、書写之―書之写（松）

【口語訳】 信実朝臣には三人の娘がいた。みな優れた歌詠みである。藻璧門院少将はとりわけ秀逸な歌人である。

（鳴き声を聞いてつらい別れがあることさえ思いもしなかったが、今鶏鳥が鳴いているよ）

という歌に感心して、京極黄門（定家）は老後に古今集（の自筆写本）をお与えなった。その奥書に、「国母仙院少将殿（藻璧門院少将）は歌道に堪能であるため、（私の）老眼の不便を省みず、これを書写した」と云々。

【語釈】 **○藻璧門院少将**＝生没年未詳。文永三〈一二六六〉年生存。左京権大夫藤原信実の女。藻璧門院少将は後深草院弁内侍・同少将内侍の姉。「石清水若宮歌合」「光明峯寺摂政家歌合」「道家家七百首」に出詠。続拾遺集の一首（1112）により、「自撰家集を編んだらしいが、伝わらない」とされる（佐藤恒雄説）。勅撰集に新勅撰集に「中宮少将」

の名で六首、続後撰集五首、続古今集一二首、続拾遺集一二首、新後撰集八首、玉葉集二首、続千載集八首などの六三首入集。なお、藻壁門院は従一位関白道家（光明峯寺殿）の女。一条竴子。後堀河院后・四条院母。寛喜元〈一二二九〉年一一月三日従三位。同月一六日入内。同二十二日女御（二〇歳）。同二年二月一六日中宮。天福元〈一二三三〉年四月三日院号（「女院記」）。〇「をのがねにつらき別の」の歌＝新勅撰集（恋三794）の藻壁門院少将の一首。ただし、第二句「つらき別れ」。一つ前の歌の詞書には「家に百首よませ侍けるに」とある。〇奥書＝古今集の現存伝本でこの奥書を持つものには、伝為世遺筆中院通茂輔写本の奥書（梅沢彦太郎氏蔵）、伝兼親筆本識語（久曾神昇氏蔵）がある（『集成』）。〇国母仙院少将殿＝右の藻壁門院少将をさす。

【考察】当時確固たる権威を有していた「歌の家」の御子左家の当主俊成、その子の定家の自筆写本を所持することは、その家または歌人としての大きな名誉であったこと（小林一彦説）は容易に推測できる。定家は藻壁門院少将の歌人としての才能を評価し、奥書に「依レ為二此道之堪能一不レ顧二老眼之不堪一ヲ書二写之一」として、その名誉を讃えたのである。

二五　藻壁門院少将老後ニ

少将内侍ハ先《ニ》うせて、両人ハのこれり。藻壁門院少将、老後ニ出家して、法性寺《ノ》内跡ニ住ける比、平親清女《ガ》あづまよりのぼりて、「さる名誉人なれバ見参せん」とて、法性寺《ノ》宿所へ尋《ネ》まかりたりけり。持仏堂にいれて、障子ごしに、「かやうに草ふかきすミかに分いらせ給ふ御心ざし、此《ノ》道の御すきも、殊おもしろくぞ。おいの姿をもみえまいらせ度候へ共、『をのがね』の心おとりせられ、まいらせじ」とて、「げざんハし候ハぬぞ」といはれける、やさしく優にこそ侍れ。いなかづとなど常ハ送りて、文にて申《シ》うけ給けり。弁内侍ハおいの後、あまになりて、坂本のきたに「あふき」と云《フ》所にこもりゐて侍りけり。亀山院きこし召《シ》て、「七夕御《ノ》会」の時、題をつかハされけれバ、「七夕衣」に、

秋来ても露をく袖のせばけれバ七夕つめになにをかさまし

とよみて侍《リ》けるを、「げにさこそ」とあハれがらせおハしまして、常に御とぶらひなど侍りけるよし、「あふぎ」に行宣法印とて、ふるきもの、侍《リ》しが、かたり申《シ》侍りき。

【校異】のこれり―残れる（広乙）、内跡―旧跡（総・尊・京・松・広甲・広乙）、法性寺宿所―法性寺の宿所（総・尊・京・広甲）、尋まかりたりけり―尋罷たりけり（総）・まかりたりけり（松）・尋まかりけり（広乙）、いれて―入て（京）、すミかに―栖かに（尊）・栖に（広甲）、おもしろくそ―おもしろく候て（総・尊・京・松・広甲）、おいの―老の（松）、姿をも―すかたも（広乙）、心おとり―心をとり（総・広甲・広乙）、せられまいらせし―せられシトテ（広甲）、けさん―見参（尊・京・広甲）、いなかつと―ゐ中つと（総・松）・ゐなかつと（広乙）、常ハ―ナシ（広甲）、文にて―文して（松）、申うけ給けり―申承けり（総・松）・申承ハり（広乙）、おいの後―老後に（広乙）、七夕衣―七夕の衣（総）、けにさこそ―けにこそ（総・松）、おハしまして―をハしまして（京）、御とふらひ―御とふらい（京）

【口語訳】（信実女の）少将内侍は早く亡くなり、二人の娘が残った。藻壁門院少将は老後に出家し、法性寺内跡に住んでいた頃、平親清女が東国から上京してきて、「あれほどの著名な人なので見参しよう」といって、法性寺の宿所へお尋ねしたという。（藻壁門院少将は親清女を）持仏堂に案内して障子ごしに、「このような草深い庵に分け入ってくださるお志は、歌道の風流の上にもにことにすばらしい。（私の）老いの姿をお見せ申したいが、『をのがね』と詠んだ私の気後れした姿をお見せしたくない」といって、「面会いたさない」とおっしゃったのは、たいそう優れた心である。（その後も）地方の名産など常々送り、手紙でも（消息を）申し上げていた。（一方）弁内侍は老後に（出家して）

尼になり、坂本北の「あふき」という所にひっそりと住んでいた。亀山院が（そのうわさを）お聞きになり、「七夕御会」の時、（弁内侍に）題を送られると、「七夕衣」という題に対し（弁内侍は）、（秋が到来してもひとり身の生活で心細いので、彦星様に頼まれても貸すほどの心のゆとりもない）と詠んだのを、（亀山院は）「もっともなこと」と感嘆なさって、（日常品などの）差し入れを常々行われたことを、「あふき」という所に行宣法印という古老がいたが、それを語り申した。

【語釈】　**○少将内侍**＝生年未詳、文永二〈一二六五〉年以前に没か。後深草院少将内侍とも。左京権大夫藤原信実の女。姉に藻壁門院少将・弁内侍。「河合社歌合」「宝治百首」「西園寺三首歌合」「光明峯寺入道摂政（道家）家秋三十首会」に出詠。勅撰集に続後撰集五首、続古今集七首、続拾遺集八首、新後撰集三首、玉葉集七首などの五二首入集。**○法性寺**＝京都市東山区本町通九条河原、鴨川の東岸にあった寺。延長三〈九二五〉年に左大臣藤原忠平落慶供養。天台座主法性房尊意を開山とする。長和四〈一〇一五〉年には藤原道長の五十賀法会。九条兼実は建仁二〈一二〇二〉年当寺で出家し、月輪殿・後法性寺殿と呼ばれた。その後、九条道家により法性寺東隣に創建された東福寺に吸収された。**○平親清女**＝生没年未詳。母は西園寺実材の母。『実材集』から親清には五人の娘があったが、勅撰集の「親清女」がいずれかは不明。「文保百首」に出詠。勅撰集に続古今集二首、続拾遺集四首、新後撰集三首、風雅集一首などの一三首入集。**○弁内侍**＝生没年未詳。建治二〈一二七六〉年生存か。後深草院弁内侍とも。姉に藻壁門院少将、妹に後深草院少将内侍。左京権大夫藤原信実の女。左中将藤原（法性寺）雅平の妻。新陽明門院中納言の母。「河合社歌合」「宇治百首」に出詠。新拾遺集巻一八により、晩年に仰木の里に籠居した。『弁内侍日記』は寛元四〈一二四六〉年正月から建長四〈一二五二〉年一〇月までの記事で、和歌が多く歌集的な日記。連歌作者でもあり、『菟玖波集』に一三句入集。勅撰集に続後撰集四首、続古今集六首、続拾遺集九首、新後撰集六首、玉葉集六首などの四五首入集。**○坂本**＝近江国坂本。そこに「仰木」という名の別荘があった。**○亀山院**＝第九〇代天皇。後嵯峨院の第三皇子。母は西園寺実氏の女、大宮院姞子。建長元〈一二四九〉年五月二七日生、嘉元三〈一三〇五〉年九月一五日没。正元元〈一二五九〉年から文永一一〈一二七四〉年まで在位。兄の後深草院血統の持明院統に対し大覚寺統を名乗った。建治二〈一二七六〉年二条為氏に続拾遺集撰集の勅命。勅撰集に続古今集一一首、続拾遺集二〇首、新後撰集二五首、玉葉集七首などの一〇六首入集。**〇七夕御会**＝元徳二〈一三三〇〉年七月七日、後醍醐天皇の侍臣らによる七夕三題の二条派歌会。**〇「秋来ても露をく袖の」の歌**＝新拾遺集（雑上1587）の弁内侍の一首。詞書に、「老の後あふきといふ山里にこもりゐて侍りけるに、亀山院より題を給はりて歌よみてたてまつりけるに、七夕衣」とある。**〇行宣法印**＝伝未詳。『徒然草』には、その言として、「唐土は呂の国なり。律の音なし。和国は、単律の国にて、呂の音なし」とある（第一九九段）。広乙に「ぎやうせん」と傍書。

【考察】 藤原信実女の藻壁門院少将は新勅撰集初出から「弁内侍・少将内侍の姉」とされる（佐藤恒雄説）。藻壁門院少将の入集歌を次に示す。

前関白家歌合に、寄鳥といへる心をよみ侍りける　中宮少将
暁のゆふつけどりもしらつゆのおきてかなしきためしにぞなく
（新勅撰・恋三806）

入道前摂政家恋十首歌合に、寄網恋　藻壁門院少将
たえずひくあみのうけなはうきてのみよるべくるしき身のちぎりかな
（続後撰・恋二756）

信実朝臣身まかりてのち、春のころかの墓所にまかりたりけるに、草のあをみわたりたりけるをみてよみ侍りける　藻壁門院少将
としどしの春の草にもなぐさまでかれにし人の跡を恋ひつつ
（続拾遺・雑下1283）

なき人のうゑおき侍りける梅花のさきたりけるを
色も香もあはれはしるやなき人の心とどめしやどの梅がえ
（同右・雑下1284）

前大納言為家、家に百首歌よみ侍りけるに　　藻壁門院少将
あだにさく峰の梢の桜花かぜまつほどの雲かとぞみる　（新後撰集・春下109）

また、続拾遺集（1315）の詞書に「少将内侍身まかりにけるころよみ侍りける歌の中に　藻壁門院少将」、続千載集（2055）の詞書に「藻壁門院少将身まかりて後、人の夢にみえて、あるかひもいまはなぎさの友千鳥くちぬその名の跡やのこらむ、とよみ侍りける歌の心を、弁内侍人々にすすめてよませ侍りけるに」がある。なお、信実女にはほかに四条院少将内侍（伯二位・源資邦室）と兵部少甫菅原在子妻（大内記在顕母）の二人がいる（『尊卑分脈』）が詳細不明である。

二六　弘長仙洞百首

戸部云《ハク》。「弘長仙洞百首」ハ、常盤井、衣笠、九条前内府、民部卿入道、冷泉大納言于レ時中納言、行家卿、寂西信実朝臣、清撰人ニ被《ル》レ仰《セ》。世これを「七玉集」と号す。トキハイ入道相国、老後ノ晴ノ哥也。「所二心及《ノブ》一執してよむべし。からおとりたる馬ニ唐鞍をきて、百疋引たてたる様にハ詠ずべし」と被レ申《サ》ける。誠ニ哥ことにおほやけしく、たけたかく、うるハしき躰也。当家二代《ノ》哥も、此《ノ》御百首ことに規模也。百首ハ是を本にて詠ずべし。さてハ、衣笠前内府ノ哥殊勝也。おほく勅撰中ニありと云々。

【校異】常盤井―常盤井相国（広乙）、九条前内府―九条内府（総）、清撰人―清撰七人（総・尊・京・松・広甲・広乙）、被仰―仰（松）、とりたる―おりたる（総）、からおとりたる―からをとりたる（広甲）・から尾とりたる（広乙）、引たてたる―引たる（広甲）、様にハ―やうに（総・尊・広乙）、被申ける―被申けり（総・尊・京・松・広甲・広乙）、ことに―殊（総・広乙）、御

百首—百首（松）、さてハ—さて（広乙）、ありと云々—在云々（尊・京・松・広甲）・あり（広乙）

【口語訳】 戸部（為藤）が云う。「弘長仙洞百首」は、常盤井相国（実氏）、衣笠内大臣（家良）、九条前内府（基家）、民部卿入道（為家）、冷泉大納言（為氏）、行家卿、寂西（信実）ら、勝れた七人（の作者）に命じられた。世の中にこれを「七玉集」と呼んだ。常盤井入道相国の老後の晴の歌である。「心の及ぶ限り歌に専念して詠ずべきだ。唐尾の馬に唐鞍を置き（飾り立てた馬を）百匹連ねたような心境で詠ずべきだ」と申された。（提出された歌は）まことにことに晴がましく格調高く壮麗な風体である。当家（二条家）二代の歌の中でも、この百首は特別な規模である。百首歌はこれを手本にして詠ずべきである。（その中に）衣笠前内府（家良）の歌はとくに優れている。多くの歌が勅撰集に入集していると云々。

【語釈】 ○**弘長仙洞百首**＝七玉集とも。底本に「仙洞後嵯峨院」と傍注。続古今集撰集に際し、後嵯峨院の下命により弘長元〈一二六一〉年為家が部類したか。作者は実氏・家良・基家・為家・為氏・行家・寂西（信実）の七名。構成は春一四題二〇首、夏七題一〇首、秋一五題二〇首、冬七題一〇首、恋九題二〇首、雑一七首二〇首。○**常盤井**＝西園寺実氏。一一九四年生、一二六九年没（第一節参照）。底本に「常盤入道太政大臣実氏公号北山相国禅門」と傍注。この時、六八歳。○**衣笠**＝藤原家良。建久三〈一一九二〉年生、文永元〈一二六四〉年九月一〇日没。底本に「衣笠内府家良公」と傍注。正二位大納言藤原忠良の男。母は大納言定能の女。衣笠内大臣・衣笠内府と称。正二位内大臣。初学期に藤原定家に師事。続古今集撰者に加えられたが、奏覧前に没。自詠百首の断簡「御文庫集」が伝存。「月卿雲客妬歌合」「中殿御会」に出詠。勅撰集に新勅撰七首、続後撰集一四首、続古今集二六首、続拾遺集一七首、新後撰集一五首、玉葉集七首などの一一九首入集。○**九条前内府**＝九条基家。一二〇三年生、一二八〇年没（第一節参照）。底本に「九条内府基家公」と傍注。○**民部卿入道**＝藤原為家。一一九八年生、一二七五年没（第一節参照）。底本に「民部卿入道為家」と傍注。○**冷泉大納言**＝二条為氏。一二二二年生、一二八六年没（第一七節参照）。底本に「冷泉大納言為氏」と傍注。○**行家卿**＝九条行家。貞応二〈一二二三〉年生、文永一二〈一二七五〉年一月一一日没。底本に「行家教知家子」と傍注。入道正三位知家（蓮性）の男。歌道の家六条家の嫡流。従二位左京大夫。左京大夫を一子隆博に譲った。寛元四〈一二四六〉年頃以降、反御子左派の歌人との交流が多い。光俊（真観）の推挙により弘長二〈一二六二〉年に続古今集の撰者に加えられる。「宝治百首」「弘長百首」「白河殿七百首」に出詠。『和漢兼作集』の漢詩文の作者でもあり、連歌式目も作った。勅撰集に続後撰集二首、続古今集一七首、続拾遺集一四首、新後撰集七首、玉葉集四首などの八一首入集。○**寂西**＝藤原信実の法名。一一七七年生、一二六五年没（第二三節参照）。○**からおとりたる馬ニ唐鞍をきて、百疋引たてたる様**＝出典未詳。飾り立てた馬を一〇〇匹連ねる、という意の比喩か。○**たけたかく、うるハしき躰**＝「たけたかし」は俊成の『古来風体抄』、「うるはし」は公任の『和歌九品』で最初に歌論用語として使用した。前者が晴の歌の必要条件として、後者が二条家の基本風体とされた。俊成は西行の「おしなべて花の盛りになりにけり山の端ごとにかかる白雲」の歌を、「うるはしく長高くみゆ」と判じた（「御裳濯河歌合」）。○**当家二代**＝為家と為氏の二条祖家。語り手（為藤）から見ると、曾祖父と祖父の代となる。

【**考察**】「弘長仙洞百首」は関東申次の役職にあった西園寺実氏の六八歳頃であり、彼の一世一代の文化活動であったと思われる。一方、衣笠家良はこの時七〇歳であり、どのような詠みぶりが「殊勝」とされたのか不明だが、次のような歌が見られる。

うづらなくをのの秋はぎ打ちなびき玉ぬく露のおかぬ日はなし　（続後撰・秋上294）
山どりのをのへのさとの秋風にながき夜さむの衣うつなり　（同右・秋下397）
思ひかね見しやいかにとはるの夜のはかなきゆめをおどろかすかな　（同右・恋四907）
あさぼらけはまなのはしはとだえして霞をわたる春の旅人　（同右・羇旅1316）

二七 哥ハ誠をさきとすべし

故宗匠云《ハク》。民部卿入道、時《ニ》衛門督ノ、僧都なにがしとやらんいひし僧、哥事《ノ》とひニ常ニ来《タリ》き。「哥ハ誠をさきとすべし、たゞ道理ニかなふべき」よし申さるゝを聞《キ》て、後日来《タリ》て、「先日承《ハリ》候《フ》ニ付キて、哥を一首詠じて候《フ》。かやうニ候《フ》べきか」と申き。

ふじの山同姿のみゆる哉あなたおもてもこなたおもても

「道理ヲサキトスベシとて、かやうの事にてハあるまじき」とて、被レ咲侍《ハリ》き。

【校異】時—時に（総・尊・広甲・広乙）、衛門督ノ—衛門督（総・尊・京）、哥事—哥の事（総・松）、来き—来て（広甲）、たゞ道理—道理（広乙）、来て—に来て（総・尊・広甲・広乙）、承候ニ付キて—承候しにつきて（尊・京・広乙）、詠して候—詠して（総・京）、かやうニ—かやうにうも（尊・広甲）、あるましき—あるまし（総・尊・広甲・広乙）、被咲侍き—被笑侍き（総）・わらひ侍りき（松）・わらはれ侍りき（広乙）

【口語訳】故宗匠（為世）が云う。民部卿入道（為家）が衛門督であった頃、僧都某という僧が、歌の事を尋ねようと、いつも訪ねて来た。（そこで為家が）「歌はまことを第一とするべきであり、ただ道理に適うように詠むべきだ」と申されたのを聞き、（僧は）後日にやって来て、「先日承ったことに従い、歌を一首詠じた。これでよろしいか」と申した。（その歌を見ると）

（富士山はどこから見ても同じ姿に見えることよ、あちら側からもこちら側からも）

であった。（為家は）「道理を先とすべきといっても、このようなことではないだろう」と言って笑われた。

【語釈】〇衛門督＝藤原為家。一一九八年生、一二七五年没（第一節参照）。寛喜三〈一二三一〉年四月一四日に右兵衛督、貞永元〈一二三二〉年六月二九日に右衛門督となった（『公卿補任』）。衛門督は令制で「衛門府」の長官。〇「ふじの山同姿の」の歌＝某僧都の一首（出典未詳）。

【考察】為家著『詠歌一躰』には「稽古なくては上手のおぼえ取りがたし」、「おのづから秀逸をよみ出したれども後に比興の事などし」てしまうと、「いかなる人にあつらへたりけるやらむと誹謗せらる」、「即ち此道の荒廃なるべし」と記される。ここには「中世的な『道』の思想に通ずる稽古の論が提示」されているという（佐藤恒雄説）。また、同書に「詞なだらかにいひくだしきよげなるすがたのよきなり」とあり、「この平淡美の歌風は中世において広く浸透し、二条家歌風の代表として尊重されるにいたった」とされる（有吉保説）。

二八　古今の説をうけん

又云《ハク》。民部卿入道ニ、古今の説をうけんとて参ぜし時、法師にて聞書などハしなれたる程に、其《ノ》為ニ定為をぐして侍《リ》しかバ、「今日ハさしあふ事あり。後日可《キ》ㇾ来《タル》」之由被《レ》ㇾ仰《セ》て、内々、「なにとて人をバつれたるぞ」と被ㇾ申《サ》き。仍《リテ》のちニ一人まかりて、説ヲうけ侍き。

【校異】後日可来―後日に可来（総・尊）・不可来（広乙）、のちニ―後日に（総・尊）

【口語訳】又（故宗匠が）云う。民部卿入道（為家）に古今の説を受けようと参上した時、（弟の定為が）法師として聞書などで慣れているというので、（聞書を行うために）定為を連れていったところ、（為家は）「今日は都合が悪い。後日に来なさい」と仰られて、（その後為家は為世に）内々に、「どうして人を連れてきたのか」と申された。そこで後日に（為世は）一人で（為家のもとに）参上し、古今の説を受けた。

【語釈】○又云＝底本に「為世卿にや祖父為家卿ニ被㆓伝受㆒也」と傍注。○古今の説＝いわゆる「古今伝授」のこと。古今集講釈を切紙にし、さらに古注・証状・相承系図などを加えて伝授（ただし、「伝授」と「伝受」とを区別）。一例として、藤原教長から守覚法親王へ、藤原俊成から九条兼実・藤原定家への伝授があった。また、御子左家、特に二条家が歌道宗匠家としての地位を確立したが、至徳二〈一三八五〉年、為重が死去してからの二条家は、為世の弟子頓阿が正統を継いだ。その後、尭孝から尭恵への尭恵流と、尭孝から東家（常縁）、宗祇への宗祇流とが認められた。

○定為＝藤原定為。生年未詳、一三二七年以前に没（第三節参照）。

【考察】 ここにはいわゆる「古今伝授」の作法の厳しい状況を伝えている。伝授（受）者は「一子相伝」（子弟の相伝）という原則のため、身内であっても第三者の随伴を許さなかったということである。六条家の説に二条家の説が加筆された『毘沙門堂本古今集註』（建保二〈一二一四〉年付ほか）の奥書（二種）には、父俊成からの「自筆本」の相伝の様子や、定家以後の「家々所称秘説」「後学之證本」の成立の様子がうかがえる。

①建保二年之秋、以二亡父自筆之本一、凌二老眼一書二写之一　参議従三位侍従藤原朝臣定家

②此集、家々所称秘説秀歌雖二説々多一、且任二師説一、又加二了見一、為二後学之證本一所レ書也、近代僻案之輩、以二書生之失錯一、称二先達之秘説一、可レ謂二道之魔姓一不レ可レ用、但如レ此之用捨、只可レ随二其身一之所、好不レ可レ存二自他之差別一、志同者可レ用レ之嘉禎三年正月廿三日乙亥重書レ之、眼昏手疼寧成字哉、去十四日書始同廿七日自二読合一訖

二九　一橋をわたる様によむ

又云《ハク》。民部卿入道被レ申《サ》しハ、「哥をは一橋をわたる様によむべし。左へも右へもおちぬやうに斟酌すべき也。心ノマ、ニよむべからず」。又被レ申《サ》しハ、「塔をくむやうによむ。塔ヲバ上よりくむ事なし。地盤よりくミあぐるやうに、下句よりよむ也」と云々。

【校異】 又云―亦云（京）、よむ也―読（松）

【口語訳】又（故宗匠が）云う。民部卿入道（為家）が申されたことは、「詠歌（の姿勢）としては一本の（木）橋を渡るように詠むべきだ。左へも右へも落ちないように、ほどよく熟慮して詠むべきだ。心に浮かぶままに詠んではならない」と。又申されたことは、「塔を組み立てるように詠みなさい。塔は上から組むことはない。基礎から組み上げるように、下句から詠むのだ」と云々。

【語釈】**○一橋をわたる様によむべし**＝心の揺れのないようによむべき、という意か。

【考察】本節に説かれる、為家の「一橋をわたる様によむ」「塔をくむようによむ」という詠歌姿勢は、「晴の歌的な和歌の伝統に立脚した無難な詠作への志向」（『集成』）とも解されるが、さらに積極的な姿勢と解することもできる。すなわち、父定家が「よくよく心を澄まして、その一境に入りふす」「心を気高く澄ます」とした詠歌姿勢である。定家の姿勢はさらに亡父（俊成）の諫めとして説く、初心者の心得にも通じてこよう。「歌はただ案ずべき事とのみ思ひて間断なく案じ候へば、性も惚れ、却りて退く心の出でき候に候。『口馴れむためには早らかによみ習ひ侍るべし。さてまた時々しめやかに案じてよめ』」という（『毎月抄』）。なお、京は第二八節と本節の順序が入れ替わる。

三〇　故大納言子共ニ

今出河院近衛局《ノ》被《テ》レ語《ラ》云《ハク》。「故大納言、子共ニ哥をよませしに、伊頼卿、覚道上人、実伊僧正など、わかくて面々よみき。我《ガ》身ハ九《ツ》ニ成《リ》し時、『池氷』と云《フ》題を、あに共の哥をミれバ、皆『うす氷』とよみて侍し程に、同さまにてハあひなしと思ひて、『池の汀のあつ氷』とよみたりしを、大納言興ニ入《リ》て、『此あつ氷の哥いづれよりもよし。いかにも始終哥よみになるべし』と被レ申し。続古今より此《ノ》方、いきて五《ノ》代勅撰にあひて、哥数もあまた入《リ》て侍るハ、父の詞の末トホりて侍る」と語被《レ》キ。哥などもつくりて、兼作集にも入《リ》、仏法にも立《チ》入《リ》て、一生不犯の禅尼也。法華経十万部よまれたると聞《キ》侍りき。うるハしく宮仕《ヘ》などもせず。続古今時《ノ》、五月ニ菖蒲がさねのきぬきて、今出河院中宮と申しにまいりて、「権大納言」と名づきて、車よりもおりもせで、まかり出《デ》て侍しなど申されき。誠ニ「あつ氷」の山口しるく、哥ことにめづらしく優美によまれし人也。

【校異】 今出河院―今出川院（総・尊・京・松・広甲・広乙）、子共ニ哥を―子とも哥（広乙）、面々―さい〱（広乙）、我身―吾身（総・広乙）、云題を―云題を案す（松）、よみたりしを―読侍たりしを（広甲）、被申し―申されしか（総・尊・京・松・広甲・広乙）、とホりて―トをりて（総・尊・京・松・広甲・広乙）、哥なと―詩なと（尊・京・松・広甲・広乙）、法華経―法花経（京・松・広甲）、今出河院中宮―今出川院中宮（総・尊・京・松・広甲）・今出川中宮（広乙）、申しにまいり―申候し（広乙）、おりもせて―おりて（広乙）、侍しなと申されき誠ニあつ氷の山口しるく哥ことに―ナシ（広乙）

【口語訳】 今出河院近衛局が語られて云う。「故大納言（伊平）が子供たちに歌を詠ませたところ、伊頼卿、覚道上人、実伊僧正などは、若いがめいめい詠んだ。私が九歳になった時、『池氷』という題を（詠んだ）兄たちの歌を見ると、みな『うす氷』と詠んでいたので、同じさまではつまらないと思い、『池の汀のあつ氷』と詠んだところ、父（大納言）が興に入り、『このあつ氷の歌は（兄たちの）どの歌よりもよい。きっと名高い歌詠みになるだろう』と申された。（その言葉どおり）続古今集以来、生きながらえて（今日まで）五代の勅撰集が編纂されて、（近衛局の）歌が多く入集したのは、父（大納言）の予言どおりであった」と語られた。漢詩なども詠み、『和漢兼作集』にも入集し、また、仏法にも関心を寄せて、戒律に厳しい禅尼であった。法華経十万部を暗唱されたと聞いた。格式張った宮仕えもしなかった。続古今集上覧の時、五月に菖蒲の襲色の衣を着て、今出河中宮（嬉子）と申された方にお仕えし、「権中納言」と名乗っていて、（ある時）牛車から下りずに車のまま邸内に出仕したなど申された。まことに「あつ氷」を詠んだ際の才能はすばらしく、歌はことに好ましく優美に詠まれた人である。

【語釈】 **○今出河院近衛局**＝大納言鷹司伊平の女。生没年未詳。亀山院中宮今出河院（西園寺嬉子、文保二〈一三一八〉年没）に出仕し、中宮権大納言とも称す。『徒然草』には、百首歌を詠じたとされる（**【考察】**参考）。勅撰集に続古今集一首、続拾遺集二首、新後撰集三首、玉葉集一首、続千載集五首、続後拾遺集五首、新千載集三首などの二六首入集。和漢兼作集にも和歌と共に漢詩句を収める。**○故大納言**＝鷹司伊平。正治元〈一一九九〉年生、弘長二〈一二六二〉一一月二七日没。前中納言頼平の男。母は法眼泰宗の女。加賀権介・丹波権介・播磨介・備後権守等を経て、正二位権大納言。建長三〈一二五一〉年出家（法名顕恵）。建長八年「百首歌合」に出詠。『現存和歌六帖』『秋風抄』『雲葉集』に出詠。勅撰集に新勅撰集一首、続後撰集二首、続古今集五首、続拾遺集一首、玉葉集二首、新拾遺集一首、新続古今集一首の一三首入集。**○伊頼卿**＝鷹司伊頼。承久四〈一二二二〉年生、弘安六〈一二八三〉年六月四日没。伊平の男。母は太宰帥資実の女。正二位権大納言。**○覚道上人**＝別号禅空。生没年未詳。浄金剛院覚導坊（「勅撰作者部類」）。伊平の男。伊頼、実伊僧正と兄弟。**○実伊僧正**＝貞応二〈一二二三〉年生、弘安四〈一二八一〉年八月二六日没。南松院と号。権大納言藤原伊平の男。園城寺の僧。僧正実真を師として仏門に入り、顕密を学ぶ。文永八〈一二七一〉年静明と宮廷で『摩訶止観』を講じる。大僧正。「百首歌合」「宗尊親王家百首」に出詠。続後撰集では「権大僧都」、続古今集では「法印」、続拾遺集では「権僧正」と記される。勅撰集に続後撰集一首、続古今集四首、続拾遺集六首、新後撰集三首、玉葉集三首などの二七首入集。**○面々**＝めいめい。おのおの。**○池氷**＝金葉集に「池氷をよめる」として、「なみまくらいかにうきねをさだむらんこほりますだのいけのをしどり」（前斎宮内侍）、「さむしろにおもひこそやれささの葉にさゆるしも夜のをしのひとりね」（顕季）の二首が見い出せる。**○「池の汀のあつ氷」の歌**＝近衛局の一首（出典未詳）。夫木抄巻一七・冬部二7082に、承安五〈一一七五〉年三月重家卿家歌合の「池辺蘆」題の歌として、「こやのいけのみぎはのあしを下葉よりむすびよするはこほりなりけり」（昌俊法師）がある。**○五代勅撰**

＝ここでは続古今集・続拾遺集・新後撰集・玉葉集・続千載集の五代の勅撰集。〇**兼作集**＝和歌兼作集。編者未詳の私撰詩歌集。鎌倉中期頃の成立。〇**続古今**＝続古今集（第一節参照）。〇**菖蒲がさね**＝襲色目の一つ。「面青。裏濃紅梅。四五月着レ之」とある（『物具装束抄』）。〇**今出河中宮**＝西園寺嬉子。建長四〈一二五二〉年生、文保二〈一三一八〉年四月二五日没。従一位左大臣西園寺公相の女。母は藤原実基公の女（実父中原師朝とも）。亀山院中宮。文永五〈一二六八〉年一二月六日院号。〇**車よりもおりもせでまかり出**＝中宮より許された上臈女房の特権として、牛車に乗ったまま御局に横付けできたこと。

【考察】藤原伊平は京極摂政師実三男の経実の孫、太政大臣従一位頼実男の頼平の代で鷹司家を名乗る家柄である。また、今出河院近衛は『尊卑分脈』に名が見えないが、『徒然草』（第六七段）には次の逸話が記される。

今出川院近衛とて、集どもにあまた入りたる人は、若かりける時、常に百首の歌を詠みて、かの二つの社（注―賀茂別雷神社の二つの摂社、岩本社・橋本社）の御前の水にて書きて、手向けられけり。まことにやんごとなき誉ありて、人の口にある歌多し。作文・詩序など、いみじく書く人なり。（烏丸光広本による）

三一　**兼宗大納言束帯にて**

戸部云《ハク》。京極中納言入道、常ニ申されけるハ、「哥ハ兼宗大納言已《ニ》束帯にて陣の座ニ着《キ》て、公事をこなひたるやうによむべし。資雅三位ガ水干かりやうにて、小鷹すへて打《チ》出《デ》たる様にハ不《ト》レ可《カラ》レ読《ム》」云々。民部卿入道も、「亡《キ》父ハかやうにこそ申候《シヒ》しか」と、人ごとに申されけりと云々。

【校異】哥ハ―哥（尊）、已束帯―束帯（総・広乙）・已本束帯（広甲）、陣の座―陣座（総・尊・京・松・広甲・広乙）、着て―着して（尊・広甲）、をこなひ―おこなひ（総・尊）、不可読―不可読と（総）、申候しか―申しか（広乙）

【口語訳】戸部（為藤）が云う。京極中納言（定家）がつねに申されたことは、「歌は、兼宗大納言がいち早く束帯を着て陣の座に就き、公務を行なうように（こと静かに）詠むべきだ。資雅三位が水干を着て、小鷹を止まり木に止まらせるように（気忙しく）詠ずべきではない」と云々。民部卿入道（為家）も、「亡父（定家）はこのように申しました」と、人に会うたびに申されたと云々。

【語釈】○**京極中納言**＝藤原定家。一一六二年生、一二四一年没（第四節参照）。○**兼宗大納言**＝藤原兼宗。長寛元〈一一六三〉年生、仁治三〈一二四二〉年三月三日没。内大臣中山忠親の男。母は権右中弁藤原光房の女。正二位按察使権大納言。「六百番歌合」「千五百番歌合」に出詠。勅撰集に千載集一首、新古今集二首、新勅撰集五首、続後撰集一首、続古今集・続拾遺集各二首、新後撰集・玉葉集各一首などの二一首入集。○**陣の座**＝御前で公卿が列した座席。○**資雅**＝源資雅。正治二〈一二〇〇〉年生、仁治三〈一二四二〉年出家、没年未詳。中納言正三位源有雅の男。笛・鞠・馬に秀でていた。建暦元〈一二一一〉年一一月四日、御神楽の所作として、父の有雅（拍子役）とともに、九歳の侍従資雅（付歌役）が参会したとある（『明月記』）。勅撰集に新続古今集一首のみ。○**水干**＝昔の衣服の一。狩衣から変化した物。○**亡父**＝藤原定家。

【考察】為藤（戸部）の生年（一二八五年）には定家（京極中納言）は亡くなっていて全く面識がないが、定家—為家—為氏—為世という家の系譜で、秘伝を伝授したと思われる。当初は兄為道がその役を受けるはずであったが、為藤二五歳時の兄早世のため、相伝伝受の資格をもったのである。兼宗の「束帯にて陣の座ニ着て、公事をこなひたるやう」と資雅三位の「水干かりやうにて、小鷹すへて打出たる様」をどのように解釈すべきか。『集成』補注では、「寂恵法師歌語」の記述を参照し、前者を「見慣れてはいるが、伝統を遵守した形の形容」とし、後者を「流行に影響された新奇な姿」として、歌風の対比とする。私にはこの二人の対比は、表現態度ではないかと考える。数少ない歌の例として、兼宗には、新勅撰集・雑一に、次の一首がある。

閑居花といへる心をよみ侍りける

いとどしく花はゆきとぞふるさとの庭のこけぢはあとたえにける (1053)

また、資雅三位には、新続古今集・雑上の「浦夏月」題で、次の一首がある。

袖せばきかとりのうらのあま衣やどる程なく月ぞあき行く (1681)

三二 新勅撰ノ時

又云《ハク》。新勅撰ノ時、所望仁《ノ》、哥を出《ダ》したる。心ニあふことかたかりけり。撰者、常ニ「えりくづを給《ヒ》てみばや」と被レ申《サ》けり。

【校異】かたかりけり—かたかりける（松）、みはや—み侍らはや（総・尊・京・松・広甲・広乙）

【口語訳】又（戸部が）云う。新勅撰集（編纂）の時、（撰入を）希望する人たちが（撰者に自詠）歌を提出した。（撰者の）心に合うことは難しかった。撰者（定家）は常に「（みないい歌ばかりで）取るに足らない歌（の方を）をもらってみたい」と申されたという。

【語釈】〇新勅撰＝第九番目の勅撰集。精撰本で一三七四首。寛喜二〈一二三〇〉年七月五日、関白道家が定家に下問したことに始まり、貞永元〈一二三二〉年六月一三日、後堀河院の下命により定家が撰じた。その二年後の六月三日に一四九八首の自筆清書本を奏覧。その中から後日、後鳥羽院・順徳院の歌を省いた。入集は家隆四三首、良経三六首、俊成三五首、公経三〇首、慈円二七首、実朝・道家二五首など。

【考察】勅撰集の撰者の難しさの一つが、撰集資料として提出された歌集の取り扱いである。「えりくづ」は「択屑」であり、「好キヲ擇リ取リタル後ニ残リタルモノ」とし、宇津保物語・楼上の「身ニ余リタル事シタラム人ゾ、サハアラム、えりくづの人ハ」を引く（『大言海』）。提出された歌集の中から、撰者の数寄により、時には和歌所で協議されながら、切継・切出を行い、撰入作業が行われたことが推測される。

三三　為家はわかくてハ

又云《ハク》。中院禅門為家、わかくてハ此《ノ》道不堪也。父祖ノあとゝて、世にまじハりても無ㇾ詮《シ》。出家せんと思ひ立《チ》て、いとま申《シ》に、日吉社にまうで給《ヒ》けり。其《ノ》ついでに、慈鎮和尚ニまいりて、所存の趣をのべて、いとまを申されけるニ、和尚、「年ハいくつぞ」とゝハせ給《ヒ》へり。「二十五ニなり侍る」よし申《シ》たれバ、「いまだ是非のみゆべき年にてハ侍らず。思《ヒ》とゞまりて、道の稽古をふかくつミてのうへの事也」と仰《セ》られけル御教訓ニよりて、出家をも思ひとゞまりて、まづ五日千首をよまれけり。よミをハりて、父にみせ申されけれバ、先《ツ》立春《ノ》十首をみて、「立春などかやうに出来たる、宜《シキ》」よし被《レ》ㇾ仰《セ》て、みをハられて後、「壬生ノ二位ニミスベキ」ヨシ被《レ》ㇾ仰《セ》けり。ツゐニ道ノ宗匠トシテ、父祖ノ跡ヲマスく〵おこされタル事、慈鎮和尚ノ恩徳也《ト》云々。

【校異】あとゝて世にましハりても―跡とても（松）、ついてに―つゐてに（総・松）・次に（尊・広甲・広乙）、申されけるニ―申されけるを（広甲）、申たれハ―申されけれハ（広甲・広乙）、つミてのうへ―つミてうへ（尊）、五日―五日に（広乙）、千首―千首哥（総・尊・京・松・広乙）、よミをハりて―よミおハりて（尊・京）、立春―立春歌（総・尊・京・広甲・広乙）、出来たる―いてきたり（尊・京）、宜よし―宜之由（広甲）、みをハられて―みおハられて（京・広甲）・みをよはれて（広乙）、おこされ―をこされ（総）、恩徳也―恩徳也と（尊・京・広甲）・徳也（広乙）

【口語訳】又（戸部が）云う。中院禅門（為家）は若くから歌道に堪能でなかった。父祖（御子左家）の後を受けて、歌界（の人々）と交わっても益がなかった。そこで出家しようと思い立ち、別れを告げようと日吉社に参詣しなさった。その折に（そこに来ていた）慈鎮和尚のもとに参上して、心中を述べて、別れを申されたところ、和尚が「お年はいくつか」とお尋ねになった。（為家が）「二五歳になりました」と申されると、「いまだ事の是非がわかる年齢ではない。（出家を）思いとどまって、歌道の修練を深く積んだ後にしなさい」と仰せられたお教えにより、出家を思いとどまりて、まず五日に千首の歌をお詠みになった。詠み終わって父（定家）に見せ申されると、（定家は）まず立春の歌十首を見て、「立春などはこのように詠じたのはよろしい」と仰せられ、見終わった後に、「壬生二位（家隆）に見せたらよい」と仰せられた。（その後為家は）ついに歌道の宗匠として御家の後を継承して、ますます盛んにされたことは、慈鎮和尚の恩徳であると云々。

【語釈】〇**不堪**＝任に当たることができない。勝れていない。〇**無詮**＝効果がない。かいがない。〇**日吉社**＝滋賀県日吉神社。天皇の御幸が多かった。御子左家の日吉社参詣が俊成に始まり、病気の折の帰依を春日神社から「今改帰敬二日吉一」した旨が、『玉葉』（安元二〈一一七六〉年一〇月二日条）に認められる（佐藤恒雄説）。〇**慈鎮和尚**＝慈円。一一五五年生、一二二五年九月二五日没（第九節参照）。〇**五日千首**＝「為家卿千首」。「入道民部卿千首」とも。為家二六歳時の詠歌。貞応二〈一二二三〉年八月、五日間で速吟。定家と慈円（一説に家隆）が合点を付した。〇**宜**＝広乙に「よろしき」と傍注。〇**壬生ノ二位**＝壬生二品（家隆）とも。一一五八年生、一二三七年没（第一四節参照）。

【考察】為家が二五歳の時、出家をとりやめ歌道に専念した。そのときの重要な忠言を行った慈鎮和尚（慈円）への尊敬の念をこめて、御子左家（二条家）に伝受されたのである。なお、法性寺関白忠通男の慈円（月輪関白兼実の弟）は四度天台座主となり、仏道に帰依するが、家集に『拾玉集』『無名和歌集』、新古今集に西行に次ぎ九二首入集するなど、歌界でも貢献した。次の三首は「日吉社垂跡の心をよみ侍りける」として入集した、慈円の新勅撰集歌である。

しがの浦にいつつのいろのなみたててあまくだりけるいにしへのあと　（神祇558）
あさ日さすそなたのそらのひかりこそ山かげてらすあるじなりけれ　（同右559）
うけとりきうき身なりともまどはすなみのりの月のいりがたのそら　（同右560）

三四　徳大寺ノ哥ノ間

徳大寺ニハ「哥ノ間」ト云《フ》所アリ。寝殿ノ西ノ角ノ間也。是後徳大寺左府、西行ニ被レ二対面《セ》一ける所也。

【校異】 徳大寺―徳大臣（広乙）、是―是ハ（松）

【口語訳】 徳大寺には「歌の間」という所があった。寝殿西の角の部屋である。これは後徳大寺左府（実定）が西行と対面された場所である。

【語釈】 **○徳大寺**＝現在の京都市右京区竜安寺あたりにあった寺。藤原実成創建後、徳大寺家祖の実能に伝領された。**○後徳大寺左府**＝藤原実定。保延五〈一一三九〉年生、建久二〈一一九一〉年一二月一六日没。後徳大寺左大臣と称。正二位大炊御門右大臣公能の男。母は権中納言藤原俊忠の女、豪子。俊成の甥。姉多子は近衛・後白河二代の后。正二位左大臣。建久二年六月二〇日出家（法名如円）。歌林苑との交友。「住吉社歌合」「建春門院北面歌合」「広田社歌合」に出詠。家集に『林下集』。勅撰集に千載集一七首、新古今集一六首、新勅撰集九首、続後撰集二首、続古今集六首、続拾遺集四首、新後撰集三首、玉葉集九首などの七九首入集。**○西行**＝一一一八年生、一一九〇年没（第一〇節参照）。

【考察】 徳大寺での歌会を偲ばせる詠歌が、俊成自撰の『長秋詠藻』に七組の贈答歌として残される。その中から一組を次に示す。

故左のおとどの仁和寺の徳大寺の堂に、上西門院前斎院と申しし時の女房、あまたわたりて歌どもよみおかれたりけるを、後に見出でて、その返しせよとて、大炊御門の右大臣右大将の時のありしかば、かきそへつつつかはしける歌に

おく霜も君がためにと心してさかりひさしき宿の村菊

返し

千世までもにほはんやどのきくなれば心ながきを人もきて見よ　（374—375）

（第三類の国立国会図書館本五—二・三—七による）

三五　独古かまくび

一条法印云《ハク》。左大将家《ノ》「六百番哥合」の時、左右《ノ》人数日々ニ参じて加《ヘ》二評定《ヲ》一て、左右《ノ》申《ス》詞を被レ書《カ》けり。自余人数不参の日あれ共、寂蓮・顕昭ハ毎レ日ニ参《ジ》ていさかひありけり。顕昭ハひじりにて独古ヲ持《チ》タリケリ。寂蓮ハかまくびもたてゝいさかひけり。殿中ノ女房、「例ノ独古かまくび」と名付《ケ》られけりト云々。

【校異】 人数日々ニ参して加評定て左右—ナシ（尊・広甲）、参て—参して（総）、いさかひありけり—いさかひあひけり（総・尊・京）・いさかひけり（松）、持タリケリ—持たり（松）、かまくひも—かまくひとをも（松）、殿中—殿上（広甲）、独古—とつこ（松）

【口語訳】 一条法印（藤原定為）が云う。左大将（良経）家（主催の）「六百番歌合」の時、左右の人々が数日参上し評定を行い、左右歌への評語（判詞）を書かれた。そのうち何人かの歌人が参上しない日もあったが、寂蓮と顕昭は毎

日参上して（歌のよしあしについて）議論した。顕昭は聖として独古を手に持っていたという。寂蓮はかまくびのように首をもたげて答弁した。殿中の女房は、「いつもの独古とかまくび」と名付けられたと云々。

【語釈】○一条法印＝藤原定為。生没年未詳（第三節参照）。○六百番哥合＝建久四〈一一九三〉年、左大将良経が主催した歌合。判者は俊成。歌題は春一五、夏一〇、秋一五、冬一〇、恋五〇の各題。とくに恋部の後半二五題は「寄物恋」型の組題。歌人は六条家の季経・顕昭・経家・有家、御子左家の隆信・寂蓮・家隆・定家、そして、権門の良経・慈円・家房・兼宗の計一二名。本節から評定の場での六条家と御子左家の論争が知られる。顕昭はその判を不服とし、『六百番陳状』を著した。新古今集には三四首が入集。○寂蓮＝藤原定長。一一三九年頃生、一二〇二年没（第一四節参照）。○顕昭＝大治五〈一一三〇〉年頃生、承元三〈一二〇九〉年八〇歳位。正二位六条家左京大夫藤原顕輔の猶子。清輔・重家・秀経らと義兄弟。寿永二〈一一八三〉年以前に道因・勝命と万葉集成立について論争。覚性法親王・守覚法親王に庇護され、文治三〈一一八七〉年頃阿闍梨、のち法橋。「六百番歌合」に出詠。六条藤家として、御子左家と対抗。勅撰集に千載集一三首、新古今集三首、新勅撰集・続後撰集各一首、続古今集四首、続拾遺集・新後撰集一首、玉葉集五首などの四三首入集。○独古＝「独鈷トコ」（『色葉字類抄』）。験者が物の怪退治等に数珠とともに手に持った。○かまくび＝蛇が首をもたげること。ここは人を威嚇するときにする仕草。

【考察】『六百番歌合』の判者俊成について、「六条家系統に対してことさら不利な判を与えた跡はまったく認められない」とされる（谷山茂説）が、顕昭と寂蓮の二人の論争は、番えられた二〇番にわたり記される。次に春中一八番の例から示す。

春日《ハルビ》には空にのみこそ揚がるめれ雲雀の床《トコ》は荒れやしぬらん（左、顕昭）

子を思ふ巣立ちのをのを朝行けば揚がりもやらず雲雀鳴くなり（右、寂蓮）

右方申云。上五字。中五字、共に聞き難し。右方申云。「子を思ふ巣立ち」と云ふ程は、何の事やらむと聞ゆ。

また、「巣立ち」と「揚がる」とは心の病歟。

判云。左初五字、実に不宜歟。凡は、雲雀の子細、己が心ならず空に揚がりて、床を荒らしなどするにはあらざるべし。春に成りぬれば、芝生などに子を産み置きて、夜は温ため、春の日うららかなれば、空に飛び揚がりてこれを見くだし、又降り昇りなどするものに侍る也。されば、「床を荒らしやしぬらん」などは云ふべからぬ事なるべし。右は雲雀の意趣には適ひ、姿も歌めきては侍るを、初五字離れ、上句にては何事とも聞へざるにや。「巣立ち」「揚がる」も、同心には侍るべし。但、左歌、五字も不快、雲雀の心も不レ可レ然見へ侍れば、病気を帯びながら、右の勝つべきにや侍らん。

ここには、歌評語としての「聞き難し」（調べ）、「心の病」（歌病）などが取り上げられている中で、判者俊成は左歌に対し本意の有無を問題にし、さらに右歌に対し「歌めき」（風体論）へと展開し、右歌を勝としている。後日に顕昭は「顕昭陳状」で、万葉集による証歌を強調する。左歌の「春日には」には、万葉集の「うららにて照れる春日に雲雀あがり心悲しも独りし思へば」（巻一九4292）の古歌を引き、「初句の『春日』、あながちに咎無くや」とする具合である。

三六　柿本・栗本

六条内府被《テ》レ語《ラ》云《ハク》。後鳥羽院《ノ》御時、柿本《ノ》・栗本《ノ》とてをかる。栗本《ノ》ハ狂哥是ヲ無心ト云。有心トハ後京極殿、慈鎮和尚以下、其《ノ》時秀逸哥人也。無心ハ光親卿、宗行卿、泰覚法眼等也。水無瀬殿和哥所ニ、庭をへだて丶無心《ノ》座あり。庭に大《キ》なる松あり。風吹《キ》て殊《ニ》面白き日、有心ノ方ヨリ、慈鎮和尚、

心あると心なきとか中に又いかにきけとて庭の松風

と云《フ》哥ヲ詠《ミ》て、無心の方へ送らる。宗行卿、

心なしと人ハのたまへど耳しあれバき丶さぶらふぞ軒の松風

と返哥を詠じけり。「『耳しあれバ』がなまさかしきぞ」と上皇勅定ありて、わらハせ給《ヒ》けり。

水無瀬殿御堂長老至一上人、水無瀬三品ノ説とて語《リ》て云《ハ》く。此《ノ》和哥所ノ軒ノ松ハ、上皇御心ヲトヾメサせ給《フ》木也。はるかの御所ノ後、此《ノ》松にをしつくべしとて、御哥を送らる。

いにしへハ花ぞあるじをしたひける松ハ人をもおもハざりけり

此《ノ》御哥をされて後、程なく松ハかれにけりと云々。

【校異】をかる—をかる柿本ハよのつねの哥是を有心と名つく（総・尊・京・松・広甲・広乙）、栗本ハ—栗ハ（広甲）、有心トハ—有心にハ（総・尊・広甲・広乙）、後京極殿—後京極（広乙）、以下—已下（尊・京・松）、無心ハ—無心にハ（尊・広甲・広乙）、等也—也（広甲）、水無瀬殿和哥所—水無瀬和哥所（広乙）、へたて丶—たてて（広甲）、きけとて—きけとや（尊・松・広甲・広乙）、詠て—詠して（尊・京・広甲）・よミ（広乙）、のたまへと—のたへと（京）、松にをしつくへし—松をしつくへし（広甲）、御哥—哥（広乙）、をされて後—ををされて後（総・尊・京・松・広甲）・を出されて（広乙）、かれにけり—枯ゆける（広甲）

【口語訳】六条内府（有房）は語られて云う。後鳥羽院の御時、柿本と栗本とに区分された。（柿本は世の中の通常の歌をいい、有心と名づけた。）栗本は狂歌をいい、無心といった。有心（座）には後京極殿（良経）、慈鎮和尚以下、その時の秀逸の歌人であった。無心（座）には光親卿、宗行卿、泰覚法眼などであった。水無瀬殿和歌所には、庭を隔てて無心座があった。庭に大きな松があった。風が吹き、とりわけおもしろい日、有心座の方から、慈鎮和尚が、

（有心とか無心とかいうが、どのように聞けというのか、庭の松風よ）

という歌を詠じ、無心（座）の方へ送られた。それに対して、宗行卿が、

（無心と人はいうが、耳があれば聞こえてくるものよ、軒の松風よ）

と返歌を詠じた。「『耳しあれば』がちょっとこざかしい」と後鳥羽上皇の勅定があり、お笑いになったという。

水無瀬殿御堂の長老（至一上人）が水無瀬三品（信成）の説として語りて云う。この和歌所の軒の松は、後鳥羽上皇の御心をとめた木である。（隠岐島という）はるか遠いところに御所をお造りになって後、この松に貼ってほしいと、御歌を送られた。

（昔は花も主を慕ったというが、この松は人をも思わないのだなあ）

という。この御歌を貼られた後、ほどなく松は枯れてしまったと云々。

【語釈】 **○六条内府**＝源有房。建長三〈一二五一〉年生、元応元〈一三一九〉年七月二日没。六条内大臣禅林寺と号。底本に「源有房太政大臣通光公孫也」と傍注。右近衛少将六条通有の男。母は伊賀守藤原清定の女。正二位権大納言となるも、その後辞任。その後持明院統代に従一位内大臣。同年七月一日辞して出家（法名有真）。病床に後宇多法皇の臨幸。『徒然草』には、医師篤成の「才の程」を明らかにした六条故内府の逸話を載せる（第一三六段）。永仁五〈一二九七〉年「後宇多院歌合」に出詠。嘉元・文保の百首に出詠。嘉元二〈一三〇四〉年影供会を主催。和漢の才・能書家であり、その筆跡は伏見天皇に酷似するという（『正徹物語』）。家集に『六条内府家集』、著書に『野守鏡』か。勅撰集に新後撰集三首、玉葉集一首、続千載集七首、続後拾遺集二首などの二六首入集。**○後鳥羽院**＝一一八四年～一一九八年在位。一二二一年まで院政（第八節参照）。**○柿本・栗本**＝連歌用語。機知滑稽の狂連歌を「栗の本」、和歌的な発想や表現による連歌を「柿の本」といった（浜千代清説）。後鳥羽院の連歌会で用いられた。「未剋出レ外。即至二萱屋一。有二柿下栗下連歌一興」（「後鳥羽院宸記」建保三年五月一五日条）。前者を無心・無心衆、後者を有心・有心という。**○後京極殿**＝藤原良経。一一六九年生、一二〇六年没（第一三節参照）。**○慈鎮和尚**＝慈円。一一五五年生、一二

二二五年没（第九節参照）。**○光親卿**＝葉室光親。安元二〈一一七六〉生、承久三〈一二二一〉年七月二三日没。右衛門督正二位光雅の男。母は右大弁藤原重之の女。正二位権中納言、按察使検非違使別当。右大弁光俊（法名真観）の父。『徒然草』には、後鳥羽院の最勝講での奉行の折、「食ひ散らしたる衝重を御簾の中へさし入れて、罷り出で」た有職の振る舞いに、院が感ぜられたことを載せる（第四八段）。**○宗行卿**＝葉室行光。承安四〈一一七四〉年生、承久三〈一二二一〉年七月一四日没。藤原行隆の男。葉室宗頼の養子となり、宗行と改名。参議中納言。後鳥羽上皇、土御門上皇に仕え、承久の乱後被レ誅。勅撰集に玉葉集一首、続千載集三首、風雅集・新千載集各一首の六首入集。**○泰覚法眼**＝高階泰覚。生没年未詳、仁平元〈一一五一〉年生存か。法橋泰尋の男。三井寺の僧。法眼を経て法印。父泰尋は最勝金剛院執行であり、九条家ゆかりの人物であった（久保田淳説）。承安三〈一一七三〉年八月一五日夜の「三井寺新羅社歌合」（判者俊成）に出詠。また、正治二〈一二〇〇〉年の「石清水若宮歌合」（判者通親）に出詠。『古今著聞集』五三一話・六三七話に狂歌作者の説話がある。勅撰集に千載集一首のみ。**○水無瀬殿和哥所**＝後鳥羽院の水無瀬離宮で、建仁二〈一二〇二〉年に「水無瀬釣殿六首歌合」（六月）・「水無瀬殿恋十五首歌合」（九月）開催。**○無心座**＝「無心」すなわち狂歌歌人の座る所。**○「心あると心なきとか」の歌**＝慈円の一首（出典未詳）。**○「心なしと人ハのたまへど」の歌**＝葉室宗行の一首（出典未詳）。**○水無瀬殿御堂長老**＝伝未詳。**○水無瀬三品**＝藤原信成。建久八〈一一九七〉年生、没年未詳。「実父藤原親兼卿、依後鳥羽院勅為忠信卿子」（『尊卑分脈』）。正三位参議中将。後鳥羽院の近臣。勅撰集に続後撰集二首、風雅集一首の三首。**○「いにしへハ花ぞあるじを」歌**＝後鳥羽院の一首（出典未詳）。

【考察】　後鳥羽院は内裏の和歌所以外に、水無瀬離宮に和歌所を設け、和歌活動を盛んに行った。水無瀬には連歌の気風が支配する「無心座」があり、そこでの後鳥羽院の様子が勅撰集詞書に伺うことができる。一方、「水無瀬釣殿六首歌合」は、後鳥羽院と定家により六歌題（1河上夏月・2海辺見蛍・3山家松風・4初恋・5忍恋・6久恋）を詠み合ったものを、後日後鳥羽院が歌合として結番したものである。判者親定とは後鳥羽院の隠名であり、勅判となる。歌の内容から、水無瀬の雰囲気が伺える。次にその一二首（a左＝定家・b右＝後鳥羽院）を示す。

1aたかせ船くだす夜川のみなれ竿とりあへずあくる比の月影
1b筏士のうきね秋なる夏の月清滝川に影ながるなり
2a須まの浦やもしほの枕とぶほたるかりねの夢路わぶとこたへよ
2b津の国やあし屋の里にとぶ蛍たがすむ跡の海士のいさり火
3a松かげや外山をこむる垣ねより夏のこなたにかよふ秋風
3b柴の戸をあさけの夏の衣手に秋をともなふ松の一こゑ
4a春やときとばかり聞きし鶯のはつねを我とけふやながめん
4b大かたの夕は里のながめより色づきそむる袖の一しほ
5a夏草にまじるしげみにきえね露おきとめ人の色もこそみれ
5bなげきあまり物や思ふと我がとへば先しる袖のぬれてこたふる
6aいく世へぬ袖ふる山のみづがきにこえぬ思ひのしめをかけつつ
6bおもひつつへにける年のかひやなきただあらましの夕暮れの空

（国文学研究資料館本による）

なお、5aの定家歌は『拾遺愚草』では次の歌に差し替えられている。

建仁二年六月、みなせどののつり殿にいでさせたまうて、にはかに六首題をたまはりて、御製にあはせられ侍りし中、恋三首、久恋

わがなかはうき田のみしめかけかへていくたびくちぬもりの下ばも

（書陵部蔵本五〇一・五一一による）

三七　遠所十首御哥合

戸部云《ハク》。「遠所十首御哥合」、家隆卿《ノ》詠に、

　又やミん又やみざらん白露ノ玉をきしたる秋はぎの花

と云《フ》哥を、京極禅門、「あハれ、大夫入道の、『又やみんかたのゝみのゝ桜がり』にハおとりたる物かな。『又やミん』にて、『又やみざらん』ハ不足なき物を」と云々。

【校異】 戸部―戸部卿（総）、をきしたる―をきしける（総・尊・京・松・広甲・広乙）、秋はぎの花―庭の秋萩（総・京）、おとり―をとり（総・広甲・広乙）

【口語訳】 戸部（為藤）が云う。「遠所十首御哥合」の家隆卿の詠に、

（また見ることがあろうか、また見ることはないであろうか、白露の降りた秋萩の花よ）

という歌を、京極禅門（定家）は、「ああ、大夫入道（俊成）の『又やみん片野のみのゝ桜がり』には劣っているよ。『又やみん』として『又やみざらん』と詠むのは、不足ないようで（余分となってしまうことよ）」と云々。

【語釈】 **○遠所十首御哥合**＝「遠島御歌合」のことか。嘉禎二〈一二三六〉年七月、隠岐島遷幸の後鳥羽院が家隆に命じて一五名の歌人に各一〇首を集めさせ、判を付した。歌題は朝霞・山桜・郭公・萩露・夜鹿・時雨・忍恋・久恋・羇旅・山家の一〇題。左方に後鳥羽院・通光・基家・女房少輔など、右方に家隆・小宰相・秀能・女房下野などの一六名。**○家隆卿**＝一一五八年生、一二三七年没（第一四節参照）。**○「又やミん又やみざらん」の歌**＝「定家・家隆両卿撰歌合」一四番右の家隆の一首。この歌合は後鳥羽院が隠岐配流後、定家・家隆の各五〇首を結番にしたもの。家隆歌には「遠島御歌合」（嘉禎二年七月成立）の歌を含む。**○「又やみんかたのゝみのゝ」の歌**＝新古今集（春下114）・「慈鎮和尚自歌合」の「小比叡十五番」のうちの三番右歌の俊成の一首。下句は「花の雪ちる春のあけぼの」。

【考察】 家隆と隠岐配流後の後鳥羽院との消息の細実なやりとりは以前にも触れた（第一一節参照）。後鳥羽院の隠岐での辛い生活の一端が『増鏡』「新島守」にもうかがえる。

たとしへなくながめしほれさせ給へる夕暮れに、沖のかたに、いと小さき木の葉浮かべると見えて漕ぎくるを、あまの釣舟かと御覧ずるほどに、都よりの御消息なりけり。すみぞめの御衣、夜の御ふすまなど、都の夜さむに思ひやりきこえさせ給て、七条院（注―後鳥羽院生母）より参れる御文、ひきあけさせ給より、いといみじく、御胸もせきあがる心ちすれば、ややためらひて見給に、「あさましく、かくて月日経にける事。今日明日とも知らぬ命の中に、いま一度、いかで見奉てしがな。かくながらは、死出の山路も越えやるべうも侍らでなん」など、いと多く乱れ書き給へるを、御顔におしあてて、

たらちねの消やらで待つ露の身を風よりさきにいかでとはまし

八百よろづ神もあはれめたらちねの我待ちみんとたえぬ玉のを

そして、家隆との贈答歌が記される。

家隆の二位は、新古今の撰者にも召し加へられ、おほかた、歌の道につけて、むつましく召し使ひし人なれば、夜昼恋ひきこゆる事かぎりなし。かの伊勢より須磨に参りけんも、かくやとおぼゆるまで、巻きかさねて書きつらねまいらせたり。「和歌所の昔のおもかげ、かずかずに忘れがたう」など申て、つらき命の今日まで侍事の恨めしきよしなど、えもいはずあはれにおぼえて、

ねざめして聞かぬを聞きてわびしきは荒磯浪の暁のこゑ

とあるを、法皇もいみじと思して、御袖いたくしぼらせたまふ。

浪間なき隠岐の小島のはまびさし久しくなりぬ都へだてて

木枯の隠岐のそま山吹しほり荒くしほれて物おもふ比

おりおり詠ませ給へる御歌どもを書き集めて、修明門院（注—院妃順徳院母）へ奉らせ給。

三八　秀能ハ無双ノ哥よみ

又云《ハク》。秀能ハ後鳥羽院《ノ》叡慮ニハ無双ノ哥よみと被㆓思召《シサ》㆒けり。中納言入道ハ、「御所ニ思召《シサレ》たる程ハなし。雅経卿《ノ》申《ス》程、無下ノ哥よみにハあらず」と被㆑申《サ》けり。

【校異】 被思召けり—被思食けり（尊・京・広甲）、思召たる—被思食たる（総・尊・松・広甲）・被思召たる（広乙）、雅経—家隆（総・尊・京・松・広甲・広乙）

【口語訳】 又（戸部が）云う。秀能は後鳥羽院のお考えでは他に並ぶ者のない歌詠みと思われた。中納言入道（定家）は、「御所のお考えのほどには思わない。ただ、雅経卿が申すほど、無下の歌詠みではない」と申されたという。

【語釈】 **〇秀能**＝藤原秀能。元暦元〈一一八四〉年生、延応二〈一二四〇〉年五月二一日没。河内守藤原秀宗の男。母は伊賀守源光基の女。土御門内大臣源通親に祗候後、一六歳で後鳥羽院北面武士。左衛門尉・出羽守などを歴任。従五位上。『後鳥羽院御口伝』に、「秀能法師身の程よりもたけありて、さまでなき歌も殊の外にみばえするやうにありき。まことによみもちたる歌どもの中にも、さしのびたる物どももありき。しかるを近年定家無下の歌のよし申すよしきこゆ」とあり、本節の内容と矛盾するところがある。承久三〈一二二一〉年兵乱の時追手大将となったが、その後熊野で出家（法名如願）。「遠島御歌合」にも歌を奉納。建仁元〈一二〇一〉年七月の和歌所寄人。歌才があり、「於当世大略無双者」（『道助法親王家五十首勅書』）。「十五夜撰歌合」「最勝四天王院障子和歌」「遠島御歌合」に出詠。『続歌仙落書』に選ばれた。『如願法師集』。勅撰集に新古今集一七首、新勅撰集九首、続古今集二首などの八〇首入集。**〇中納言入道**＝藤原定家。一一六二年生、一二四一年没（第四節参照）。**〇雅経卿**＝飛鳥井雅経。嘉応二〈一一七〇〉年生、承久三〈一二二一〉年三月一一日没。従四位下刑部卿頼経の男。母は正二位権大納言源顕雅の女。飛鳥井流蹴鞠の祖。文治五〈一一八九〉年父頼経に連座して、伊豆に配流。その後鎌倉に下向し、幕臣の大江広元女を妻とした。源頼朝・頼家に厚遇され、頼朝の養子となった。建久八〈一一九七〉年上洛し、後鳥羽院侍従。従三位参議に昇進後、翌年没。建久九年の「鳥羽百首」を初出とし、「後鳥羽院第二度百首」「同第三度百首」に出詠。建仁元〈一二〇一〉年七月二七日に和歌所寄人、同年一一月三日に新古今集撰者の一人。その後の順徳院歌壇にも活躍し、京・鎌倉までの歌界で活躍。家集に『明日香井集』、蹴鞠書に『革菊別記』『蹴鞠略記』など。勅撰集に新古今集二三首、新勅撰集二〇首、続後撰集九首、続古今集一四首、続拾遺集一二首、新後撰集七首、玉葉集六首などの一三五首入集。

【考察】異本の多くが「雅経」を「家隆」としている。『集成』は雅経が秀能を「無下ノ哥よみ」とすることに疑問を呈する。秀能の新古今入集歌一七首には、定家と家隆と雅経が付点した歌がある。まず、定家が付点した歌は次の三首。（山岸徳平編『八代集全註』所収の「選者名考異評」参照）。

もしほやく蜑の磯屋の夕煙たつ名もくるしおもひ絶なで（1116）
いまこんとたのめし事をわすれずばこのゆふぐれの月やまつらん（1203）
人ぞうきたのめぬ月はめぐりきてむかしわすれぬよもぎふのあと（1281）

次に、家隆が付点した歌は次の二首。

さらぬだに秋の旅ねはかなしきに松にふくなり床のやまかぜ（967）
今さらにすみうしとてもいかがせんなだのしほやのゆうぐれのそら（1603）

さらに、雅経が付点した歌は右の「もしほやく蜑の～」（1116）の一首。

三九　秀宗ミまかりて

又云《ハク》。新古今に「父秀宗ミまかりて後、寄《スル》レ風懐旧《ニ》をよめる」とて、秀能哥《ノ》被《レ》レ入《レ》タリ。兄秀康、「是程の面目あるべくハ、首をもはねらるべし」とて、うら山しかりけり。

【校異】面目あるへく—面目なるへく（広乙）、うら山しかり—うらやましかり（総・京・広甲）

【口語訳】又（戸部が）云う。新古今集に「父秀宗が亡くなった後、寄風懐旧（という題）で詠んだ（歌）」として、秀能の歌を撰入された。兄の秀康は、「これほど（新古今集入集という）名誉が得られたからには、首をはねられてもよい」といって、羨んでいたという。

【語釈】〇秀宗＝藤原秀宗。生没年未詳。秀能の父。河内守。和田三郎平宗妙男であったが、秀忠の外孫として嫡男となり、姓を藤原と改。〇寄風懐旧＝新古今集に「露をだにいまはかたみのふぢ衣あだにも袖をふくあらしかな」（789）として入集。同題にはおなじ新古今集に通光（1564）、俊成女（1565）の二首。〇秀康＝藤原秀康。秀能の兄。下上賀茂神社の台飯所に奉行したが、その間の河堤を一日で築進（『尊卑分脈』）。その後後鳥羽院の御廏に奉行し、北面武士。承久三〈一二二一〉年の兵乱の時、院方の総大将。戦いの後河内国佐良々で自害。

【考察】同じ後鳥羽院の北面武士でありながら、秀康は、歌才においては、弟の秀能にかなり後れをとっていたことが理会される。秀能には、故父のこと、兄のことを詠んだ歌がある。

ちち秀宗身まかりての後、寄風懐旧といふ事をよみ侍りける
露をだにいまはかたみのふぢ衣あだにも袖をふくあらしかな　（新古今・哀傷789）

元久二年二月廿日の除目に秀康のあとをひきうつして主馬首なりたるあしたに、詞はなくて入道民部卿家より
かく侍りし
行すゑもかねてぞ見ゆるくらゐ山きはむるこまのあとをたづねて　（如眼法師集777）

なお、後世の資料になるが、右第一首の秀能歌に、季吟が「今はなき人の形見に、泪の露を袖にみるを、あだにさそふ嵐」とし、「無由物哉」と評している。

四〇 哥よみには好詞あり

六条内府被《テ》レ語《ラ》云《ハク》。哥よみにハミな常に好ム詞あり。後久我相国ハ、「なにや」といふ事を、第一句にても第三句にても好《ミ》よまれけり。後鳥羽院《ノ》勅定に、「例《ノ》通光が『や』」と仰《セ》事ありけり。「千五百番哥合」ノ時ノ御百首ニハ、此《ノ》相国被ニ申《シ》行《ハ》一て、「端作『陪大上皇《ノ》仙洞』ト云《フ》所ヲ、並出にかくべし」とて、ミな其《ノ》儀にしたがふ。其《ノ》後は此《ノ》儀なし。只此《ノ》一度也。

【校異】 例―ナシ（総）・例の（尊）、千五百番―千五番（松）、御百首ニハ―御百首ハ（総）、大上皇―太上皇（総・尊）、並出―平出（総・京・広乙）・置別（広甲）、其儀―其義（総・京・広甲）、此儀―此義（総・広甲・広乙）、只―唯（京）

【口語訳】 六条内府（源有房）が語られて云う。歌詠みにはみな常に好んで使う歌詞がある。後久我相国（源通光）は「なにや」という言葉（歌詞）を、第一句にも第三句にも好んで（使って）詠んだ。後鳥羽院の勅定に、「いつものように、通光が『や』」という仰せ事があった。「千五百番歌合」時の御百首では、この相国が言上なさり、「題目書様に『大上皇仙洞（に陪従する）』ということを、前の行に揃えて書くべきだ」として、みなそれに従った。以後はこのことはしなかった。ただこの一度だけである。

【語釈】 **〇六条内府**＝源有房。一一五一年生、一三一九年没（第三六節参照）。**〇後久我相国**＝源通光。文治三〈一一八七〉年生、宝治二〈一二四八〉年一月一七日没。土御門内大臣通親の男。母は従三位刑部卿藤原範兼の女範子。後久我太政大臣と号。式子内親王、後鳥羽院、八条院に給。従一位太政大臣。『徒然草』には、殿上での久我相国と女官

との会話が載る（第一〇〇段）。勅撰集に新古今集一四首、新勅撰集四首、続後撰集四首、続古今集二首などの四九首入集。○**千五百番哥合**＝建仁二〈一二〇二〉年九月頃から翌三年春にかけて成立。後鳥羽院は正治二〈一二〇〇〉年に二回にわたり百首歌を催し、第三度の百首歌を建仁元年六月頃に詠進させ、これを結番とした。一〇人の判者のうち、春三・四は俊成、夏三・秋一は良経、秋二・三は後鳥羽院、秋四・冬一は定家、恋二・三は顕昭、雑一・二は慈円。○**端作**＝応製時の位署の前に付す題目。題目書様（『袋草紙』第九節参照）。また、『徒然草』には、「いささかのことをもいみじく自讃したる」事として、後鳥羽院が定家卿の本歌の記憶を賞賛したこと、さらに九条相国伊通公の款状の中の「殊なる事なき題目」を載せる（第二三八段）。○**並出**＝人物や事柄につき、改行して前の行に上部を揃えて書くこと。

【考察】源通光の勅撰集入集歌には、第一句「や」がくる歌が五首ある。

みしまえや霜もまだひぬあしの葉につのぐむほどの春風ぞふく（新古今・春上25）
むさしのやゆけども秋のはてぞなきいかなる風のすゑに吹くらむ（同右・秋上378）
あけぼのや河せの浪のたかせぶねくだすか人の袖の秋ぎり（同右・秋下493）
浅茅生や袖にくちにし秋の霜わすれぬ夢をふく嵐かな（同右・雑上1564）
松しまやわが身の方にやくしほのけぶりのすゑをとふ人もがな（新勅撰・恋三848）

また、第三句「や」がくる歌は一首ある。

みなせ山夕かげ草の下露や秋ゆく鹿のなみだなるらん（続千載・秋上374）

四一　仁安六条院践祚時

戸部云《ハク》。大嘗会《ノ》哥ハ仁安六条院践祚《ノ》時、大夫入道詠《ズ》レ之《ヲ》。貞応《ノ》後堀河院《ノ》御時、被《レ》レ仰《セ》京極中納言、堅《ク》申《ス》二子細《ヲ》一。

仁安も非《ザル》二嘉例《ニ》一之上、現任ノ公卿など不レ詠《ぜ》。儒者若《ク》ハ諸大夫などの家より出たる輩詠来《ジタル》故也。「可《キ》レ挙二申其仁《ニ》一」之由、西園寺内々被《ル》レ申《サ》之間、「家隆知家等可《キ》レ為《ル》二其仁一歟」之由申《ス》レ之《ヲ》。是皆自《レリ》二諸大夫家《ノ》一出《デ》たる故也。

【校異】 後堀河院―後堀川院（総・松）、現任ノ公卿―現任公卿（総・尊）、輩―輩から（松）、是皆―各皆（総）

【口語訳】 戸部（為藤）が云う。大嘗会歌は仁安（元年）の六条院践祚の時、大夫入道（俊成）がこれを詠んだ。また、貞応（元年）の後堀河院の御時、京極中納言（定家）に仰せられて、まじめに子細を申された。仁安も吉例ではない上に、現職の公卿は詠まなかった。それは儒者または諸大夫などの家から出た者が歌を詠んだからである。「その人に進言申し上げるべきだ」と、西園寺（公経）が内々に申された間、「家隆・知家らがその人であるのだろうか」と申し上げた。これはみな諸大夫の家から出ているからである。

【語釈】 **○大嘗会哥**＝第七九代六条天皇の大嘗会は仁安元〈一一六六〉年一一月一五日。大嘗会和歌は天皇即位に際して、践祚大嘗祭の料として詠進された屛風歌。大嘗会屛風和歌・大嘗会悠紀主基和歌とも。平安中期頃に形式化し、悠紀・主基各一人で詠じ、儒者・歌人で構成（『八雲御抄』巻二）。**○仁安**＝仁安元〈一一六六〉年、六条天皇。**○大夫入道**＝藤原俊成。一一一四年生、一二〇四年没（第四節参照）。仁安二年に正三位、嘉応二〈一一七〇〉年皇太后宮大夫に任ぜられ、その後安元二〈一一七六〉年に出家。**○貞応**＝貞応元〈一二二二〉年一一月二三日の大嘗会の際に行われた後堀河天皇主催の歌会。**○後堀河院**＝第八五代天皇。その大嘗会は貞応元〈一二二二〉年一一月二三日。**○京極中納言**＝藤原定家。一一六二年生、一二四一年没（第四節参照）。**○現任ノ公卿**＝在任中の公卿。**○西園寺**＝西園寺公経。承安元〈一一七一〉年生、寛元二〈一二四四〉年八月二九日没。巴大将・一条・大宮・今出川・北山などと称。正二位内大臣西園寺実宗の男。母は権中納言藤原基家の女。従一位太政大臣。寛喜三〈一二三一〉年病により出家（法名覚勝）。准三宮。後鳥羽院政下で関東申次。貞応元年の大嘗会の夜、定家と贈答歌を交わしたことが、続後撰集1094～1095（「貞応元年とよのあかりの夜、月くまなきに思ひいづる事おほくて、前中納言定家もとにつかはしける」）に見える。琵琶・和歌・書を能くした。「千五百番歌合」「道助法親王家五十首」に出詠。「西園寺三十首」を主催。勅撰集には後拾遺集一首、新古今集一〇首、新勅撰集三〇首、続後撰集一四首などの一一五首入集。**〇家隆**＝藤原家隆。一一五八年生、一二三七年没（第一四節参照）。**〇知家**＝六条知家。寿永元〈一一八二〉年生、正嘉二〈一二五八〉年一一月没。正三位入道藤原顕家の男。母は後鳥羽院女房新大夫局（伊予守源師兼の女）。大宮三位入道と号。女御琮子、入道関白兼実、宜秋門院に給。正三位に至り嘉禎四〈一二三八〉年八月一七日、病により出家（法名蓮性）。出家の三年前（嘉禎元年二月一四日）、定家が「経一部を読み奉り了」ろうとする頃、知家が来訪し清談。定家没後、真観・基家・家良らと反御子左派を結成（『源承和歌口伝』）。後嵯峨院歌合の為家判に『蓮性陳状』。勅撰集に新古今集一首、新勅撰集一二首、続後撰集一九首、続古今集三一首などの一二〇首入集。

【考察】『袋草紙』（第三三節）には、大嘗会の際に和歌を詠み始めたのは、「自承和御宇出来」と記される。承和とは仁明天皇の御代である。書陵部蔵『大嘗会悠紀主基詠歌』により三条天皇から後鳥羽天皇までの大嘗会歌の作者を見ると、輔親・兼澄・為政・義忠・資業・家経・経衡・実政・匡房・行家・永範・茂明・俊憲・範兼・顕広・清輔・季経・兼光・光範の一九名となる（『袋草紙考証』第三四節注の表Ⅰ参照）。

四二　知家卿父顕家

又云《ハク》。知家卿、父顕家非《ズ》㆓堪能《ニ》㆒。此《ノ》道《ノ》事微弱《ナリトモ》、京極中納言取《リ》立《テ》諷㆓諫《ス》之《ヲ》㆒。彼《ノ》家《ノ》説も父よりハ不㆑受《ケ》。中納言入道、其《ノ》家《ノ》説かやうなるぞとをしへたてられて、器量たりとて、哥合などにも毎度称㆓美《ス》之《ヲ》㆒。新勅撰《ノ》哥数なども被《ル》二賞翫《セ》一。老後まで当家門弟にて侍《リ》しが、中納言入道逝去之後、向背の心出来《デ》て、「宝治御百首哥《ノ》」、非《ザル》二当家風躰《ノ》一《ニ》事共おほくよめり。不《ル》レ知《ラ》レ恩《ヲ》事也。

【校異】微弱―雖微弱（総・尊・京・松・広甲・広乙）、も父よりハ不受中納言入道其家説―ナシ（尊・広甲）、父よりハ―父より（松）、をしへたてられて―をしへたてられ（広乙）、当家門弟―尚門弟（広乙）

【口語訳】又（戸部が）云う。知家卿と父顕家は（歌道に）堪能でない。歌道の事でわずかなことでも、京極中納言（定家）は取り立て、歌道のきまりをことさら取りあげて諌めた。（六条家の）家説も父（顕家）から受けなかった。中納言入道（定家）は（その家の）家説がこうだとわざと教えられ、才能が足りているとして、歌合などでも（知家の歌を）毎度賞賛した。（定家の評価は）新勅撰集の歌数を見ても（知家が）それがわかる。老後もやはり定家の家（御子左家）の門弟であったが、中納言入道（定家）が亡くなられた後、（知家は御子左家に）背く心が生じ、「宝治御百首」の歌は、（御子左家の）歌風とは違う風体の歌を多く詠んだ。（知家は）恩を知らないことである。

【語釈】○知家卿＝六条知家。一一八二年生、一二五八年没（第四一節参照）。○父顕家＝六条顕家。仁平三〈一一五三〉年生、貞応二〈一二二三〉年一二月没。九条三位と称。刑部卿大宰大弐藤原重家の男。母は中納言藤原家成の女。高倉中宮に給。右近衛少将・左京大夫。正三位。建保三〈一二一五〉年出家（法名不明）。「元暦校本万葉集」の校合を完成した人物か。「別雷社歌合」「経房歌合」に出詠。『言葉集』『月詣集』に出詠。勅撰集に千載集三首、新勅撰集一首、続古今集二首、続拾遺集一首の七首入集。○宝治御百首哥＝続後撰集撰定に際し行われた後嵯峨院招集の一〇〇首。宝治二〈一二四八〉年披講。歌人は当初の後嵯峨院・道助法親王・実氏・基家・家良・基良・隆親・為家・公相・実雄・為経・真観・寂西・経朝・行家・成茂・隆祐・禅信・安嘉門院高倉・鷹司院按察・鷹司院司・承明門院小宰相・俊成女・藻壁門院但馬・下野の二五名、後の忠定・資季・頼氏・有数・定嗣・師継・成実・顕氏・信覚・蓮

性・寂能・為継・為氏・少将内侍・弁内侍の一五名、合計四〇名。伝本として当初の二五名の「宝治御百首」、追加の一五名の「宝治百首」として納める。

【考察】知家の元久の頃よりの「向背の心」については、「源承和歌口伝」にも見えている（『集成』）。知家の勅撰集入集歌は新古今集に一首であったが、新勅撰集に一二首入集した。知家の次の歌を見ると、定家的な表現の中にも、自由平明な詠みぶりがみとめられる。

これも又ながき別になりやせん暮をまつべきいのちならねば　（新古今・恋三1192）
ゆふぐれはなつよりほかをゆくみづのいはせのもりのかげぞすずしき　（新勅撰・夏188）
さをしかのあさゆくたにのむもれ水かげだに見えぬつまをこふらん　（同右・秋下309）
うらみてもわが身のかたにやくしほのおもひはしるくたつけぶりかな　（同右・恋二762）
あさぢやまいろかはりゆくあきかぜにかれなでしかのつまをこふらん　（同右・雑四1339）

四三　文保大嘗会哥

文保大嘗会哥《ノ》、隆教卿ハ詠《ズ》レ之《ヲ》。内々自《リ》二御所一戸部ニ被《ル》レ見《セ》。「萩井をよめる哥ニ、『露もろき』と云《フ》詞あり。『もろき』の字懸《カレリ》レ心《ニ》。又、『いはむらの森』ニ、

みちありと木のもと草のかきはまで我君のよをいはむらの杜《ト》云々

此《ノ》事日本記ニ、『神あれて草木皆物云《フ》』といへる、非《ズ》二吉事《ニ》一。『君が代をいはむら』といへるも、かならず称美共さだめがたし。『山守ハいはゞいはなん』とよめる、とがむる心なり」など被レ申《サ》候《ヒ》しを、やが

て御不審ありて、作者ニ御尋有《リ》しに、「大嘗会哥《ノ》、彼卿《ノ》いつの才学にて難《ジ》申《シ》候やらん」とつぶやくとき
かれて、「貞応《ノ》大嘗会《ノ》時、中納言入道《ノ》記録、知家卿吹挙などの所に、計算をさして被レ置《カ》き。『いはむら
杜』ハ、巳《ノ》日《ノ》楽《ノ》破哥也。其《ノ》夜有時彼《ノ》卿為《ニ》二鄙曲所作《ノ》一参《ズル》之時、於《テ》二陣中《ニ》一横死《シ》畢《ンヌ》」。

【校異】隆教卿ハ―隆教卿（総・尊・京・広甲）、戸部ニ―戸部（総・京）、懸心―懇意（総・尊・京・広甲・広乙）、森―杜（総・尊・京・広甲・広乙）、もと草―本草（広甲）、我君―我意（総）、杜云々―杜と云々（総）、被申候しを―被申しを（総・広乙）、いつの―いつれの（松）、才学―才覚（尊・京・広甲・広乙）、知家卿―知家（松）、吹挙―吹挙事（総・尊・京・広甲・広乙）、被置き―被進き（総・尊・松・広甲）、いはむら杜―いはむらの杜（広乙）、彼卿―卿（総・尊・京・広甲・広乙）

【口語訳】文保大嘗会歌で、隆教卿がこれを詠じた。内々に御所より戸部（為藤）に（この歌を）見せられた。（戸部は）「萩井を詠んだ歌に、『露もろき』という歌詞がある。『もろき』の文字が気になる。又、『いはむらの森』を詠んで、

（草木の周りに堅い岩があり、そこに道があるように、我が君の世を祝う杜よ）

と云々。このことは『日本書紀』に『神あれて草木皆物いう』といっているが、不吉な事だ。『君が代をいはむら』という詞も、必ず賞賛とも定められない。『山守はいはゞいはなん』と詠むことも、非難される心だ」など申された。（御門は）すぐにご不審に思われ、作者（隆教卿）にお尋ねになると、（隆教卿は）「大嘗会歌は、かの卿（為藤）はどのような才学か、難じ申す」とつぶやいたとお聞きになり、「貞応大嘗会の時、中納言入道（定家）の記録を、知家卿の推挙などの所に、計算して置かれた。『いはむら杜』は巳日の楽破歌である。その夜、有時卿が鄙曲を弾くために参上した時、（郁芳門内の）陣中で不慮の死を遂げた」と。

【語釈】〇文保大嘗会哥＝後宇多院が文保二〈一三一八〉年一〇月三〇日に、続千載集撰進の院宣を下された（同三年

四月一九日四季部奏覧、元応二〈一三二〇〉年七月二五日返納）後に召された歌会。「（一一月）二二日己卯、大嘗祭。…悠紀。主基近江。備中。両国司引㆓標山㆒。風俗屛風等和歌。悠紀日野前大納言俊光卿。主基九条二位隆教。等勤仕。」（『続史愚抄』）。その百首歌は現存しない。**○隆教卿**＝九条隆教。文永六〈一二六九〉年生、貞和四〈一三四八〉年一〇月一五日没。従二位九条隆博の男。母は弾正大弼橘行経の女。正二位。風雅集の撰者を志願したが、かなえられず。「文保百首」に出詠。勅撰集には新後撰集三首、玉葉集五首、続後拾遺集三首、風雅集八首などの四一首入集。**○御所**＝第九六代後醍醐天皇。諱は尊治。後宇多天皇第二皇子。母は談天門院忠子。文保二〈一三一八〉年～延元四〈一三三九〉年在位。元弘の乱後、隠岐に配流。その翌年、建武政権樹立。その後まもなく高明天皇の北朝（持明院統）と分かれ、奈良吉野に南朝（大覚寺統）設立。続後拾遺集の勅命を二条為藤に下した（為定により撰進の仕上げ）。勅撰集に新後撰集三首、続千載集二〇首、続後拾遺集一七首などの一二九首入集。**○戸部**＝二条為藤。一二七五年生、一三二四年没（第二節参照）。**○萩井**＝「萩井」題の用例は見えない。**○「みちありと木のもと草の」の歌**＝作者不明歌（出典未詳）。**○かきは**＝堅磐。堅い岩。永久に変わらないことを祝う語。**○日本記**＝『日本書紀』巻第二「神代下」冒頭に、「（葦原中国の）地多に蛍光の光く神及び蠅声す邪しき神あり、復た草木咸能く言語ふ」とある。**○「山守ハいはゞいはなん」の歌**＝後撰集（50）の素性法師の一首。下句は「高砂のをのへの桜をりてかざさむ」。**○貞応大嘗会**＝後堀河天皇の大嘗会（第四一節参照）。**○中納言入道記録**＝定家の日記『明月記』か。貞応年間の本文（国書刊行本）は闕落している。**○知家卿**＝六条知家。一一八二年生、一二五八年没（第四一節参照）。**○巳日楽破哥**＝大嘗祭で巳の日に行う、主基（すき）の節会。「楽破歌」は饗宴ののち、披露された風俗歌の一。**○有時彼卿**＝綾小路有時。生年未詳、文保二〈一三一八〉年没。権中納言正二位源信有の男。母は右中将源教俊の女。玄輝門院・東二条院に給。正三位。鞠・郢曲の名手。**○鄙曲**＝底本に「エイキョク」と傍注。**○於陣中横死**＝「（文保二年）神無月二七日大嘗会、清暑堂の御神楽の拍子のために、綾小路宰相有時といふ人、大内へまゐるを、車よりおるるほどに、いとすくよかなる田舎侍めく者、太刀を抜きてはしりよるままに、あやなくうちてけり」（『増鏡』第一三「秋のみ山」）。

【考察】主基方の大嘗会歌を詠んだ九条隆教の歌を勅撰集入集の百首歌から示す。

秋ちかき光をみせて夏草の露に夜がれず行く蛍かな　（嘉元百首歌、続後拾遺・夏231）

にほはずはたれかことごとわきてしらむ花と雲とのおなじよそめを　（同右、新千載・春上88）

明けやらぬ長月のよの秋かぜに初霜さむくすめる月かげ　（同右、新千載・秋下496）

しほかぜに夕波たかく声たててみなとはるかに千鳥鳴くなり　（同右、新千載・冬670）

思ふにもよらぬつらさをかこたばやこと浦舟の波のたよりに　（文保百首歌、続後拾遺・恋四941）

いへばえにこがるるむねのあはでのみ思ひくらせるけふのほそ布　（同右、新千載・恋三1314）

あらち山夕霧はるる秋かぜにやたののあさぢ露もとまらず　（同右、新拾遺・秋上383）

四四　闕伽井宮御物語云

闕伽井宮《ノ》御物語《ニ》云《ハク》。深山《ノ》、知家卿、

昔思ふ高野の山のふかき夜に暁とほくすめる月影

叡感尤《モ》甚《シ》。「なにがな纏頭ヲ」と被《レ》レ仰《セ》ける。「折節可《キ》レ然《ル》物なし」とて、厚紙を十帖下さる。給ハるとき、「いそぎ住吉《ノ》御幣ニ可《シ》レ進《ズ》」と申《ス》。人感《ズト》レ之《ヲ》云々。

【校異】闕伽井宮—闕伽井（尊）、深山—深山月（総・尊・京・松・広甲・広乙）、とほく—とをく（総・尊・京・松・広甲・広乙）、尤甚—甚（松）、纏頭ヲ—纏頭に（総・尊・京・松・広乙）、折節—折（松）、住吉—住吉の（総）、人感之—人感（松）

【口語訳】闕伽井宮のお話に云う。「深山（月）」の題で、知家卿が、

（昔を偲ばせる高野山の夜深くに、明け方もまだ遠い頃澄みわたった月光よ）（と詠んだ）。（順徳天皇は）とても感心なさった。「何かご祝儀を（下しなさい）」とおっしゃった。「時節柄ふさわしい物がない」と言って、厚紙を十帖下された。（知家は）いただいた時、「すぐに住吉神社の御幣として奉納しよう」と申した。人はこれに感心したと云々。

【語釈】○**閼伽井宮**＝僧道性。亀山天皇の皇子。閼伽井宮と号。宮僧正・西院僧正・宝池院僧正と称。母は准后貞子（西園寺実氏の室、大宮院姞子の母）。弘安六〈一二八三〉年醍醐寺座主。永仁元〈一二九三〉年三宝院門跡・大僧正。定勝の弟子。「春日社三十首」に出詠。勅撰集に新後撰集三首、続千載集九首、続後拾遺集五首などの二一首入集。○**深山**＝「深山〜」の複合題は金葉集頃より多出する。「深山桜花」「深山紅葉」「深山恋」「深山暁月」など。○**知家卿**＝六条知家。一一八二年生、一二五八年没（第四一節参照）。○**「昔思ふ高野の山の」の歌**＝続後撰集（雑中1118）の知家の一首。詞書に「古寺月といへる心を」とある。○**叡感**＝『古今著聞集』によると、感心なさったのは順徳天皇。○**厚紙**＝広甲に「ゴシ」と傍注。○**住吉御幣**＝大阪市住吉区にある住吉神社。海の守護神・和歌の神。

【考察】亀山院皇子の僧道性には、為世との交流を示す勅撰集入集歌が二首ある。

前大納言為世人人にすすめ侍りし春日社三十首歌中に　前僧正道性
吹くとても秋にやかへるおく霜の下はふくずに残る夕かげ　（続千載・雑上1790）

贈従三位為子身まかりて後、前大納言為世に申しつかはしける　前僧正道性
思ひやる心もよそにまよひけりさきだつ道のつらきならひに　（続後拾遺・哀傷1262）

また、父亀山院を偲ぶ勅撰集入集歌が二首ある。

亀山院の御事おもひいでて　前大僧正道性
わすらるる時こそなけれあだにみしととせの夢の秋の面影　（続千載・哀傷2036）

亀山院十三年の御仏事の比、母十三年同年月にあたりたる人のもとへ申しつかはしける

前僧正道性

くらべばや誰かまさると十とせあまりおなじ三とせの秋の涙を　（同右・哀傷2091）

四五　隆博卿ハ行家ニハ

小倉黄禅云《ハク》。隆博卿ハ行家卿ニハ無題ニおとりて世もおもへり。誠ニさこそ侍りけめ。亀山院《ノ》御時、山城国《ノ》名所ヲ賦する「百韻御連哥」侍《リ》しに、よのつねのやさしき名所ハ大略過《ギ》て、「今ハ俗ニいひつけたる、『からすきがはな』『四の宮がハら』などやうの名所をもとるべし」とさたありし時、為氏卿、

　ちぎりしのミやかハらざるらん

と被《レ》二付《ケ》一たりし。叡感もあり。諸人奇特ニ思ひて、隆博卿、すこしの相対にも及《ビ》がたき由、人々思《ヒ》たり。勅定ニ「隆博付《ケ》よ」と仰《セ》事侍《リ》けれバ、

　つらからずきかバなべてぞたのまゝし

と付《ケ》たりし。「さすが也」と云《フ》さた侍りき。

【校異】行家卿―行家（広乙）、おとりて―をとりて（広甲・広乙）、被付たり―被仰付たり（広乙）、仰事―仰事あり（広甲）、付たり―被付たり（広乙）、云さた―いふ御さた（尊・松・広甲・広乙）

【口語訳】小倉黄禅（公雄）が云う。隆博卿は行家卿よりも無下に劣っていると世間で噂していた。本当にそうもいえるだろうが（次のような逸話がある）。亀山天皇の御時、山城国の名所を詠み合う「百韻御連歌」があった折に、世

間並みの優れた名所はほぼ詠み終わって、(天皇が)「今は俗に言いなしているが、『からすきがはな』『四の宮がはら』などの名所をも取るべきだ」と沙汰された時、為氏卿が、

(約束だけは変わらないのであろうか)

と付けられた。(院の)感心もあった。多くの人が奇特に思って、隆博卿は付句を付けられまいと思っていた。(その時)天皇の勅定で「隆博つけよ」との仰せ事があったので、(隆博卿は)

(つらくないと聞いたなら、すべてあてにしたい)

とつけた。「そうはいっていもやはり(いい)」という(天皇の)御沙汰があった。

【語釈】 **○小倉黄禅**=小倉公雄。一二四四年頃生、一三二五年以後程なく没(第一八節参照)。**○隆博卿**=九条隆博。生年未詳、永仁六〈一二九八〉年一二月五日没。従二位九条行家の男。正三位六条知家の孫。従二位大蔵卿。「弘安百首」に出詠。永仁元年勅撰集撰進を命ぜらるるも、中途で没。勅撰集に続古今集一首、続拾遺集六首、新後撰集一〇首、玉葉集九首などの六二首入集。**○行家卿**=九条行家。一二二三年生、一二七五年没(第二六節参照)。**○亀山院**=正元元〈一二五九〉年一一月二八日即位、文永一一〈一二七四〉年一月二六日譲位。嘉元三〈一三〇五〉年九月一五日崩。**○百韻御連哥**=室町時代の連歌披講の形式。院政期頃には長句(五七五)と短句(七七)と長句と続ける長連歌が生まれたが、鎌倉時代以降、百韻連歌が基本となり、賦物が設けられ、式目が制定。**○からすきがはな、四の宮がハら**=「犂鼻」は京都市北区紫野の船岡山あたり。「四宮河原」は京都市山科区四ノ宮あたり。**○為氏卿**=二条為氏。一二二二年生、一二八六年没(第一七節参照)。**○「ちぎりしのミやかハらざるらん」の句**=為氏の下句(出典未詳)。**○「つらからずきかバなべてぞ」の句**=隆博の上句(出典未詳)。

【考察】 六条知家の孫隆博の歌には、次のような題詠歌がある。

海辺打衣といふことをよみ侍りける

まどほにておともきこゆるすまのあまのしほやきごろもうちすさむらし　（続古今・秋下466）

聞郭公といふ事を

一こゑのあかぬ名残をほととぎすきかぬになして猶やまたまし　（続拾遺・夏163）

また、大蔵卿在任中の歌に、次のような歌がみえる。

釈教の歌のなかに

たちかへり又ぞしづまん世にこゆるもとのちかひのなからましかば　（新後撰・釈教664）

法眼行済よませ侍りける熊野十二首歌の中に

我が袖の物とはよしやいはしろの野べの下草つゆふかくとも　（同右・恋二914）

八月十五夜、後一条入道関白のことを思ひ出でてよみ侍りける

もろともに見しよの秋の面影もわすれぬ月にねをのみぞなく　（同右・雑下1543）

四六　中院禅門北野参籠之時

基任云《ハク》。中院禅門北野参籠之時、「小神」までの社名を賦して連哥侍《リ》しに、冷泉亜相、「中将殿」ト云を賦して、

「恋の道うしやうとのミなげく哉」

と被《レ》レ付《セ》けるを、満座《ノ》感歎無レ極《リ》き。禅門、「柳」と云《フ》句ニ、

「老松力よはき春かな」

と云《フ》句を付《ケ》られたりし。「様もなけれ共、そゞろに面白かりし」と、観意基任父其《ノ》席ニ候《ヒ》てかたり侍りき。

【校異】社名―社の名（総）、被付けるを―被付ケル（広甲）、そヽろに―ナシ（総）、観意―観道（尊・京・松・広甲）

【口語訳】基任が云う。中院禅門（為家）が北野社に参籠の時、末社までの社名を詠んで連歌を作ったところ、冷泉亜門（為氏）は、「中将殿」という（名を）詠みこみ、

（恋の道に迷い込み、うしやうとだけ嘆くのだなあ）

と付けられたので、その座にいた人は、みな感嘆極まりなかった。禅門（為家）は、「柳」という句に、

（年老いて力もない、老松社の春だなあ）

という句を付けられた。「（為氏の句に）躰もなしていないが、何ともおもしろい」と、観意（基任父）はその席にいて語った。

【語釈】○基任＝斎藤基任。生没年未詳、元徳三〈一三三一〉年以前に没か（第一五節参照）。○中院禅門＝藤原為家。一一九八年生、一二七五年没（第一節参照）。○北野＝京都市北区にある北野神社。菅原道真にまつわる伝説が残される（『北野天神縁起』）。○小神＝北野社摂社末社三つのうちの一つ。○冷泉亜相＝二条為氏。一二二二年生、一二八六年没（第一七節参照）。○中将殿＝北野神殿五座の一。「菅三品嫡子」とある（『山城名跡巡行志』）。○「恋の道うしやうとのミ」の句＝為氏の上句（出典未詳）。○「老松力よはき春かな」の句＝為家の下句（出典未詳）。「老松」は北野社摂社末社三つのうちの一つ。老松は「為家自身の象徴」（『集成』）。○観意＝斎藤基永。生没年未詳。基任の父。勅撰集に続拾遺集一首、新後撰集三首、玉葉集一首、続千載集三首などの一二首。

【考察】基任とその父観意の家に伝えられた、為家―為氏に纏わる美談である。基任には、頓阿との風流の交わりの歌が『草庵集』に七首、『続草庵集』に三首残されている。その中から頓阿の歌を五首示す。

基任が家にて歌合し侍りしに、水辺藤

たごのうらや汀の藤の咲きしより波の花さへ色にいでつつ　（草庵集・春下236）

藤原基任、新日吉にて歌よみ侍りしに、暁恋

明けわたる雲まのほしのさのみなどまれになり行く契なるらん （同右・恋下1053）

藤原基任、おもひの外の事によりていなばの国にくだりて後、かしらおろしぬときて、申しつかはし侍りし

そのままに忘れず忍ぶ面影もかはるときくぞさらにかなしき （同右・雑1158）

三条中納言（実任）、藤原基任など、川じりのゆあみ侍りし時、前藤大納言、人人さそひて難波の月見に下りて、暁のぼられ侍りしとき

浪のうへの月を残して難波えの蘆分をぶねこぎやわかれん （同右・羇旅1302）

基任因幡国に下り侍りし後、法性寺山庄の花の陰にて人人十首歌よみ侍りしに

散るまではながめしものを山桜ことしやどかす人やなからん （続草庵集・春89）

四七 哥合ニ人のもとへ行

故宗匠云《ハク》。民部卿入道被レ申《サ》しハ、「哥会ニ人のもとへ行《ク》にハ、連哥《ノ》発句《ノ》一二句案じて、何人《ノ》何木《ノ》何舟《ノノ》様の常の賦物にあて、、用意する也。会《ノ》末ざまに俄ニ連哥すべシナド云《フ》事アルニ、ソゞロニ発句ヲアンジテ、人ニまたれなどすべからず」と被レ申《サ》き。

【校異】 哥会ニ―哥合ニ（広甲・広乙）、一二句―一二（総・尊・京・広甲）、する也―する也句を案して（松）、会末さま―会のすゑさま（総・尊・京・松・広甲・広乙）、俄ニ―にはかに（総）、すへシナト―すへきなと（松）、ソ、ロニ―す、ろに（総）、人ニ―人（広乙）、被申き―被申候（広乙）

【口語訳】 故宗匠（為世）が云う。民部卿入道（為家）が申されたことは、「歌会で人のもとに向かう時は、連歌の発

句を一句二句を工夫し、何がしの人、何がしの木、何がしの舟の賦物の見当をつけて用意しておくものである。歌会の終わりに急に連歌を作れということがあるので、（何も用意もなく）むやみに発句を考えるために、人を待たすなどするべきではない」と申された。

【語釈】 **○発句**＝連歌での第一句目の五七五。その連歌のまとまりがうまくいくかどうかを決する。**○何人何木何舟様**＝成語の音を句に詠み込む連歌の基本的な詠法。

【考察】 歌合の合間に詠まれた連歌は、その場の雰囲気を和らげ、次の会の進行を助ける機会として、古来より定着していた。歌会・歌合の場に出席するときの心得として、連歌の発句を用意することを諭している。『続草庵集』巻五には連歌が入集している。その中から、発句に「何人何木何舟様」を詠んだ連歌を抜き出してみる。なお、ここには「A（下の句）といふ句にB（上の句）」という形式で、収納されている。

こずゑも見えずかかるふじなみ／松をこそはなのとだえと思ひしに　（562）
ふみをよむとてよるもねられず／夢ならでむかしの人にあひにけり　（568）
中ぞらになる秋の夜の月／人もこずわが身もとはで深けにけり　（570）
ふたつもみつもなききみのりかな／こぎかへる程をやまたむわたし舟　（575）
（東山に住み侍りし比、花山院左大臣家花の比おはしまして、庭のすみれをつみて）
つるがの沖をいづる舟人／篷ぶきのやかたにおけるあづさ弓　（577）
こころなきにも友はありけり／山水やいは木のかげをながるらん　（588）

四八　はや人ノ薩摩ノ迴門

又云《ハク》。民部卿入道、真観が「はや人ノ薩摩ノ迴門」ナド読て、人をおどすとて、つねにわらハれ侍《リ》きト。

【校異】 迥門―迫門（広甲）、おとす―をとす（広乙）、わらハれ―咲れ（広乙）

【口語訳】 又（為世が）云う。民部卿入道（為家）は、真観が「はや人の薩摩のせと」などと詠み、人をおどすと言っていつも笑われた。

【語釈】 **〇真観**＝葉室光俊。一二〇三年生、一二七六年没（第一節参照）。**〇はや人ノ薩摩の迥門**＝出典不明。「はや人」は「はやびと」であり、「薩摩、大隅ナドニ住メル人種。景行天皇、仲哀天皇ノ御代ニ熊襲（クマソ）ト云フ」（『大言海』）。後代一時的に京都に住んだり、畿内（近江・丹波・紀伊）に住む者もあった。「迥門」（底本に「セト」と傍注）は瀬戸・迫門で、狭い海峡。

【考察】 後嵯峨院歌壇では為家との確執が取り沙汰された（第一節参照）真観は、初学期に和歌の師として仰いだ定家が撰者を務めた新勅撰集奏覧時（天福二〈一二三四〉年六月三日）の二年後に、三二歳で出家している。そのときの入集歌が次の四首である。

　関白左大臣家百首歌よみ侍りけるに
五月雨のそらにも月はゆくものをひかり見ねばやしる人のなき　（夏171）
　名所月をよめる
あかしがたあまのたくなはくるるよりくもこそなけれ秋の月かげ　（秋上273）
しのぶるもわがことわりといひながらさてもむかしととふ人ぞなき　（雑二1144）
すみわたるひかりもきよし白妙のはまなのはしの秋のよの月　（雑四1293）

四九　中院禅門と阿仏房と

或人物語《ニ》云《ハク》。中院禅門と阿仏房といられたる所へ為氏まかりて、縁にてこハづくりて、あかり障子をあけて入らんとせられけるを、阿仏房障子尻を、さへて、「『あかり障子』をかくし題にてあそばし候へ。あけ候ハん」と被《レ》申《サ》ければ、取《リ》あへず

いにしへにいぬきがかひしすゞめのこ飛《ビ》あがりしやうしとおもひし

とよまれければ、あけてわらひて入られけり。たハぶれながらにくき心にてやありけん。源承法眼の説とてかたりきト。

【校異】 いられたる―ゐられたる（総・尊・京・広乙）、尻を、さへ―尻をさへ（広乙）、あそはし候へ―一首あそはし候へ（総・尊・京・松）、いにしへに―いにしへの（総・松）、飛あかり―立あかし（広乙）、おもひし―みらむ（広乙）、入られけり―いれられけり（総）、心にてや―心にて（松）

【口語訳】 或人物語に云う。中院禅門（為家）と阿仏房とが住んでいた所に為氏がやってきて、縁側で咳払いをしてあかり障子を開けて入ろうとされたところ、阿仏房が障子の尻を押さえて、「『あかり障子』を隠し題にして一首お詠みください、（そしたら）あけましょう」と申されたので、たちどころに、

（昔犬君が飼っていた雀の子は、ここの障子からはやく飛び立ちたいと思ったことだよ）

と詠まれたので、（阿仏房は）あかり障子をあけて、（為氏は）笑いながら中に入られた。たわぶれごとでもみごとな心であったことよ。（これは）源承法眼の説として語った。

【語釈】 **○或人物語**＝不明。**○中院禅門**＝藤原為家。一一九八年生、一二七五年没（第一節参照）。**○阿仏房**＝安嘉門院四条。貞応元〈一二二二〉年生、弘安六〈一二八三〉年四月八日没。平度繁の養女（実父未詳）。為家との間に冷泉為相・同為守が生まれた。宮仕のようすを『うたたねの記』、播磨国細川庄の相続争いのための旅日記を『十六夜日

記』に記す。歌論書に『夜の鶴』、『乳母の文』（擬書）。「弘安百首」に出詠。勅撰集に続拾遺六首、新後撰集一首、玉葉集一一首などの四五首入集。**○縁**＝底本に「エン」と傍注。**○こハづくり**＝咳払い（「こわづくり」）。**○あかり障子**＝あかりを取り入れるための一重の障子。**○「いにしへにいぬきがかひし」の歌**＝為氏の一首（出典未詳）。犬君と雀の話は『源氏物語』若紫巻に、女児の言葉として、「雀の子をいぬきが逃がしつる。ふせごのうちに籠めたりつるものを」とある。本書から三〇〇年ほど前の物語となる。**○源承法眼**＝元仁元〈一二二四〉年生、没年未詳。藤原為家の男。母は宇都宮頼綱（蓮生）の女。為氏とは同母兄弟。安居院法印の聖覚の門弟となり、嘉禎元〈一二三五〉年頃出家（法名源承）。寛元元〈一二四三〉年法眼。幼時に祖父定家に養われる。歌論書に『源承和歌口伝』。「住吉社歌合」に出詠。勅撰集に続拾遺集三首、新後撰集八首、玉葉集一首、続千載集四首などの二六首入集。

【考察】 為家と阿仏尼との恋愛生活は、続後撰集奏覧頃（一二五一年）より始まり（『源承和歌口伝』）、為家の晩年（七八歳、一二七五年没）まで続いたと思われる。出家後、寺院を転々とし、二条禅尼（為家女の後嵯峨院大納言典侍）の紹介により為家に近づいたとされる（岩佐美代子説）。為家没後数年に（一二七九年一〇月）、細川庄の地頭職権利の目的として、鎌倉に下向している（玉井幸助説）。その時、為氏五八歳、為相一七歳であった。

わが子ども君につかへんためならでわたらましやは関の藤川　（永青文庫本『十六夜日記』・17）

五〇　為教を車の尻にのせて

故宗匠云《ハク》。民部卿入道、為教を車の尻にのせて、さがより冷泉宿所へ出《デ》られけり。為教、あにのあしざまなる事共被レ申《サ》けり。禅門ハともかくも返事もなくて、道ニこえ取《ル》車のあるをみて、やせ牛にこえ車をぞかけてけると連哥をせられけれるを、為教よりすぢりあんじけれ共、つゐに付《ケ》ザリケリ。冷泉ニテ車ヨリおりらる丶とて、「ツゐニえつけぬな。あにの殿ならばつけてまし」と被レ申《サ》けりト。

【校異】 けり—けるに（総・尊・京・松・広甲・広乙）、為教—為教卿（総・尊・京・広甲・広乙）、禅門ハ—禅門（尊・広甲・広乙）、返事も—返事ハ（松）、こえ取車—こえとり車（総・尊・松）、かけてける—かけにける（広甲）、と連哥—といふ連歌（広乙）、よりすちりあんし—よりすくり案し（尊）・すくり案し（広甲）、つゐに—ナシ（広甲）

【口語訳】 故宗匠（為世）が云う。民部卿入道（為家）は為教を牛車の後ろに乗せて、嵯峨山荘より冷泉宿所へ出られた。（牛車の中で）為教が兄の悪口を申された。禅門（為家）はなんとも返事せず、（道中で）肥取り車があるのを見て、

（やせ牛に肥車をぶら下げてくるよ）

という連歌（の発句）を作られたので、為教が身をくねらせて（付句を）付けようとしたが、とうとう付け（られ）なかった。冷泉宿所に着いて牛車から降りようとして、（為家は）「とうとう付けなかったな。兄（為氏）だったら付けただろう」と申されたという。

【語釈】 **○為教**＝京極為教。京極派の祖。為家の男。一二二七年生、一二七九年没（第一節参照）。**○さが**＝為家が阿仏尼と同棲した嵯峨中院山荘（飛鳥井雅有『嵯峨のかよひ路』）。嵯峨二尊院門前往生院町東部から同善光寺山町中東部あたりと推定される、定家伝領の為家の山荘（角田文衛説）。**○冷泉宿所**＝夷川高倉あたりと推定される、定家より伝領の為家の邸第（加納重文説）。**○あに**＝二条為氏。一二二二年生、一二八六年没（第一七節参照）。**○禅門**＝為家。一一九八年生、一二七五年没（第四九節参照）。**○こえ取車**＝人糞などの肥（こやし）を運ぶ車。**○「やせ牛にこえ車をぞ」の句**＝為家の発句（出典未詳）。**○よりすぢり**＝「より」は「縒り」で、よじること。「すぢり」は身をくねらすこと。**○付ザリケリ冷泉ニテ車ヨリおりらる丶とてツゐニ**＝底本の「つゐに」の後に補入傍書される。

【考察】為家の次の代から、二条（為氏）・京極（為教）・冷泉（為相）の三家に分立することは周知である。二条為氏の教えを受けた為世が、京極為教のいまわしい逸話を伝えたことは注目される。為教男の為兼と為世との家伝相続争いは、「延慶両卿訴陳状」に詳しい。

五一　弁内侍少将内侍御連歌

又云《ハク》。後嵯峨院御幸の時、弁内侍・少将内侍を御連哥のれうニ御車ニメサレケリ。為氏殿上人《ノ》時、御幸の御供ニまいられしに、既《ニ》御車の出《ヅ》る程に、桜の枝を花かめにたてられたる、おりてとられけるを御覧ぜられて、「為氏が花をぬすむニ、連哥一しかけよ」と被《レ》仰《セ》ければ、弁内侍、

「白浪の立《チ》よりておる桜花」

といひければ、

「ちらしかけてぞにぐべかりける」

と付《ケ》られたりけり。取《リ》あへぬ時分の狂句ながら、こまかに付たる。誠《ニ》達者の所為也《ト》云々。

【校異】少将内侍を—少将内侍（広乙）、御車ニ—御幸に（広甲）、即—すてに（総・松・広乙）、桜の枝を花かめに—さくらの花をかめに（総）、たるおりて—たるをおりて（松・広乙）、連哥一—連哥ひとつ（広乙）、付られたりけり—付られたりけるを（松）、取あへぬ—取かへぬ（広甲）、誠達者—誠に達者の（総・松）、也云々—也と云々（総）

【口語訳】又（為世が）云う。後嵯峨院御幸の時、弁内侍と少将内侍（の姉妹）を御連歌会のために御車に召された。為氏が殿上人として御幸のお供に参上した時、すぐに御車が出ようというとき、花瓶に立てられた桜の枝を（見て）、

（為氏が）牛車から降りてお取りになったのを、（院が）御覧になり、「為氏が花を盗んだことを、連歌（の発句）として作りなさい」と仰ったので、弁内侍が、

（盗賊が立ち寄って折った桜の花よ）

と（発句を）作ったので、（院が）

（散らしかけて逃げてしまったよ）

と（付句を）付けられた。即興の狂句でありながら、心細かに付けている。誠に達者の所為であると云々。

【語釈】 **○後嵯峨院**＝第八八代天皇。一二二〇年生、一二七二年没。一二四二年～一二四六年在位（第一八節参照）。**○御幸**＝中世以降音読して、行幸（ぎやうがう）を天皇、御幸（ごかう）を上皇・法皇・女院に用いた。**○弁内侍**＝藤原信実の女。後深草院女房。生没年未詳（第二五節参照）。**○少将内侍**＝藤原信実の末女。後深草女房。生没年未詳（第二五節参照）。**○れう**＝「料」。ため。ためのもの。**○為氏**＝藤原為家の男、二条為氏。一二二二年生、一二八六年没（第一七節参照）。建長三〈一二五一〉年一月二二日任参議。**○「白浪の立よりておる」の句**＝弁内侍の発句（出典未詳）。「しら波」は『俊頼髄脳』に「白波といふはぬす人をいふ」と注された。**○「ちらしかけてぞにぐべかりける」の句**＝後嵯峨院の付句（出典未詳）。

【考察】 弁内侍と少将内侍は既出（第二五節）。後嵯峨院の連歌会は時期不明だが、為氏の官位から推測すると、建長三〈一二五一〉年一月二二日以前開催となる。院は続後撰集・続古今集の撰集下命者であり、また、続後撰集を初めとする勅撰歌人であった。なお、連歌の付け合いは、本来下句が提出されて、上句が付けられる。

五二　吉田泉にて御連歌

同院の御時、吉田泉にて御連哥ありけり。女房弁内侍・少将内侍めされて、簾中ニ候《ヒ》けり。民部卿入道、女房の中付にて、簾のきハに祗候せられけるが、耳おぼろにて滝のひゞきにまぎれて、聞《キ》わかれざりける程ニ、御連哥もしまざりけるニ、為教少将、山より柴を折《リ》て、滝の落《ツ》る所ニふたぎて侍《リ》けれバ、水の音もきこえず成《リ》にけり。其《ノ》後御連哥しミて侍《リ》けるよし、「弁内侍日記《ニ》」書《キ》て侍《リ》と云々。

【校異】 吉田泉—吉田泉殿（総・松）、候けり—候ける（松）、中付—申次（総・松・広乙）、られけるか—られける（広乙）、まきれて—まきれあひて（尊・京・松・広甲・広乙）、ふたぎて—ふさきて（松・広甲）、水の音も—水の音（広乙）、日記—日記に（総・尊・松・広甲）、侍と云々—侍り（総・広乙）・侍（尊・京・広甲）

【口語訳】 同院（後嵯峨院）御時、吉田泉で御連歌があった。女房の弁内侍と少将内侍を召されて、（二人は）簾中に控えていた。民部卿入道（為家）が女房の取り次ぎ役として、簾の端に仕えておられたが、（朗詠の）声が通らず滝の音にまぎれてしまい、聞きとりにくかったので、御連歌にも執着できなかった。（そこで）為教少将が山から柴を折ってきて、滝の落ちる所に（消音しようと）塞いだところ、滝の水音も聞こえなくなった。その後は御連歌も執着して行われたようすが、「弁内侍日記」に書いてあると云々。

【語釈】 **○吉田泉**＝『岡屋関白記』に「是日太上天皇初幸二吉田水閣一云々。件所本者一条入道太相国第也。関東大納言入道伝二領之一、今献二上皇一」（建長三〈一二五一〉年七月一九日条）とあり、現在の左京区吉田泉殿町（百万遍知恩寺の南西）とする（『集成』）。一条入道太相国（太政大臣）とは、西園寺公経（承安元〈一一七一〉年生、寛元二〈一二四四〉年八月二日没）であり、その別業として『源氏物語』若紫巻の北山第をまねた、元仁元〈一二二四〉建立の京都北山邸がある（『増鏡』「内野の雪」）。定家との姻戚関係（公経妹が為家の母）から、「千五百番歌合」に出詠。勅撰集に新古今集

一〇首、新勅撰集三〇首、続後撰集一四首、続古今集一〇首などの一一四首入集。〇**御連哥**＝「後嵯峨院が院となった寛元四年以後、為教少将在位の宝治二年以前」とされる（井上宗雄説）。〇**為教少将**＝京極為教。一二二七年生、一二七九年没（第五〇節参照）。少将在任は宝治二〈一二四八〉年以前。〇**弁内侍日記**＝「後深草院弁内侍家集」（島原松平文庫本）とも。弁内侍（第五一節参照）の日記。正元元〈一二五九〉年～弘安元〈一二七八〉年成立。

【考察】 吉田泉での後嵯峨院連歌会はやはり時期不明であるが、その会での為家（五〇歳前後）と為教（二〇歳前後）の詠歌の姿勢の一端がうかがえる。

五三　三代集作者を賦物にて

六条内府被レ語《テラ》云《ハク》。亀山院《ノ》御時、「三代集《ノ》作者を賦物にて御連哥あるべし」とて、宗匠ニ被レ仰《セ》て、註進をさせられけるを、御前《ニ》資平卿と我《ガ》みと伺候して書写侍《シリ》しに、「源當純」を為兼卿ミて、「あれハ『常純』にてこそ候《ラ》へ」と申《ス》。宗匠為世卿、「『當純』勿論《ナリ》。定家卿自筆本《ニ》如《ク》レ然《ル》候《フ》」由被レ申《サ》候《ヒ》しを、「猶《ホ》『常純』」之由論《ジ》申《シ》ける時、勅定ニ、「急《ギ》古今本を可《キ》レ被《ル》レ見」由被二仰《セ》下《サ》一ける時、召《シ》寄《セ》られて備《ヘ》叡覧《ス》。「當純《ノ》」条無《ク》二子細一、定家卿貞応本伝《ヘ》テ、「嫡孫可《キ》レ為《ス》二将来之證本《ト》一」之由加《フル》二奥書本《ニ》一也。為兼卿閇《ヅル》レ口《ヲ》事躰、ゆゝしかりし由被二語《リ》申《サ》一きト。

【校異】 作者を―作者（広乙）、註進をさせられける―註進せさせられける（総・京・松）・せさせられける（尊・広甲）、御前―御所に（松）、伺候し―祇候し（総・尊・京・松・広甲・広乙）、御前―御前に（総）、源當純を為兼卿―源尚純を為兼（広乙）、あれハ常純―あれハ當純（松）、宗匠為世卿―宗匠（総・尊・京・広甲・広乙、ともに「為世卿」割注）、當純勿論―當純の条勿論（総・尊・京・広甲）・尚純の条勿論（広乙）、可被見由―可披見之由（広甲）、召寄―食寄（松）、叡覧―叡覧ニ（尊）、當純条

—尚純条（広乙）、定家卿貞応本—定家卿（広甲、ともに「貞応」割注）、将来之證本之由—将来證本之由（総・広乙）・将来之證本由（尊・広甲）、閇口—閉口（総）

【口語訳】 六条内府（源有房）が語られて云う。亀山院の御時、（院が）「三代集作者を賦物にして、御連歌会を催す予定だ」と宗匠（為氏）に仰せられ、（宗匠は）注進された。御前で資平卿と私がお仕えして書写したところ、「源當純」（の文字）を為兼卿が見て、「あれは『常純』のはずだ」と申された。宗匠（為世）は「『當純』のはずだ。定家卿自筆本もそのようにある」と申されたのを、（為兼は）「やはり『常純』」と申された。（そこで）勅定により「急いで古今集写本を見られるべきだ」と仰せくだされて、（それを）召し寄せられて叡覧になった。「當純」の文字は子細なく、定家卿貞応本を伝えて、「嫡孫の将来の證本となすべき」と奥書に書き加えた本である。（これ以後）為兼卿は閉口したようすがいまわしかったことを申された。

【語釈】 **○六条内府**＝源有房。一二五一年生、一三一九年没（第三六節参照）。後宇多院（大覚寺統）のサロンを通じて、二条家と交流があった。ただし、弘長年間（一二六一年〜一二六四年）には、有房は「資平とともに重要な役割を担ったとは考えにくい」とされる（『集成』）。**○亀山院**＝第九〇代天皇。一二四九年生、一三〇五年没（一二七四年に譲位。第二五節参照）。**○三代集作者を賦物にて**＝『延慶両卿訴陳状』（東山御文庫本）には、「弘長之比、於亀山院御前、以二古今作者一為二隠題一有二属歌御会一、彼作者亡父注二進之一」とあり、その後に「常純」を主張する為兼を、「當純」を主張する為世が「為世相伝之本」を出して打ち負かしたことが書かれている。「賦物」とは物をのべて広げること、ここでは三代集の作者名を隠題とすること。**○宗匠**＝弘安元〈一二七八〉年の、亀山院により続拾遺集撰者の下命を受けた御子左為氏、嘉元元〈一三〇三〉年の、後宇多院により新後撰集撰者の下命を受けた二条為世が当家の宗匠となる。**○注進を**＝底本の「を」に「せヒ」と傍注。「注進」は「賦物とすべき作者名を詳しく書き出すこと」（『集成』）。**○資平卿**＝源資平。貞応二〈一二二三〉年生、弘安七〈一二八四〉年没。参議源顕平の男。正二位権中納言。弘安五年一二月、興福寺の訴えにより越前に配流、翌年三月に赦されて按察使還任。勅撰集に続後撰集一首、続古今集三首、続拾遺集六首、新後撰集一首、玉葉集二首などの二一首入集。**○源當純**＝右大臣源能有の男。文徳天皇の孫。従五位上少納言。勅撰集には古今集春上12に一首のみ入集（「寛平御時きさいの宮のうたあわせのうた」）。**○為兼**＝京極為兼。建長六〈一二五四〉年生、元弘二〈一三三二〉年三月二一日没。法名は初め蓮覚、のち静覚。京極家の祖為教の男。母は三善雅衡の女。正二位権中納言。永仁六〈一二九八〉年讒言により佐渡配流。乾元二〈一三〇三〉年帰京。伏見院側近として政治や歌壇で活躍。延慶三〈一三一〇〉年権大納言。二条為世と争い、玉葉集を奏覧。翌年出家後、西園寺実兼の忌憚により、正和五〈一三一六〉年土佐に配流。その時の様子を『徒然草』には、「召し捕られて、武士どももうち囲みて、六波羅へ率て行きければ、資朝卿、一条わたりにてこれを見」とある（第一五三段）。その後河内国で没。勅撰集に続拾遺集二首、新後撰集九首、玉葉集三六首、風雅集五三首、新千載集一六首などの一三三首入集。**○定家卿自筆本**＝古今集の定家自筆本は二本現存する（片桐洋一説）が、ここは嘉禄二〈一二二六〉年四月九日書写本（冷泉家蔵）か。**○定家卿貞応本**＝貞応本の現存（冷泉家蔵）の為家自筆本の奥書には、「貞応二年七月廿二日癸亥戸部尚書藤有御判／同廿八日令二読合一訖書二入落字一了／伝二于嫡孫一可レ為二将来之証本一」とある。定家卿自筆本（嘉禄二年本）と定家卿貞応本（為家自筆本）の該当箇所は、ともに「源まさすみ」となり、その脚注に「當純」と記す。

【考察】 現存の『延慶両卿訴陳状』（『集成』所収7）には、定家卿自筆の古今集貞応本について記述が見られる。為兼の「相伝の文書は、定家卿自筆の古今集一部、貞永記二十巻、青表紙源氏物語壹部なり」とし、また、「為相卿より借り召され、下さるゝ所の記録一合・雑文書少々、是又永仁に宿所回禄の時、悉く焼失す」とした第二度陳状に対して、為世は次のような第三度訴状で答えている。「為世所持の文書等、為兼卿存知すべからざる者なり。胸臆荒涼の申状比興なり」とし、また、「文書に於いては、一紙といへども焼失せざる者なり。世の知る所、人の存ずる所なり」。

五四　文永亀山殿五首哥合

小倉云《ハク》。「文永亀山殿《ノ》五首哥合」、近比《ノ》厳重《ノ》公宴也き。大殿・執柄・大臣、あまた被レ参《ラ》き。其《ノ》時、「山《ノ》紅葉」、愚詠《ニ》、

ちりぬべき秋の嵐の山の名にかねてもおしき木々の紅葉ば

と詠じたりしを、再三御詠吟《シ》、有《リ》二叡感之気一。山階左府中座ニおりて、向《キテ》二御前《ニ》一揖して、「案《ズルニ》二『天徳』之例《ヲ》一、天気依《リ》レ有《ルニ》二右兼盛哥《ニ》、被《レ》レ付《ケ》二勝ノ字《ヲ》一畢《ンヌ》。此《ノ》哥可《キ》レ申二請《ス》勝ノ字《ヲ》一」由被レ申《サ》。人々同《ジク》申《ス》レ之《ヲ》処、真観申《シテ》云《ハク》。「相手《ノ》哥、

をぐら山今一度も時雨なバミゆきまつまの色やまさらん

『今一度のみゆきまたなん』の往躅も難《キ》レ被《レ》二奇捐《セ》一之上、紅葉に『ちりぬべき』と詠ず。古哥合ニ多《ク》以《ツテ》為《シ》レ難《ト》、仍《リテ》難《キ》レ勝《チ》」之由申《ス》。仍《リテ》被《ル》レ定《メ》レ持《ト》。真観引級《ノ》、如《キ》レ哥《ノ》義勢、傍若無人也《ト》云々。

【校異】 愚詠―愚詠に（総・尊・京・松・広甲・広乙）、紅葉は―紅葉（総）、相手哥―相哥（松）、まつまの―まつへき（広甲）、往躅―芳躅（広乙）、多以為難仍難勝之由申仍被定持真観引―ナシ（広乙）

【口語訳】 小倉（公雄）が云う。「文永亀山殿五首哥合」は、近年の厳かな（晴儀の）歌合であった。大殿や摂関・大臣らが多く参加された。その時、「山紅葉」の題で、（公雄の）愚詠に、

（秋になるとすぐにも散りそうな山の名にちなんだとしても、いかにも惜しい木々の紅葉葉よ）

と詠じたのを、再三御詠吟され、（院は）御感心された。山階左府（実雄）が（歌合の）座の中央に下りて、御前に会釈し、「『天徳歌合』の前例によると、天皇の御感心が右の兼盛歌にあって、勝の字を付された。この歌も勝の字を申

請するべきだ」と申された。人々も同じ意見を申したが、真観が申していう。「相手歌の、（紅葉で名高い小倉山にもう一度時雨が降ったなら、深雪を待つ間にも、紅葉の色もまさるであろう）は、『今一度のみゆきまたなん』という前人の評判のよい例もあって捨て去りがたい上に、（公雄歌の）紅葉に対し『ちりぬべき』と詠んでいる。（これは）古い歌合で多く難じているので、勝とするのはむつかしい」と申した。それにより持（引き分け）と定められた。真観の説もその詠作の勢いと同じであり、傍若無人であると云々。

【語釈】　**○小倉**＝小倉公雄。一二四四年頃生、一三二五年以後程なく没（第一八節・第四五節参照）。**○文永亀山殿五首哥合**＝文永二〈一二六五〉年九月一三日夜、後嵯峨院仙洞の嵯峨の亀山殿で行われた二〇名五〇番歌合。河月・野鹿・山紅葉・不逢恋・絶恋の五題。歌人としては後嵯峨院のほかに、前関白良実・右大臣基平・関白実経・前太政大臣公相・前左大臣実雄などの院側近歌人。判詞を左方真観、右方融覚（為家）が記し、さらに衆議判が記された。この年末成立の続古今集の編纂資料となった。**○大殿・執柄・大臣**＝大殿は前関白（良実）、執柄は摂政関白（関白実経）、大臣は左右大臣（右大臣基平）を指す。**○「ちりぬべき秋の嵐の」の歌**＝亀山殿五首歌合二七番右の公雄の一首。左近衛中将公雄の詠。結果、左右歌持となった。**○山階左府**＝洞院実雄。建保五〈一二一七〉年生、文永一〇〈一二七三〉年八月一六日没。山階大納言とも。太政大臣西園寺公経の男。母は権中納言平親宗の女（七条院女房）。従一位左大臣。「法事百首」「続古今和歌集竟宴和歌」に出詠。自邸で歌会主催。『徒然草』には、「女の物言ひかけたる返事、とりあへず、よきほどにする男はありがたきものぞ」という逸話として、山階左大臣殿（実雄）の、「あやしの下女の見奉るも、いと恥づかしく、心づかひせらるる」の言を載せる（第一〇七段）。勅撰集に続後撰集八首、続古今集一三首、続拾遺集一三首、新後撰集七首、玉葉集六首などの八二首入集。**○天徳之例**＝天徳四〈九六〇〉年内裏歌合。左右歌の勝敗が定まりかねるとき、勅上に委ねる（一番判詞「全難㆑弁勝劣之義、伏請㆓天裁㆒」）とされた。**○右兼盛哥**＝同歌合の二〇番右歌（恋題「しのぶれどいろにいでにけりわがこひはものやおもふと人のとふまで」）。判者実頼の「不㆑能㆑定申二勝劣一」により、村上天皇が「各尤可二歎美一、但猶可レ申云、…未レ給二判勅一、令三密詠二右方歌一、源朝臣密語云、天気若在レ右歟者、因之遂以右為レ勝」となった。なお、兼盛は平氏（生年未詳、正暦元〈九九〇〉年一二月没）。光孝天皇皇子是忠親王孫の平篤行の男。赤染衛門の実父。天暦四〈九五〇〉年に臣籍に下り、従五位上駿河守。三六歌仙の一人。勅撰集に後撰集四首、拾遺集三九首、後拾遺集一八首、金葉集三奏本四首などの九四首入集。**○真観**＝葉室光俊。一二〇三年生、一二七六年没。一二三六年に出家（法名真観）。**○相手哥**＝実際は真観の詠。底本の「相手哥」の右傍に「中納言典侍」（真観女）の傍注。**○「をぐら山今一度も」の歌**＝亀山殿五首歌合二七番左の真観の一首。**○「今一度のみゆきまたなん」の歌**＝拾遺集（雑秋1128）の小一条太政大臣（貞信公）の一首。上の句は「小倉山峯のもみぢば心あらば」。**○往躅**＝評判のよい例。底本に「ワウチョク」と傍注。**○奇捐**＝底本に「キヱン」と傍注。**○「ちりぬべき」の歌**＝拾遺集（秋206）の紀貫之の一首に、「ちりぬべき山の紅葉を秋ぎりのやすくも見せず立ちかくすらん」がある。**○引級**＝底本に「インキウ」の傍注。

【考察】「亀山殿五首歌合」の二七番左右歌の評価については、現存本（書陵部本）に欠落があり、判然としない。校訂本（新編国歌大観）によると、「左歌すゐざまいささか用意あるべかりけるにや、と申出し侍りし程に、右歌、老耄の愚歌にて侍りけり、返返勝字しかるべからずぞ」として、引き分けとなっている。

五五　連歌ニ本哥三句に

又云《ハク》。連哥ニ本哥三句ニわたるべからざる由、有《ル》二沙汰一歟。それも事ニよるべきにや。後嵯峨院《ノ》御時《ノ》連哥、「あやしき」と云《フ》句ニ

程もなくけふの日影も暮はとり

と云《フ》御製つきて後、難句にて連哥つかずして程ふる間、難句をして及《ブ》二違乱《ニ》一。「可《キ》二返給《シフ》一」之由有《リ》二勅定一しニ、民部卿入道、「それも可《キ》レ為《ス》二撫民《ト》一御事」之由被レ申《サ》けるニ、為氏卿、「何《ノ》条さる事ハ候《フ》べきぞ」と被レ申《サ》けるを、「上手付《ケ》候へ。融覚かなひ候《ハ》ぬとも覚《ヘ》候ハず」と被レ申《サ》けるを、聞《キ》いれぬ躰にて

たゞにやこえん二村の山

と被《レ》レ付《ケ》たりけり。叡感頻《リ》也。満座感歎シキ。是《レ》ハ本哥宜《シク》《シ》二三句《ニス》一者歟《ト》。

【校異】 本哥―本哥を（松）、三句―二句（広乙）、へからさる由―へからすさるよし（総）、それも―それを（広乙）、御時連哥―御時御連哥（総・尊・京・広甲・広乙）、あやしき―あやし（広甲）、可返給之由―此句返たふへきよし（総）・此句可返給之由（尊・京・松・広甲・広乙）、撫民御事―撫民御計（尊・京・松）・撫民之御計（広甲）、為氏卿―為氏（広甲）、被申けるを―被申候けるを（総）、かなひ候ぬ―かなひぬ（総・尊・京・広甲・広乙）、宜三句者―三句（松）・亘三句者（広甲）・宜渡三句者（広乙）

【口語訳】 又（小倉公雄が）云う。連歌には本歌の三句にわたって（引用して）はいけないという沙汰があっただろうか。それも（歌の）事情によるべきであろうか。後嵯峨院御時の御連歌会で、「あやしき」という句に、（間もなく今日の日の光も暮れ落ちてしまったよ）という（院の）御製が示されたが、難句のため連歌が付くことなく時が立つうちに、難句をかかえて（みなが）混乱した。「この句を返しなさい」という（院の）勅定があったので、民部卿入道（為家）が、「それも人々によい計らいとなす御事だ」と申された。為氏卿は、「どうしてそうなのでしょうか」と申されたので、（為家が）「（それでは）うまく付けてみなさい。融覚にはむつかしいとは思わない」と申されたが、（為氏は）聞き入れないようすで、（いたづらに越えようとするのか、二村の山よ）

と付けられた。天皇の御感心は頗るであった。そこにいた者たちも感嘆した。これは本歌としてまさに三句にわたるべきよい例であろう。

【語釈】〇後嵯峨院御時連哥＝開催時期不明。「融覚」という為家の法名から、康元元〈一二五六〉年二月二九日以後となる。〇「程もなくけふの」の句＝後嵯峨院の発句（出典未詳）。〇撫民＝人民をなだめること。〇為氏卿＝二条為氏。一二二二年生、一二八六年没（第一七節参照）。〇融覚＝藤原為家の法名。一一九八年生、一二七五年没（第一節参照）。建長八〈一二五六〉年二月二九日出家。〇「たゞにやこえん二村の」の歌＝為氏の付句（出典未詳）。〇本哥宜三句＝本歌は、「くれはどりあやに恋しく有りしかばふたむら山もこえずなりにき」（後撰集・恋三712、清原諸実）。「あやしき」という句と、「たゞにやこえん二村の山」の中に、三句に共通な語が含まれている。

【考察】連歌作法書の嚆矢となる、二条良基（元応二〈一三二〇〉年生、嘉慶二〈一三八八〉年六月一三日没）の『僻連抄』（一三四五年成立）の「寄合」の項に、本歌論が記される。「一首、三句にわたるべからず。逃歌あらば付くべし。件の逃歌、先の歌取りたる後代の歌にてあらば不レ可レ用」と本節の論が展開している。さらに、「新古今以来の作者、本歌に堪へず。堀川院の百首の作者まで取るなり。証歌には近代の歌も子細なし。古き作者、近代の勅撰の歌をも取るべし」とされる。また、作法には「家々の式」があり、冷泉家蔵「私所持和歌草子目録」（冷泉家時雨亭叢書40「中世歌学集・書目集」所収）の「連歌」の項には、藤原隆祐・同信実・同行家・京極中納言入道殿（同定家）・民部卿入道殿（同為家）・花下道生等（道生などの花下連歌ら）・作者不知二つなどの連歌式目が記載されている。

五六　円光院殿仰云

平中納言惟輔卿云《ハク》。円光院殿仰《セテ》云《ハク》。「諸道ヲ窺《ヒ》てみるニ、何もをろかならずといへ共、殊無《ニキ》二尽期一事ハ、除目ノ事ト和哥ノ道ト也」ト云々。我身《ガ》雖《ドモ》レ不レ携《ルトハ》二此道《ニ》一、於《テ》二和哥《ニ》一人者深《ク》仰《ギ》信《ズト》」云々。

【校異】 何も―いつれも（総・尊・京・松）、をろかならす―おろかならす（総・尊・京）、殊―ことに（総・尊）、也ト云々―也云々（尊・広甲）、於和哥人者―於和哥者（広乙）

【口語訳】 平中納言（惟輔卿）が云う。円光院殿（鷹司基忠）が仰せて云うには、「諸々の道をうかがってみると、どれもなみ一通りでないとはいえ、とりわけ尽きることのないのが、除目の事と歌の道である」と云々。わが身（惟輔卿）は歌道に（いまだ十分）携わっていないが、和歌に携わる人には深く信心をもっていると云々。

【語釈】 **○平中納言**＝平惟輔。文永九〈一二七二〉年生、元徳二〈一三三〇〉年没。従二位平信輔の男。**○円光院殿**＝鷹司基忠。円光院と号。宝治元〈一二四七〉年生、正和二〈一三一三〉年七月七日没。関白兼平の男。母は権大納言藤原実有の女。従一位関白太政大臣。正和六年出家（法名理勝）。「伏見上皇三十首」「嘉元百首」に出詠。勅撰集に続拾遺集五首、新後撰集二〇首、玉葉集二一首、続千載集一四首などの八五首入集。

【考察】 頓阿はここで平惟輔を通して、鷹司基忠の伝を記している。基忠は関白太政大臣となった権門であるが、二条為氏撰の続拾遺集と同為世撰の新後撰集などの入集状況から、和歌にも造詣の深い人物であった。これにより、「我身」以下を「権門歌人の基忠の謙辞」（『集成』）ととらない。新後撰集に次のような歌がある。

山里にすみ侍りける比、前関白太政大臣のもとに申しつかはしける　前大僧正公澄

見せばやなしぐるる峰のもみぢ葉のこがれてそむる色のふかさを　（秋下428）

返し　前関白太政大臣

ゆきてみんあかぬ心の色そへてそむるもふかき山のもみぢば　（同右429）

雪の朝、性助法親王おとづれて侍りけるにつかはしける

跡つけて今朝しも見つることのはにふるもかひある宿のしら雪　（冬512）

五七　後伏見院ニ申置る丶

又、「伏見院、後伏見院ニ申《シ》置《カ》る丶条之内、『向後勅撰あらバ、永福門院と鷹司前関白とニ可《キト》レ被《ル》二申《シ》合《ハセ》一』云々。此条《ノ》、後照念院、慥《カニ》御物語在《リ》し事也《ト》」云々。伏見院《ノ》御製と後照念院殿《ノ》御哥トハ、御風躰各別也。而《ルニ》かやうに被二仰《セ》置《カ》一ける事、究竟ニ至《リ》ぬれバ、御意の通ずる事面白《キ》事也《ト》。

【校異】 後照念院—後照念院殿（総・尊・京・松・広乙）、慥—たしかに（総・尊・京・松・広乙）、在し—有し（総・広甲）、被仰置ける—仰をかれける（総・尊・京・広甲・広乙）、面白事也—面白事（松）

【口語訳】 又（惟輔卿が）云う。「伏見院が後伏見院に申しおかれたことのうち、『今後勅撰集の沙汰があれば、永福門院と鷹司前関白とにあらかじめ申し合わせられるがよい』と云々。この条は後照念院殿が確かにお話されたことだ」と云々。伏見院御製歌と後照念院殿の御歌とは、その御風躰が格別である。しかし、このように仰せおかれた（二人の歌）は究極のことだから、その御心が通じるのは面白いことである。

【語釈】 ○**伏見院**＝第九二代天皇。文永二〈一二六五〉年四月二三日生、文保元〈一三一七〉年九月三日没。後深草天皇皇子。母は玄輝門院。中宮は永福門院（西園寺実兼の女鏱子）。一一歳で立太子。弘安一〇〈一二八七〉年一〇月二一日践祚。永仁六〈一二九八〉年譲位。永仁二年勅撰集の撰進を下命したが、実現せず。『仙洞五十番歌合』主催。為兼に古今伝受。京極派歌人の中心的歌人。勅撰集に新後撰集二〇首、玉葉集九四首、続千載集一八首などの二九五首入集。○**後伏見院**＝第九三代天皇。弘安一〈一二七九〉年三月三日生、延元元〈一三三六〉年四月六日没。伏見天皇皇子。母は五辻経氏の女経子。二歳で立坊とともに永福門院の猶子。正安三〈一三〇一〉年譲位。元弘三〈一三三三〉年出家。

歌風は京極風。勅撰集に新後撰集四首、玉葉集一六首、続千載集一一首などの九四首入集。〇**永福門院**＝文永八〈一二七一〉年生、康永元〈一三四二〉年五月七日没。父は太政大臣西園寺実兼。母は内大臣久我通成の女顕子。伏見天皇に入内。正和五〈一三一六〉年六月出家。「仙洞五十番歌合の頃には写実的感覚的ないわゆる玉葉歌風をみせ」、「革新的で特異な面を持つ為兼の詠風は両院を経て京極派歌人に吸収されていったとみられる」（有吉保説）。勅撰集に新後撰集三首、玉葉集四九首、続千載集一一首などの一五一首入集。〇**鷹司前関白**＝鷹司冬平。建治元〈一二七五〉年生、嘉暦二〈一三二七〉年一月一九日没。後照（称）念院と号。鷹司基忠の男。母は左大臣近衛経平の女。従一位摂政関白。自邸で歌会主催。嘉元・文保・正中の各百首に出詠。勅撰集に新後撰集六首、玉葉集一四首、続千載集一五首などの八一首入集。〇**後照念院**＝鷹司冬平の追号。

【考察】「御風躰各別也」と賞賛された伏見院には、ともに交流の深かった為世撰の新後撰集と為兼撰の玉葉集にその歌が多く入集している。まず、詞書に「三十首歌めされしついでに」「三十首歌人にめされし時（人々によませさせ給ひし時）」とされる御製歌がある。

　なつみ川かはおとたえて氷る夜に山かげさむく鴨ぞ鳴くなる　（新後撰・冬492、「河水鳥」）
　あはれいまは身をいたづらのながめして我が世ふり行く花の下陰　（同右・雑上1230、「見花」）
　風はやみ雲の一むらみねこえて山見えそむる夕だちのあと　（玉葉・夏413、「遠夕立」）
　なびきかへる花のすゑより露ちりて萩のはしろき庭の秋かぜ　（同右・秋上499、「草花露」）

次に、中宮永福門院に仕えた為兼姉の為子への懇意な歌がある。

　御譲位の日、おまへの萩のわづかにさきそめたるををらせ給て、大納言三位さとに侍りけるにつかはさせ給うける
さきやらぬまがきの萩の露を置きてわれぞうつろふももしきの秋　（玉葉・雑一1950）

位におましましける時、大納言三位きぬをぬぎおきて房へおりにけるが、夕立のもりていたくぬれて侍りければ、からきぬの袖におしつけてたまはせける

つつみける思ひやなにぞから衣世にもるまでの袖のしづくは

御返し　　　　　　　　従三位為子

たがもらす涙なるらんからころも我が身にしらぬ袖のしづくは

（同右・雑三　2278―2279）

五八　時代不同哥合に

或人云《ハク》。「時代不同哥合」ニ、定家卿ニ被《レ》レ合《ハセ》二元良親王《ヲ》一ける時、「元良親王と云《フ》哥よミのおハしける事始《メ》てしりたる」と利口被レ申《サ》けり。家隆ハ小野小町につがふ。誠ニ定家相手《ノ》不《ル》レ被《レ》レ請《ケ》もことハり也。但《シ》、後鳥羽院常仰《ノセ》ニ、「元良親王殊勝ノ哥よみ也」と仰《セ》ありけれバ、御意にハわろき相手共、思召《シサ》れざりけるにこそ。彼《ノ》哥合ニ公任卿不レ入《ラ》。秀逸《ノ》三首なきゆへと云々。長徳《ニヨリ》けるニ、さすが御哥合ニかゝる、程《ノ》哥三首も、などかなからん。後代《ノ》不審也《ト》。

【校異】定家卿ニ―定家卿（松・広乙）、親王ける時―親王時（松）、始て―初て（尊・京・広甲）・はしめて（松）、小野小町―小町（広乙）、つかふ―つかう（尊・広甲）・番（松）、被不請―不被請（尊・松・広甲・広乙）、思召れさりける―おほしめされける（総・広甲）、不入秀逸―不秀逸（松）、長徳けるニ―長徳寛弘比より空の月日をあふくことにこそ侍けるに（総）・長徳寛弘比より空の月日をあふくことくにこそ侍けるに（尊・京・松・広甲・広乙）、かゝる、―かゝる（尊・広甲）、哥三首―秀哥三首（広乙）

【口語訳】或人が云う。「時代不同哥合」で、定家卿に元良親王を番わされた時、「元良親王という歌詠みがいらっ

しゃることをはじめて知った」とちょっとした皮肉を申された。家隆は小野小町と番わせられた。まことに定家が相手に不服だったのも道理である。ただ、後鳥羽院がいつも仰せられたことは、「元良親王は殊勝の歌詠みよ」という仰せであったので、(院の)お考えではふさわしくない相手とは思われなかったのである。かの歌合には公任卿は入らなかったが、それは秀歌が三首なかったからと云々。長徳(や寛弘の比から「空の月日」を仰ぐほどだっ)たから、やはり御歌合にそれにふさわしい歌三首ほどもどうして残されなかったのか、後代の不審である。

【語釈】○時代不同哥合＝時代を異にする歌仙一〇〇人の秀歌を左右(左方に万葉～拾遺歌人、右方に後拾遺～新古今歌人)に番えた、隠岐での後鳥羽院撰の歌合。前稿本と後稿本とに区分し、前者が『新撰歌仙』『遠所三十六人撰歌』、後者が『遠島歌合』が撰入されるという(樋口芳麻呂説)。**○定家卿**＝一一六二年生、一二四一年没(第四節参照)。**○元良親王**＝寛平二〈八九〇〉年生、天慶六〈九四三〉年七月二六日没。陽成天皇第一皇子。母は主殿頭藤原遠長の女。『徒然草』には、「元良親王、元日の奏賀の声、甚だ殊勝にして、大極殿より作道まで聞えけるよし、李部王の記(注―醍醐天皇の皇子重明親王の日記)に侍るとかや」とある(第一三二段)。家集に他撰の『元良親王集』(現存本で一六六～一六八首)。**○家隆**＝一一五八年生、一二三七年没(第一四節参照)。**○小野小町**＝生没年不詳。「小町氏系図」の小野良真の女という伝承がある。古今集・恋二の冒頭部分に素性法師や安部清行との贈答歌、『伊勢物語』に業平とのそれがある。**○後鳥羽院**＝第八二代天皇。一一九八年に譲位。治一五年(第八節参照)。**○公任卿**＝藤原公任。康保三〈九六六〉年生、長久二〈一〇四一〉年一月一日没。四条大納言と称。関白太政大臣藤原頼忠の男。母は代明親王の女厳子。室は昭平親王(村上天皇皇子)の女。正二位権大納言。『徒然草』には、「四条大納言撰ばれたる物を、道風書かん事」の逸話がある(第八八段)。万寿三〈一〇二六〉年出家し北山長谷に隠棲。著書に『北山抄』『新撰髄脳』『和歌九品』。また、『和漢朗詠集』。家集に『前大納言公任卿集』。勅撰集に拾遺集一五首(拾遺抄三首)、後拾遺集二〇首、金葉集三首(三奏本)、詞花集四首、千載集一一首、新古今集六首、新勅撰集一首、続後撰集三首、続古今集・続拾遺集各四首、玉葉集一一首などの九八首入集。○**長徳**＝天理本には異同がみられる。異本本文によると、長徳（九九五年～九九八年）、寛弘（一〇〇四年～一〇一一年）頃。また、「空の月日」には、順徳院著『八雲御抄』に、「公任卿は寛和の比より天下無双の歌人とて、すでに二百よ歳をへたり。在世の時いふに及ばず、経信、俊頼已下、ちかくも俊成が存生までは、空の月日のごとくにあふぐ」とある。

【考察】『大和物語』（第九〇段・第一〇六段・第一〇七段・第一三九段・第一四〇段など）には、元良親王の逸話が記されている。そのうちの第一〇六段には、平中興の女との五組の贈答歌が示される。元良親王の五首は次の通り。

荻のはのそよぐごとにぞうらみつる風にうつりてつらき心を
あさくこそ人はみるらめ関川の絶ゆる心はあらじとぞ思ふ
よなよなに出づとみしかどはかなくて入りにし月といひてやみなむ
なくなれどおぼつかなくぞおもほゆる声聞くことの今はなければ
雲井にてよをふるころは五月雨のあめのしたにぞ生けるかひなき

五九　はれノ哥ヨマン

故宗匠被《テ》レ語《ラ》云《ハク》。はれノ哥ヨマントテハ、法輪ニ参リテ読《ミ》し也。若物共ヽ法輪へ参《リ》てよむべし。所がらノスゴサニモ、殊《ニ》哥出来スル也《ト》。

【校異】はれノ哥―花の哥（総）、ヨマントテハ―よまんとて（広乙）

【口語訳】故宗匠（為世）が語られて云う。晴の歌を詠もうとして、（心を真正にしようとして）法輪寺に参上して詠んだ。（最近の）若い歌人も法輪寺へ参上して詠むのがよい。（それは喧噪な京中でなく）場の荘厳さの中で（歌を詠むと）

ことに、歌は詠めるからである。

【語釈】○はれノ哥＝御前又は公家・参議等の前で披露する歌会の歌。○法輪＝京都市西京区嵐山の真言宗五智教団の寺。和銅六〈七一三〉年元明天皇開創。空海の弟子道昌が再興。貞観一六〈八七四〉年講堂宇を建立。

【考察】法輪寺参詣の折に詠んだ詩を三首あげる。なお、道命法師（天延二〈九七四〉年生、寛仁四〈一〇二〇〉年七月四日没）は帥大納言藤原道綱の男。母は中宮少進源広の女。長保三〈一〇〇一〉年に延暦寺総持寺阿闍梨。家集に『道命阿闍梨集』がある。藤原俊忠（延久三〈一〇七一〉年生、保安三〈一一二二〉年七月九日没）は御堂関白道長孫の大納言忠家の男。母は藤原敦家の女（経輔の女とも）。御子左俊成の父。保安三年従三位任権中納言大宰権帥。家集に『俊忠卿集』がある。

法輪寺にまうで侍りけるに、さが野の花をみてよめる
道命法師
花すすきまねくはさがとしりながらとどまる物は心なりけり
（千載・秋上268）

法輪寺にまうで侍るとて、さがのに大納言忠家がはかの侍りけるほどに、まかりてよみ侍りける
権中納言俊忠
さらでだに露けきさがののべにきて昔のあとにしをれぬるかな
（新古今・哀傷785）

法輪寺にすみ侍りけるに、人のまうできて、くれぬとていそぎ侍りければ
道命法師
いつとなく小倉の山のかげをみてくれぬと人のいそぐなるかな
（同右・雑中1645）

六〇　院庚申五首時

戸部被《テ》レ語《ラ》云《ハク》。建保五年四月十四日「院庚申五首」時《ノ》、御教書ニ非《ザレ》二秀逸《ニ》一バ不《ルト》レ可《カラ》二令《メ》レ献《ゼ》給《フ》一云々。京極黄門独非《レバ》二秀逸《ニ》一者不レ可《カラ》レ献《ズ》之《ノ》由事、謹《ンデ》所レ請《フ》如《シ》レ件《ノ》ト、請文を被《ル》レ進《ゼ》。希代《ノ》事也。仍《リテ》其《ノ》時《ノ》哥殊《ニ》沈思《シ》、秀逸誠ニ出来せり。「花にそむくる春の灯」、「をのれにもにぬよはのみじかさ」、「あらバあふよの心つよさに」。是等皆此時《ノ》哥也。

其比《ノ》、家隆のもとより、新院御哥ヲ京極へ遣ハすとて、「庚申をもてあつかひて、あまりニ風情つきて、古反古などみ候《フ》中ニ、此《ノ》一巻をみ出して、『思ひ〳〵ニ点などあへ』とて、人のたびたる物にてぞ候《ヒ》つらん。昔よりかしこき御目とをろかなる目と、さのミかハりたる事も候ハぬ程ニ、あしからずみ候《フ》ニつきて、まいらせ候《フ》」由の状をつかハす。返事ニ、「庚申、いかゞし候《フ》べき。今ハ只くひほねいたく、水ほしく案じ成《リ》て候《フ》ニ、此《ノ》哥給《ヒ》て候《フ》。庚申妨げん御ようかなど思《ヒ》て候へバ」とて、此《ノ》御哥の殊勝なる事さま〴〵書て、「此《ノ》道《ノ》事、禁裏御事ハ申《ス》ニ不レ及《バ》。此《ノ》御所ハ、詩《ノ》御沙汰計とのミ思《ヒ》まいらせて候へバ、かゝる不思議なる御事にて候《ヒ》ける。今ハたゞ下す哥よみ候ハじ。わたくしの太郎次郎など申《ス》物ノ、いふかひなく候《フ》」など、さま〴〵にかゝれたるをミ侍《リ》き。

【校異】 非秀逸ハ―非秀逸者（総・尊・京・松・広甲・広乙）、不可令献―可令献（広乙）、独―ひとり（総・尊・京・広甲・広乙）、不可献―不可然（松）、謹所―餘所（松）、殊沈思―非殊沈思（広乙）、をのれにもにぬ―をのれにぬ（総）、よはの―夜の（総）、心つよさに―心つよさそ（京）・心つよさよ（広甲）、新院御哥ヲ―新院の御哥を（松）、遣ハす―遣（広乙）、み出して―見出して候（総・尊・京・広乙）・いたして（松）・見出し候（広甲）、思ひ〳〵ニ―思に（広乙）、をろかなる―おろかなる

（尊・京）、まいらせ候―みまいらせ候（広甲）、御ようかな―御よふかな（尊）・御用哉（松）・御ようなり（広乙）、此御哥―此哥（松・広甲）、禁裏御事―禁裏の御事（総）、詩御沙汰計―詩の御沙汰はかり（総・尊・京・松・広甲・広乙）、次郎―二郎（京・松・広甲）、をミ侍き―侍き（広乙）

【口語訳】戸部（為籐）が語られて云う。建保五〈一二一七〉年四月一四日の「院庚申五首」の時、（院の）御教書に、秀逸な歌人でない者は献上なさせるべきでないと云々。京極黄門（定家）はひとり秀逸な歌人でない者だから献上すべきでないと謹んで受けられるべきという請文を（朝廷から）進ぜられた。稀なことである。よってその時和歌はことに心深く考え、秀逸な歌がまことに作られた。「花にそむくる春の灯」、「をのれにもにぬよはのみじかさ」、「あらばあふよの心つよさに」。これらはみなこの時の歌である。

その頃、家隆のもとより、新院（土御門院）の御歌を京極殿（定家）へ遣わすとして、「庚申五首の歌を取り扱っていると、あまりに風情があふれて、古反故などを見ていると、この一巻を発見したが、『思い思いに合点など付してください』として、人が送ってきたものだったろうか。昔よりすぐれた点と未熟な点と、さほど変わったこともないほど、悪くなく見えるので、お送りする」という書状を遣わした。（定家の）返事には、「庚申五首をどうなさるのか。今はただいろいろと思案にくれて、水がほしいくらいの時に、この歌を受け取った。庚申五首をそこなう御風体かと思ったので」といって、（送られた）御歌の勝れたところをさまざまに書き、「歌道のこと、禁裏の御ことは申すまでもない。この御所（土御門院）は漢詩の御沙汰だけと思っていたが、この（ことは）不思議なことでした。今はただ下手な歌詠みはいないだろう。私の子息（太郎次郎）など（の歌は）、とりあげるほどもない」など、さまざまに書かれたものを見た。

【語釈】○**院庚申五首**＝建保五〈一二一七〉年四月の「院庚申五首」（散佚）。○**御教書**＝後鳥羽院の院宣をうけて、三位以上の公卿が発した文書。○**京極黄門**＝藤原定家。一一六二年生、一二四一年没（第四節参照）。○**花にそむくる春**

の灯、をのれにもにぬよはのみじかさ、あらバあふよの心つよさに＝それぞれ次の一首。「山のはの月待つ空のにほふよりはなにそむくる春のともしび」（『拾遺愚草』2170）、「なきぬなりゆふつけどりのしだりをのおのれにもにぬよはのみじかさ」（『定家卿百番自歌合』36）、「こひしなぬ身のおこたりぞ年へぬるあらばあふよの心づよさに」（同上119）。**○家隆**＝一一五八年生、一二三七年没（第一四節参照）。**○新院**＝土御門院。建久六〈一一九五〉年生、寛喜三〈一二三一〉年一〇月一一日没。第八三代天皇。諱為仁。後鳥羽天皇第一皇子。母承明門院在子。建久九年正月一一日践祚、承元四〈一二一〇〉年譲位。承久の乱後、土佐に移譲。貞応二〈一二二三〉年阿波に渡りそこで崩御。「土御門院御百首」、『土御門院御集』。勅撰集に続後撰集二六首、続古今集三八首、続拾遺集一六首、新後撰集九首、玉葉集九首などの一五四首入集。**○御哥ヲ京極へ遣ハす**＝「土御門院御百首」に付された家隆からの定家への書状。**○古反古**＝底本に「フルホンコ」と傍注、**○只くひほねいたく水ほしく案じ**＝出典不明。**○太郎次郎**＝定家の長男と次男。ここでは光家と為家を指す。光家は勅撰集に歌がなく、『明月記』には侍従（建暦元〈一二一一〉年一〇月一九日条以降）として、定家に従って行動している。定家は「今夜侍等令ㇾ宿二件所一、光家今夕被ㇾ仰内二昇殿一之由、蔵人次官示送、両息仙籍過分驚耳」（同年月一五日条）とする。また、為家は慈円の教示により二五歳（貞応元〈一二二二〉年）で和歌の道に専念したとされている（第三三節参照）。

【考察】「土御門院御百首」には、「定家卿裏書」の外に、①「家隆卿定家卿のもとへつかはす状」、②「定家卿返事」、③「家隆卿中院江まいらする御文」の三通の書簡が添付されている（続群書類従本）。①の冒頭には「何事か候らん。此庚申のうたにやみふして無断歟。真実にいまは無下の事にまかり成候。多日所労之旨難出意候」とあるが、なにが「無下の事」で、何に対して「多日所労之旨」なのであろうか。これを受けたのが②であり、やはり冒頭に「庚申にあしほれてたましゐもしりそき。くひほねもいたくほけゐてし中に、ふる反古たまはり、歌よませじとて御きやうまん候也」とある。

六一　高尾文学上人哥五首

戸部云《ハク》。高尾文学上人《ノ》哥五首詠《ミ》て、京極禅門《ノ》許ニ持《テ》来。「皆々志珍重也。仏法練行ノ心通《ズル》二和哥《ニ》一説」之由、記録被《ル》二書載《セ》一。都賀ノ尾ノ明恵上人ハ、此《ノ》道数寄異二に（ママ）他《ニ》一也。仍《リテ》新勅撰にも哥あまた被《ル》二撰入《セ》一。又自《ラ》「遺心集」之集を書《キ》て、哥をあつめられたり。文学上人《ノ》数寄被《ルル》二相続《セ》一歟。

【校異】戸部云―戸部卿（総）、高尾文学上人―高尾上人（広甲）、皆々志―皆其心（総・尊・京・松・広甲・広乙）、通和哥説―通和歌歟（総・尊・京・松・広甲・広乙）、異に他也―異他也（総・広乙）・異に他（松）・異于他也（広甲）、新勅撰にも―勅撰にも（広甲）・新勅撰に（広乙）、自遺心集之集―自遺心集といふ集（総・尊・京・松・広甲）、文学上人―文覚上人（尊）

【口語訳】戸部（為藤）が云う。高尾文学上人が歌五首を詠み、京極禅門（定家）の許に持参した。「その心はみなとても珍重だ。仏道練行の心は和歌に通ずるという説」を、記録し書き載せられた。（文学上人の弟子の）都賀尾の明恵上人は、歌道に通じた数奇人として、他に比べるものがない。よって新勅撰集に多く撰入された。又、自ら「遺心集」を書いて、歌を集められた。（明恵上人は）文学上人の数奇心を相続されたのだろうか。

【語釈】〇文学上人＝生没年未詳。一説に、保延五〈一一三九〉年生、建仁三〈一二〇三〉年七月二〇日没。摂津渡辺の遠藤茂遠の男。俗名を盛遠と名乗った（『平家物語』）。初め上西門院に仕える武士であったが、応保・長寛年間〈一一六一年～一一六四年〉頃に出家。神護寺再興を発願し、資金に後白河院の荘園を所望したことが逆鱗に触れ、伊豆に配流（『玉葉』承安三〈一一七三〉年四月二九日条）。後に空海ゆかりの諸大寺の復興を支援し、頼朝の帰依を得た（『明月記』正治元〈一一九九〉年二月一七日条の割注）一方で、「文覚聖人已非二普通之人一為二大兇人一」（『玉葉』建久四〈一一九三〉年四月七日条）という。頼朝没後、後鳥羽院の勢力により佐渡に配流、対馬に流罪され、鎮西に没。定家の文学

（文覚）評として、「文学房一日俄参二入道殿御許一、近日詠二秀歌一之由語申云々。世のなかのなりはつるこそかなしけれひとのするのはわかするぞかし、此歌心籠二殊勝一。但有二咎人一者、可レ謂二文学事一之由称レ之云々。誠非二无心歌一也、不思議也」（『明月記』建久九年二月二五日条）とある。**○京極禅門**＝藤原定家。一一六二年生、一二四一年没（第四節参照）。**○明恵上人**＝承安三〈一一七三〉年生、寛喜四年〈一二三二〉年一月一九日没。華厳宗の僧。法諱は高弁。栂尾上人・明恵上人と称。紀伊石垣荘吉原生まれ。平重国の男、母は湯浅宗重の女。九歳に高雄神護寺の上覚房行慈（文学の高弟）に師事。文治四〈一一八八〉年上覚を師として出家。神護寺で密教、東大寺で華厳を修学。著書に『華厳唯心義』。建久六〈一一九五〉年紀州白上峯に草庵。建永元〈一二〇六〉年後鳥羽院より神護寺の別所栂尾を下賜。その後、後鳥羽院・後高倉院・道家・公経などの帰依。『明恵上人和歌集』（高信編）、『栂尾高山寺明恵上人行状』（喜海撰）。勅撰集に「高弁上人」として、新勅撰集五首、続後撰集・続古今集各二首、続拾遺集・新後撰集各一首、玉葉集一〇首などの二七首入集。**○遣心集**＝明恵上人の自撰歌集（現存孤本の『明恵上人集』1〜60番の部分）。

【考察】次に明恵上人の歌（『明恵上人集』）を示す。

　承元三年七月十六日のよ深、雨の即時にそらいまだはれざるあひだ、高雄の住房にして両三の同輩どもに、くもるそらに月をしのぶといふことをよみし時

いでぬらむ月のゆかりとおもふにはくもるそらにもあくがれぞする　(25)
秋の夜もいまいくばくの月かげをいとうらめしくをしむ雲かな　(26)

　寄月無常

あきの夜もつねなるべしとおもひせばのどかにみましやまのはの月　(44)
こよひきくみねの嵐もすぎゆきていづくのさとにたれかしのばむ　(45)

先の二首は承元三〈一二〇九〉年の歌、後の二首は題詠歌である。本節で「此道数寄異他也」とされるだけあって、

抒情深い詠みぶりを見せている。このことを「数奇をたてゝ、こゝかしこにうそぶきありく」（第六二節の文学上人の西行批判）から、仏道と数奇との関係から、文学上人が数寄を理解しないとするのは当たらない。また、明恵評として、「所詮只列二勅撰一懇切之志也、持二来明恵贈答歌一、事験頗可レ謂二幽玄一、可二相計一由」（『明月記』天福元〈一二三三〉年七月三日条）とある。

六二　心源上人語云

心源上人語《リテ》云《ハク》。文学上人ハ西行をにくまれけり。其故《ノ》ハ「遁世ノ身トナラバ、一スヂニ仏道修行《ノ》外不《ル》レ可《カラ》レ有《ル》二作事一ニ、数奇をたてゝ、こゝかしこにうそぶきありく条、にくき法師也。いづくにてもみあひたらバ、かしらをうちわるべき」由、常ノアラマシニテ有《リ》ケリ。弟子共、「西行ハ天下ノ名人也。モシサル事アラバ可《シ》レ為《ス》二珍事《ト》一」となげきけるニ、或《ル》時高尾ノ法花会ニ西行参《リ》て、花ノ影などながめありきけり。弟子共是かまへて、上人ニしらせじと思《ヒ》て、法花会もはてゝ、坊へかへりたりけるニ、庭ニ物申《シ》候ハんと云《フ》人あり。上人「たそ」とゝハれたりければ、「西行と申《ス》物にて候《フ》。法花会結縁のために参《リ》て候《フ》。今ハ日暮《レ》候《フ》。一夜此《ノ》御庵室ニ候ハんとて参《リ》て候《フ》」といひければ、上人うちにて手ぐすねをひきて、思《ヒ》つる事叶《ヒ》たる躰にて、あかり障子をあけて被《レ》レ出《デ》けり。出ゝしバしまもりて、「是へ入《リ》給へ」とて入《リ》て対面して、「年比承《ケ》及《ビ》候《ヒ》て、見参ニ入《リ》たく候《ヒ》つるニ、御尋喜《ビ》入《リ》候《フ》」由など、念比ニ物語して、非時など饗応して、次ノ朝、又時などすゝめて被レ返《ラ》けり。弟子たち手を拳《ゲ》つるニ、無為ニ帰《リ》ぬる事悦《ビ》思《ヒ》て、「上人ハさしも西行にみあひたらバ、かしら打《チ》わらんと、御あらまし候《ヒ》しニ、殊《ニ》心閑《カ》ニ御物語候《ヒ》つる事、日比《ノ》仰《セ》ニハたがひて候《フ》」と申《シ》けれバ、「あらいふかひなの法師共や。あれハ文学にうたれんずる物のつらやうか。文学をぞうたんずる」と申されけると云々。

【校異】 文学上人―文覚上人（尊）、身トナラハ―身ならハ（総）、不可有作事ニ―不可有他事ニ（総・尊・松・広甲）・不可他事（広乙）、こゝかしこに―こゝかしこ（尊・京・松・広甲）、かしらを―かしら（尊・広甲）、うちわる―うちはる（総・松）、有けり―ありける（松）、影―かけ（松）・陰（広甲・広乙）、はてゝ―はて（広乙）、かへりたりける―帰ケルニ（広甲）、とゝハれたりけれハ―と問ハれけれハ（広甲）、申物―申候物（総・尊・京・広甲）、にて候―にて候か（総・京・松）、法花会結縁―法華結縁（広乙）、日暮候―日暮候へく候（総・尊・京・松）・日暮候へシ（広甲）、思つる事―おもへる事（広甲）、被出けり―まち出けり（広乙）、出ゝ―ナシ（広乙）、入給へ―入せ給へ（尊・松・広甲）、見参ニ入たく―見参入たく（松）、候つるニ―候つる（広乙）、御尋喜入候―御尋悦入候（総・尊・京・松・広甲・広乙）、念比ニ―懇に（総・尊・松）、被返けり―帰されにたり（総）・被帰けり（尊・広乙）・被帰ニけり（京）、拳つるに―奉つるに（総・尊）、打わらんと―打わらんなと（総・尊・松・広乙）、日比―日来（総・広乙）、仰ニハ―仰ニ（京）、文学―文覚（尊）、をそうたんする―をこそうたてんする者なれ（広乙）、と云々―にと云々（広乙）

【口語訳】 心源上人が語って云う。文学上人は西行を憎まれていた。その理由は（こうである。）「遁世の身ならば、一筋に仏道修行（に専念し）、（他の）事には作為してはいけないが、数奇心を起こし、ここかしこに逍遥するなど、憎い法師だ。どこかで出合ったならば、頭を打割りたい」と、いつも計画していた。弟子たちは、「西行は天下に名の知れた（歌の）名人だ。もしそのようなことがあったら珍事となるだろう」と嘆いていた。ある時、高尾寺（山）の法花会に西行が参り、花の蔭などを物思いにふけりながら歩いていた。弟子どもは注意して（西行の訪れを）（文学）上人に知らせまいと思い、法花会も終わり、坊に帰っていたところ、庭になにかもの申しあげたいという者がいた。（文学）上人は「誰か」とお尋ねになると、「西行と申す者。法花会結縁のために参った。今日はもう日が暮れたので、一夜御庵室に泊まりたいと参った」と言ったので、（文学）上人は部屋の中で支度を十分にして、思ったことがかなったようすで、あかり障子をあけてお出になった。（部屋を出て）しばらく見守り、（文学上人は）「ここにお入りなさい」といって対面した。（文学上人は）「数年来、お噂をお聞きしていて、見参したく思っていましたので、喜びにたえない」と、丁寧に挨拶などをして、食事（僧が日中から後夜までにとる食事）をとりもてなした。翌朝、また斎（寺で信徒にふるまう食事）をすすめて（文学上人は）帰された。弟子どもは（事のようすを見守りながら）心配をしていたが、（西行が）何もなく帰ったことをうれしく思って、「（文学）上人はあれほど西行に出会ったら、頭を打ち割りたいなど、ご計画されていたのに、とりわけ心静かにお話されたことは、数日来の仰せと違っている」と申したので、（文学上人は）「なんということをいう法師どもよ。あの者は文学にうたれるような顔つきか。むしろ文学を育ててくれる者だ」と申されたと云々。

【語釈】**〇心源上人**＝明恵の弟子。**〇文学上人**＝文覚上人。一一三九年生、一二〇三年没（第六一節参照）。**〇西行**＝一一一八年生、一一九〇年没（第一〇節参照）。**〇高尾ノ法花会**＝高尾（山）寺は京都市右京区梅ヶ畑町高尾町の寺。文学（覚）により復興され、その弟子上覚により再興された。「法花会」とは「法華八講会」のことで、法華経八巻を八座に分けて講ずる法会。古代は東大寺、興福寺、延暦寺、園城寺の四カ所であった。**〇結縁**＝法華八講会を行い、悟りの境地に入る縁を結ぶこと。**〇饗応**＝底本の「キヤウヲウ」と傍注。**〇あらいふかひな**＝「あら」は「ああ」の意、「いふかひな」は「いふかいなし」（「とるにたらない」の意）の語幹。

【考察】後代の資料だが、心源上人にまつわる逸話が、次から読みとれる。

二十二日、心源法師所に、常全根来寺住僧などありて、一座ありしに

新樹風

花のかは茂みが上にわくら葉や猶ふきいだせ木木の下風　（松下集1225）

夕逢恋
はな薄われいざよひの露分けて袖をならぶる月をみるかな　（同右1226）
海辺舟
玉津島おもひぞたたむ根来よりしる舟かたを法の師にして　（同右1227）

これによると、心源上人の法師所で、根来寺（和歌山県那賀郡岩出町西坂本の寺）の僧との交流があったことが知られる。『松下集』は室町時代の歌僧正広（一四一二年生、一四九四年没）の家集である。彼は師の正徹没後に招月庵を受け継ぎ、正徹の遺草を『草根集』として編纂した。一条兼良・宗長・為広・勝元などの広い交友を見せた歌僧である。

六三　千載集ノ比西行

或人云《ハク》。千載集比《ノ》、西行有《リ》二東国《ニ》一けるが、勅撰ありと聞《キ》て、上洛シケルニ道ニテ、登蓮ニ行あひにけり。勅撰事《ノ》尋《ネ》けるニ、「はや披露して、御哥もおほく入《リ》たり」といひけり。「『鴫立《ツ》さはの秋の夕暮』といふ哥や入《リ》たる」とゝひけれバ、「それハみえざりし」とこたへけれバ、「さてハミて要なし」とて、それより又東国へ下《リ》けると云々。

【校異】 有東国―在東国（総・広甲・広乙）、行あひに―あひに（広乙）、入たり―入たる（総・広乙）、哥や入たる―哥入たり（広乙）、それハ―ナシ（広乙）

【口語訳】 ある人が云う。千載集（撰進）の頃、（旅中の）西行は東国にいたが、勅撰集（の編纂）が行われると聞き、上洛する道中で、登蓮に会った。（その登蓮に）勅撰集のことを尋ねると、「もう披露されて（あなたの）御歌も多く入った」と言った。（西行が）「（自詠の）『鴫立さはの秋の夕暮』という歌は入ったか」と問うたところ、（登蓮が）「それは見えなかった」と答えると、(西行は)「それなら見る必要はない」といって、そこから又東国へ下ったと云々。

【語釈】 **○千載集**＝第七番目の勅撰集。文治四〈一一八八〉年四月二二日に、俊成自筆本が下命者後白河院に奏覧された(『明月記』)。**○登蓮**＝生没年未詳。治承二〈一一七八〉年三月一五日の『別雷社歌合』に出詠後、筑紫に下向か。歌林苑の会衆で、「清輔、頼政、俊恵、登蓮などがよみ口をば、今の世に人もすてがたくす」(『無名抄』)とされた。『徒然草』には、「一事を必ず成さんと思はば、他の事の破るるをも傷むべからず」として、登蓮法師の逸話を載せる(第一八八段)。「広田社歌合」に出詠。他撰『登蓮法師集』。勅撰集に詞花集一首、千載集四首、新古今集・新勅撰集・続後撰集・続古今集・続拾遺集・玉葉集各一首などの一九首入集。**○「鴫立さはの秋の夕暮」の歌**＝自歌合『御裳濯河歌合』所収の西行の一首。俊成は同歌に「鴫たつ沢のといへる、心幽玄に、姿及び難し」と評した。

【考察】 漂白の歌人西行が旅の途中であったという登蓮については、その詳細は不明であるが、勅撰集入集歌より推測されることを記す。次の三首から西行と同じ旅の歌人であったことが理会される。

　としごろ修行にまかりありきけるが、かへりまうできて、月前述懐といへるこころをよめる
もろともにみし人いかになりにけん月はむかしにかはらざりけり　(千載・雑上995)

　つくしへまかりけるみちより、都へいひつかはしける
ふるさとをこふるなみだのなかりせばなにをか旅の身にはそへまし　(風雅・旅951)

　あかしに人人まかりて月をみて歌よみけるに
故郷をおもひやりつつながむれば心ひとつにくもる月かげ　(新続古・羈旅925)

また、月の歌が多い歌人でもある。

よのなかの人のこころのうき雲にそらがくれするありあけの月　(詞花・雑下415)
かぞへねど秋のなかばぞしられぬるこよひににたる月しなければ　(新勅撰・秋上260)

つきかげをこほりと見てやすぎなましいはもる水のおとせざりせば　（続古今・秋上400「月照流水」）
きよみがた月すむよはの村雲はふじのたかねの煙なりけり　（続拾遺・秋下311）
くまもなき月みる程やわび人の心のうちのはれまなるらん　（新拾遺・雑上1628）

六四　或聖西国より上りける

或聖、西国より上りけるが、住吉ニ参《リ》て通夜して侍《リ》ける夢ニ、御社のまへに、僧俗男女貴賤参《リ》集《マ》りたり。ゆゝしき人もおほし。猶《ホ》人を待《タ》るゝ躰也。しばらく在《リ》て、黒衣僧一人参《リ》たるを、御殿の内へめし入《レ》られて後、けだかき御声にて、

心なき身にも哀ハしられけり鴫立さはの秋の夕暮

と云《フ》哥を講ぜられけるとミ侍る由、かたりけるとなん。

【校異】 在て—有て（松・広甲）、御殿—御社（総）、講ぜられけると—講せられけるに（京）

【口語訳】 ある聖が、西国より上り、住吉社に参詣して、その夜宿をとっていたとき、夢を見た。御社の前に僧俗男女貴賤の人々が集まっていて、（中には）格別な人も多かった。（みな）やはり人を待っているようすであった。しばらくして、黒衣をまとった僧が一人姿を現し、御殿の中に召し入れられると、気高い声で、

（心のない身にも情はわかるのだろうか、鴫が飛にたつ沢の秋の夕暮よ）

という歌を講ぜられたのを見たということを語られたとさ。

【語釈】 ○**或聖**＝「頓阿自記」によると、僧正祐賢とされる（東常縁著『新古今集聞書』三六二番注）。また、「黒衣僧一

人」は住吉明神の化身とされる。○**御社**＝ここでは住吉神社（大阪市住吉区）。○**「心なき身にも哀ハ」の歌**＝西行の一首（第六三節参照）。

【考察】 常縁以来の注を集成した幽斎の「新古今集聞書」三六二番（「心なき身にもあはれはしられけり〜」）注の該当箇所を次に示す。

又筑紫より僧正祐賢住吉の社に百日余籠ありて、直に明神の御姿を拝見奉らんと祈念ありしに、まする暁現とも夢とも覚す此歌を、社頂の内より三度高々と詠吟の声あり。上人は住吉明神なりと書たる子細あり。頓阿自記也。

この「頓阿自記」が直接何を指すかは不明である。一方、西行の伝承を物語風に仕立てたのが『西行物語』（鎌倉中期頃成立）である。西行の出家直前の心境を伝える一説を引用する。

のりきよ、つぎのあさ、のりやすをさそはんとて、大みやにうちよりたりければ、もんのへんに人おほくたちさはぎ、うちにもさま〴〵にかなしむこへきこゆ。あやしと思ひて、いそぎすゝみより、何事ならんととへば、でんはこんやねじにゝしなをたまひぬとて、十九になるつま、七十よになるはゝ、あとまくらにたふれふしてなきかなしむ。これをみるに、かきくらすここちして、かくあらんとて、おもはざるほかの世のはかなき事をかたりけるとおもふにも、はじめておどろくべき事ならね共、あやなしといふもおろかなり。わがみも身ともおぼえず、いとゞうとましきかたのみしげくて、朝有紅顔誇世路、夕成白骨朽郊原とくちずさみ、せうすひのうをにこゝろをすまし、としよのひつじにおもひをかけ、やがてこゝにてもとゞりをきらまほしくおもへども、いま一たびやうがんをも拝し、御いとまをも申さんとおもひて、小馬にむちをすゝめてまいりけり。そも〳〵、此人は、のりきよには二年のあにゝて二十七ぞかし。らうせうふでうのならひといひながら、あわれにおぼえて、

こへぬれば又もこの世にかへりこぬしでの山ぢぞかなしかりける
よの中を夢とみる〳〵はかなくもなををどろかぬわが心かな

とし月をいかでわが身に送りけんきのふみし人けふはなき世に

（京都大学附属図書館蔵の奈良絵本による）

六五　住吉神主国冬云

住吉《ノ》神主国冬云《ハク》。哥よみハおほく当社《ノ》御眷属となれり。和泉守通経ハ鬼形にて、紙筆をもちて、とのいかきのいぬいのすミの壇上に西むきに座して、人にみえけると申《シ》伝《ヘ》たりと云々。国助神主をバ神護寺ノソバニ社ヲ作《リ》テ神トアガム。「今主神」ト号ス。近来此道《ノ》堪能也。

　敷嶋ノ道マモリケル神ヲシモ我ガ神ガキト思ウレシサ

トヨメル、ゲニサゾ思《ヒ》ケントヲボユ。公宴ヲゆるされ、新後撰ノ時、新古今ノ秀能が例にて十七首入られ、稽古も名誉も無双也き。然《ル》ニ家隆《ノ》詠哥六万首ありける事ヲウラヤミテ、己達ノ後哥ヲ多《ク》よみけり。月次ニ千首ヲヨム事ヲシケリ。其比《ノ》よりの哥優美ならず。オソロシキ事マジレリ。かやうの事尤《モ》斟酌スベキ由、今ノ宗匠語《リ》被レ申《サ》き。東入道行氏も毎月ノ百首とてよめる哥共ハ、更ニ勅撰にえらび入《レ》ぬべき物もみえずと被レ申《サ》き。

【校異】 通経―道経（総・尊・京・松・広甲・広乙）、いぬい―いぬゐ（総・尊・京・松）、神主をハ―神主近ハ（総・尊・広甲・広乙）、神護寺―神羅寺（広乙）、思ウレシサ―おもふうれしさ（松）、トヨメル―とよめり（松）・ナシ（広甲）、思ケント―思ハんと（広乙）、例にて―例とて（総・尊・京・松・広甲・広乙）、多―ナシ（広甲）、よみけり―よミたり（総）、マシレリ―ましり（広甲）、えらび入ぬ―ゑらひ入ぬ（京）

【口語訳】住吉社神主の国冬が云う。歌詠みの多く（の者）が当社の一族となっている。和泉守道経は鬼形の形相をしているが、紙筆をもって、外の垣根の北西（神門）の角の壇上で、西向きに座っている姿が人に見えたと申し伝えていると云々。

国助神主を神護寺の側に御堂を作って神と崇めた。（それを）「今主神」と号している。近来の歌道の堪能な者である。

（歌道を守ってきた神を、自らを守る神垣とすることのうれしさよ）

と詠んだことは、ほんとうにそう思ったのだろうと思う。晴の宴にも出席を許され、新後撰集（撰進）の時、新古今集の歌人秀能の前例にならって十七首入集され、実際の歌作の熱心さも、また、名誉でもすばらしかった。しかしながら、家隆に詠歌が六万首あったことを羨み、自らの和歌を多く残したという。毎月二千首詠んだという。その頃の歌は優美な歌が減少し、こわい歌が混じっていた。このようなことはもっとも控えめにするべきことを、今の宗匠（為世）が語られている。（同様に）東入道（行氏）も毎月百首といって詠んだ歌などは、まったく勅撰集に入集するような歌は見えなかったと申された。

【語釈】〇**国冬**＝津守国冬。文永七〈一二七〇〉年生、元応二〈一三二〇〉年六月一七日没。住吉社五〇代神主。津守国助の男。母は法印定忠の女。安貞二〈一二二八〉年一〇月七日に二一歳で補神主。後宇多院の上北面を経て、正和元〈一三一二〉年に摂津守。従四位上。笛和琴上手（「住吉社神主並一族系図」）。新後撰集、続千載集の撰集に連署として参加。「嘉元仙洞百首」「文保百首」に出詠。勅撰集に新後撰集五首、玉葉集一首、続千載集十首などの五八首入集。〇**通経**＝藤原道経。生没年未詳。父は傅大納言道綱息兼経の男顕綱。従五位上和泉守。勅撰集に金葉集二首（二度本・三奏本とも）、詞花集二首、千載集六首、新古今集三首、続後撰集二首などの一九首入集。〇**国助**＝津守国助。仁治三〈一二四二〉年生、永仁七〈一二九九〉年三月一九日没。住吉社四九代神主。津守国平の男。母は藤原親秀の女。

二条為躬の母。弘安八〈一二八五〉年四月補神主。正応三〈一二九〇〉年六月二八日に摂津守に任。正四位下。笛に秀で、亀山院上北面。藤原為家勧進の「住吉社歌合」「玉津島社歌合」に出詠。勅撰集に続拾遺集四首、新後撰集一七首、玉葉集一首、続千載集二一首などの七八首入集。**〇神護寺**＝異本に「神羅寺」とあるが、それは住吉大社内に神宮寺があり、別名「新羅寺」（『住吉松葉大記』）のこととされる（『集成』）。**〇今主神**＝「正安二年一二月二九日奉勧請号今主社」とある（『住吉松葉大記』）。**〇「敷嶋ノ道マモリケル」の歌**＝新後撰集（神祇742）・「津守集」（40）の国助の一首。**〇新後撰**＝第一三番目の勅撰集。二条為世撰。大覚寺統後宇多院の勅命により、嘉元元〈一三〇三〉年一二月一八日奏覧。連署として、為藤・定為・長舜・津守国冬・同国道が加わった。入歌数は藤原定家三二首、為家・為氏二八首、実兼二七首、後嵯峨院・亀山院二五首ほか、経国（三首）―国平（三首）―国助（一七首）・棟国（一首）―国冬（四首）・国道（一首）の津守氏四代の和歌が多く撰入された。**〇秀能**＝藤原秀能。一一八四年生、一二四〇年没（第三八節参照）。**〇詠哥六万首**＝「家隆卿は若かりしをりはいときこえざりしが、建久の頃ほひより、殊に名誉もいできたりき。歌になりかへたるさまにかひがひしく秀歌どもよみあつめたる、おほかた誰にもすぎ勝りたり」（『後鳥羽院御口伝』）。**〇己達**＝底本に「イタツ」と傍注。**〇東入道**＝東行氏。生年未詳。正中二〈一三二五〉年六月一一日没。東胤行の男。母は藤原為家の女（『和泉吉見遠藤家譜』）。中務丞。左衛門尉。二条為氏の直弟子とされる。勅撰集に続拾遺集三首、新後撰集六首、続千載集五首、続後拾遺集一首などの二二首入集。

【考察】 藤原道経には基俊（一〇六〇年生、一一四二年没）と俊成（一一一四年生、一二〇四年没）の師弟関係の仲立ちをしたことで有名である。その経緯を長明『無名抄』により示す。

五条三位入道語云。そのかみ年二十五なりし時、基俊の弟子にならむとて、いづみの前司道経をなかだちにて、彼人と車にあひのりて、基俊の家に行むかひたる事ありき。彼人其時八十五なり。其夜八月十五夜にてさへありしかば、亭主ことに興に入て歌の上の句をいふ、「なかのあきとうかいつかの月をみて」、といとやうやうしくながめいでられたりしかば、是をつく、「君がやどにて君とあかさむ」、とつけたりけるを、何のめづらしげもなきを、いみじく感ぜられき。さてのどかに物語して、ひさしうこもりゐて、今の世の人のありさまなどもえしり給はず。このことたれをか物しりたる人にはつかうまつりたるとはしかば、九条大納言伊通大臣中院大臣雅定なんどをこそは心にくき人とは思て侍めれと申しかば、あないとほしとひざをたたきて、扇をなむたかくつかはれたりし。かやうに師弟のちぎりをば申たりしかど、よみぐちにいたりては俊頼にはおよぶべくもあらず。俊頼いとやむごとなき物也とぞ。

実際には、基俊は俊成より五四歳年上であるが、半世紀を超える年の差を感じさせない、二人の飄々たる連歌の応酬であった。俊頼の評価が高いのは、長明の師が俊恵であり、俊頼が俊恵の父であるからである。二条為世の「つま」には、賀茂社神主氏久女（為道・為藤の母）と住吉社神主国助女（為躬の母）の二人がいて、新後撰集には、氏久六首、国助一七首の入集である。この勅撰集には大覚寺統・二条家の歌人が優遇されているが、「公宴に列した名門の人々は、為兼・為教女為子・為相らのような反対派にも一応面目のたつような待遇を与え、一方、自然で無名の祠官や法体歌人は読人不知として入集させるくらいの配慮は見せている」とされる（井上宗雄説）。

六六　初心なる時は

故宗匠云《ハク》。初心なる時ハ、恋の哥をよむべし。それが心もいでき、詞をもいひなるゝ也。

【校異】恋の哥―常に恋の哥（総・尊・京・松・広甲・広乙）、それか心も―それにたけも（松）

【口語訳】故宗匠（為世）が云う。初心の（者が歌を詠む）時には、常に恋の歌を詠むべきである。そうすれば歌の心も生まれ、歌の詞も使い慣れてくるものである。

【語釈】○**初心**＝和歌の道に踏み入れてまだ日の浅いこと。

【考察】藤原定家著『毎月抄』には、初心者の心得が述べられている。まず、十體の中で、「もとの姿」として、幽玄様・事可然様・麗様・有心様の四體。「苦しからぬ姿」として古體。「ただすなほにやさしき姿」として、長高様・見様・面白様・有一節様・濃様の四體。最後の一體として、「鬼拉の體」を次のように言う。

たやすくまなびおほせがたう候なる。それも錬磨の後は、などかよまれ侍らざらむ。かやうに申せばとて拉鬼體が歌の勝體にてあるには候はじ。さるから初心の時はよみがたき姿にて侍るなるべし。

次に、「古詩の心詞をとりてよむ事」、いわゆる本説取の歌について、「歌にいましめ侍るならひ」を「にくからず」述べる中で、白氏文集（第一巻〜第二〇巻）の大要を理解するように勧めている。そして、「歌にはまづ心をよく澄ます」こととして、次のように言う。

我心に、日ごろおもしろしと思ひ得たらむ詩にても、又歌にても心におきて、それを力にてよむべし。初心の程はあながちに案ずまじきにて候。さやうに歌は案ずべき事とのみ思ひて、間断なく案じ候へば、性もほれ却りてしりぞく心のいでき候。口なれむためにはやはらかによみならひ侍るべし。さて又時々しめやかに案じてよめと亡父もいさめ申し候し。

六七　初心ノケイコ

又云《ハク》。民部卿入道被レ申《サ》しハ、古哥の一句をきりて題に出《ダ》してよむが、初心ノケイコニハヨキ也。古哥ノ詞ニカハリメナキヤウニイヒツヾケントスル程ニ、哥ノ躰もよくなり、詞も優ニなる也。

【参考】被申し—被申は（歌）、よくなり—能成（歌・群）

【口語訳】又（故宗匠は）云う。民部卿入道（為家）が申されるには、古歌の一句を切り取って歌題として詠むことが、初心者の歌の稽古にはよいことである。古歌の歌詞に遜色なく詞をつづけているうちに、歌の体もよくなり、歌詞も優れてくるのである。

【語釈】○民部卿入道＝藤原為家。一一九八年生、一二七五年没（第一節参照）。○古哥＝定家のいう「古歌」の範囲は、主に三代集である（『詠歌大概』）。○哥ノ躰＝底本に「コレヨリ已下ハ高倉ノ本ニハ不レ可レ有也」と頭注（本節の二行目と三行目の間）。○詞も優＝「優」を最初に歌評語としたのは、源俊頼著『俊頼髄脳』。

【考察】歌論史上の題詠論の嚆矢は源俊頼著『俊頼髄脳』である。

おほかた、歌を詠まむには、題をよく心得べきなり。題の文字は、三文字・四文字・五文字あるをかぎらず。詠むべき文字、必ずしも詠まざる文字、まはして心を詠むべき文字、ささへてあらはに詠むべき文字あるを、よく心得べきなり。心をまはして詠むべき文字を、あらはに詠みたるもわろし。ただあらはに詠むべき文字を、まはして詠みたるも、くだけてわろし。かやうのことは、習ひ伝ふべきにもあらず。その事となるらむ折を得てさとるべきなり。題をもよみ、その事となるらむ折の歌は、思へばやすかりぬべき事なり。

ここでいう「題の心得」とは、まず題の文字にとらわれないことであり、「詠むべき」「必ずしも詠まざる」「まはして心を詠むべき」「ささへてあらはに詠むべき」などの題のなかの文字への関心を示す。次に「題の本意」をそれも「わが心を得てさとるべき」とし、この結果、「題の本意（心）」とはなにかが人によって相違することを、早くから指摘していたともいえよう。

六八　勅撰ニ異名アリ

勅撰ニハ異名共アリ。後拾遺ヲバ「小鯵集」ト名付《ク》。津守国基哥《ノ》、小鯵ヲバコヒテ、撰者ノ心ニ叶《ヒ》テ、哥多入《クリ》タル由ノ異名歟。金葉ヲバ「臂突主」トイヘリ。「ゐせしう」と云《フ》心にや。新勅撰ヲバ「宇治河集」トいひけり。武士ノ多入《クリ》たる故也。続拾遺ヲバ「鵜舟集」と云《フ》。かゞりの多入《クリ》たる故也。新後撰ヲ謗家ハ「津守集」といひけり。住吉神官ノ多入《クリ》たる故歟。今世ハ勅撰ソシル者ハアレドモ、名ヅクル程ノチカラアル人もなきにや。

【参考】ニハ―ニ（歌・群）、名付―名づく（歌・群）、ヲバコヒテ―をはこびて（歌）、異名歟―異名也（群）、臂突主―臂突集（群）、ゐせしう―えせしう（歌）・ゐせうた（群）、宇治河集―宇治川集（群）、ヲ謗家ハ―をば謗家に（歌）・をは傍家は（群）、神官ノ―神官（歌）、故歟―故也（群）、今世―今の世（歌・群）、ソシル者ハ―そしるもの（歌）・そしる人（群）、チカラアル人も―力は（群）

【口語訳】勅撰集には異名がある。後拾遺集を「小鯵集」と名付けた。それは津守国基は小鯵を好んで（賄賂として使い）、撰者の心に叶ったため、歌が多く入集したことでの異名であろうか。金葉集を「臂突主」といった。それは「似非集」という心であろうか。新勅撰集を「宇治河集」といった。それは武士の歌が多く入集したからである。続拾遺集を「鵜舟集」といった。それは篝火の歌が多く入集したからである。新後撰集を謗り家の中では「津守集」といった。それは住吉社の家（津守家）の者の歌が多く入集したからであろうか。今世には勅撰集を謗る者はいるが、異名を付けるほどの実力者がいないのであろうか。

【語釈】**〇異名**＝歌語の異名としては『俊頼髄脳』以降の歌学書で説かれる。**〇後拾遺**＝第四番目の勅撰集。白河天皇の勅命で藤原通俊撰。**〇小鯵**＝底本に「コアチ」と傍書。**〇津守国基**＝治安三〈一〇二三〉年生、康和四〈一一〇二〉年七月七日没。藤井戸の神主・薄墨の神主と称。津守基辰の男。母は津守頼信の女。康平三〈一〇六〇〉年住吉社四〇代神主。従五位下。白河天皇に接近し、神社経営の危機を救う。「丹後守公基歌合」「頭中将宗通歌合」に出詠。

藤原顕季・大江匡房・良暹・賀茂成助・藤原範永らと交流。箏の名手。勅撰集に後拾遺集三首、金葉集三首（二度本、三奏本二首）、詞花集二首、新古今集・続古今集各一首、続拾遺集二首、続千載集・続後拾遺集各一首、風雅集二首などの二〇首入集。**〇金葉**＝第五番目の勅撰集。白河上皇の院宣で源俊頼撰。三度の撰進があり、二度本が流布した。**〇臂突主**＝底本に「ヒチツキ集カま、」と傍書。**〇新勅撰**＝第九番目の勅撰集。後堀河天皇の勅命で藤原定家撰。**〇続拾遺**＝第一二番目の勅撰集。亀山天皇の勅命で藤原為氏撰。応製百首は「久安百首」。為氏の母方の宇都宮氏（頼綱・泰綱・朝業・親朝・時朝・泰朝など）、鎌倉執権の北条氏（泰時・公朝・重時・忠時・長時・義宗・時茂・正村・時村など）を中心に数多くの武士歌が撰入。**〇新後撰**＝第一三番目の勅撰集（第六五節参照）。**〇住吉**＝大阪市住吉区。古称「すみのえ」。海の守護神・和歌の神。

【考察】勅撰集の異名は、『袋草紙』（平治元〈一一五九〉年以前に成立、同年一〇月三日に二条天皇に進覧）の中に、後拾遺集の異名を「小鰺集」（第七三節）、金葉集の異名を「臂突」（第七四節）と記される。後者にはその後に、次のように記す。

是李部五品、盛経之所レ付也。撰集ノ私昔ヨリ有レ事歟。四条大納言中書王御歌、存日、入二於金玉集一、大王没後除レ之。可レ怪レ之。

この大王（具平親王）の没後に除かれた歌とは、「世にふれにもの思ふとしもなけれども月に幾度詠めしつらむ」であり、公任が拾遺集（物名432）に入集したが、金葉集では除いたのである。ただ、勅撰集には重複歌を入集しないとされるから、『井蛙抄』が「ゐせしう」の異名を付したのは、同書に金葉集の名につき、「仏欲レ入二涅槃一之時、先世間ニ金葉花雨云々。以レ之思レ之、金葉ノ世間ニ流布不吉歟」とした箇所を受けているともとれる。

六九　堀河院百首は殿上大盤

戸部被レ語《テラ》云《ハク》。或人、対二面民部卿入道一《ニ》之時、「堀河院百首、人ノ口ニアル名哥ハ申《ス》ニ不レ及《バ》、其《ノ》外《ノ》哥、近日集などに入《リ》候《ハ》バ、更ニ面白し共、覚《エ》候ハず。近来ノ哥などにもおとりておほえ候《ハ》ハ、いかにと候《フ》やらん」と尋《ネ》申《シ》けれバ、「殿上大盤はふりたれ共、公物也。因幡がうしのぬりすまして、絵うつくしく書《キ》たるハ、人前へハ出《デ》がたし。堀河院百首は殿上大盤ノゴトシ。近日ノ哥ハ、因幡がうしのごとし」と被レ申《サ》けり。

【参考】申ニ不及―不及申（歌・群）、其外哥―其外（群）、入候バ―入らば（歌）、おほえ候ハ―おほく候は（歌）、人前へハ―人まへには（歌・群）、出がたし―出しがたし（歌）、近日ノ―近日（歌・群）

【口語訳】戸部（為藤）が語られて云う。ある人が民部卿入道（為家）に対面された時、「『堀河院（御時）百首（和歌）』で人の噂になっている歌はいうに及ばず、それ以外の歌も近日の撰集に入集することもあれば、いよいよ面白いであろうが、そういうことがない。近来の歌にも多く劣っていているのは、どういうことであろうか」と尋ね申されると、（民部卿入道は）「殿上の大盤で広まったことといえ、やはり公儀のこと。例えれば、因幡合子の（漆を）たくさん塗り立てるような絵は、人前に出すのはむずかしい。『堀河院（御時）百首（和歌）』は、まさに殿上の大盤のようだ。近日の歌は、まさに因幡合子の仕様と同じ」と申されたという。

【語釈】**○戸部**＝二条為藤。一二七五年生、一三二四年没（第二節参照）。**○堀河院百首**＝「堀河院御時百首和歌」「類聚百首和歌」「堀河院太郎百首」「堀河院初度和歌」などとも。源俊頼など一四～一六人の歌人（伝本により相違）が参加。最初は俊頼撰で進められ、後に源国信により応製百首にまとめられた（長治三〈一一〇六〉年までに堀河天皇奏覧か）。勅撰集に二六八首もの入集歌を輩出した、本朝最初の組題百首。**○因幡がうし**＝因幡合子（がふし）。因幡より生産した木彫りの椀で漆を塗ったもの。直接の関係は不明だが、『徒然草』には、「因幡国に、何の入道とかやいふ者の娘、かたちよしと聞きて、人あまた言ひわたりけれども、この娘、ただ、栗をのみ食ひて、更に、米の類を食は」なかったために、「人に見ゆべきにあらず」とされた逸話を載せる（第四〇段）。

【考察】『堀河院御時百首和歌』はわが国最初の応製百首として注目される。本歌・証歌や題詠歌の先蹤として重要な百首歌であるが、鎌倉時代末期頃になると、その詠風が「因幡がうしのぬりすまして、絵うつくしく書たる」として享受されていたのであろうか。『徒然草』には、時の流れにより風流心も変化していく様を次のように記す。

風も吹きあへずうつろふ、人の心の花に、馴れにし年月を思へば、あはれと聞きし言の葉ごとに忘れぬものから、我が世の外になりゆくならひこそ、亡き人の別れよりもまさりてかなしきものなれ。されば、白き糸の染まんことを悲しび、路のちまたの分れんことを歎く人もありけんかし。堀川院の百首の歌の中に、「昔見し妹が垣根は荒れにけりつばなまじりの菫のみして」さびしきけしき、さる事侍りけん。（第二六段）

七〇　法師入道などの哥

又云《ハク》。法師入道などの哥ハ、公宴ニモ端作《ス》。たゞ詠《ズルハ》二何首《カノ》和哥《ヲ》一、官位も、官にても位にても一を書《ク》也。仙洞十首ニ、実伊僧正懐紙ニ、「秋日、陪太上皇仙洞同詠《ズ》二十首《ノ》応製和哥《ヲ》一、法印権大僧都実伊上」ト書《キ》タルヲミテ、冷泉大納言為氏、「臣藤原朝臣、トハナド書《カ》ヌゾ」ト、利口被レ申《サ》けり。

【参考】一を―一方を（歌）・一方斗を（群）、法印―法師（群）、権大僧都―権僧正（群）

【口語訳】又（戸部が）云う。法師入道の歌は、公宴（の歌会）では、（その詠み手の官位を）端書きされた。ただ何首かの歌を詠む時は、官位として最終最上階の位を示した。仙洞十首で、実伊僧正懐紙ニ、「秋日、陪太上皇仙洞同詠十首応製和哥、法印権大僧都実伊上」と書いていたのを見て、冷泉大納言（為氏）は「臣藤原朝臣、となぜ書かないのか」と、忠言を述べられたという。

【語釈】○端作＝本来、懐紙や書の最初の表題で、用紙の右端、本文の初めに書かれたもの。作文和歌会では詠作の時季や詩の題となる。○仙洞十首＝宝治元年「仙洞十首歌合」。夫木集に「早春霞」の題で、藤原実信朝臣の一首（「あら玉の空めづらしき春といひてうひにそぞふる突きも来にけり」）がある。○実伊僧正＝貞応二〈一二二三〉年生、弘安四〈一二八一〉年八月二六日没。法諱実伊。南松院と号す。権大納言藤原伊平の男。園城寺の僧。『摩訶止観』を宮中で講ず。大僧正。建長八〈一二五六〉年「百首歌合」「宗尊親王家百首」に出詠。勅撰集に続後撰集一首、続古今集四首、続拾遺集六首、玉葉集三首などの二七首入集。○冷泉大納言＝底本に「為氏」と割注。二条為氏。一二二二年生、一二八六年没（第一七節参照）。

【考察】実伊の和歌活動を百首歌詠にみると、次のような三首がある。

　前内大臣基家家百首歌合歌

冬かはのふちともならでよどめるはいかにせをせくこほりあるらむ　（続古今・冬635）

　中務卿宗尊親王家の百首歌に　　権僧正実伊

あられふる三輪のひ原の山かぜにかざしの玉のかつ乱れつつ　（続拾遺・冬431）

　弘安百首歌奉りける時　　前僧正実伊

おく山のいはもとこすげねをふかみながくや下におもひみだれん　（続千載・恋一1066）

このうち、「弘安百首」は弘安元〈一二七八〉年、亀山院によって召集された続拾遺集撰定のための応製百首（完本は現存せず）である。

七一　女房懐紙

又云《ハク》。女房懐紙ハ端作モ、題モ書《ク》事なし。只哥斗書《ク》也。小侍従、正治御百首《ノ》時、人ニあつらへてカ、スルニ、「春」とバかり書《キ》たり。「是ホケタル姿也。其《ノ》時哥ニ、

おもへたゞ八十の年の暮なれバいか斗かハ物ハかなしき」

と、ヨメルタビノ事也。

【参考】 哥斗―哥計（群）、御百首時―御百首の時（歌・群）、春―春廿首（歌・群）、バかり―斗（歌）、ホケタル―うけたる（歌・群）、其時哥―其時の歌（歌・群）、八十―やそぢ（群）、とヨメルタビノ事也―とよめり（歌）・ナシ（群）

【口語訳】 又（戸部が）云う。女房懐紙には（詠み手の官位を）端書きも題も書かなかった。ただ歌だけを書いた。小侍従が正治御百首の時、人に依頼して（詠み手の名の端書きを）書かせたところ、「春」とだけ書いた。（小侍従は）「これはとぼけたことよ。その時の歌に、

（ただ八十の年の暮を迎えると、どんなにもの悲しいことよ）

と詠んだ時のことだった。

【語釈】 **○懐紙**＝ここでは詠歌料紙。二行七字・三行三字・三行五字などがあった。「女房懐紙」は薄様の檀紙に散らし書きしたもの。**○小侍従**＝保安二〈一一二一〉年頃生、没年未詳。太皇太后宮小侍従・大宮小侍従・待宵の小侍従・八幡小侍従とも。石清水八幡宮別当紀光清の女。母は花園左大臣家女房小大進（菅原在良の女）。近衛天皇の中宮の多子に出仕し、また、二条天皇に再度入内後も仕えた。「中宮亮重家家歌合」「平経盛家歌合」「広田社歌合」などに出詠。高倉天皇の内裏にも出席したが、治承三〈一一七九〉年出家。「正治二年初度百首」「千五百番歌合」に出詠。寿永元〈一一八二〉年頃、家集を自撰。勅撰集に千載集四首、新古今集七首、新勅撰集五首、続後撰集二首、続古今

集六首、続拾遺集二首、新後撰集四首、玉葉集一二首などの五五首入集。**○正治御百首**＝後鳥羽院主催百首歌には「初度百首」（正治二〈一二〇〇〉年一一月二二日までに披講）「二度百首」があり、この場合小侍従が参加しているので、前者。**○「八十の年の暮なれバ」の歌**＝新古今集（冬696）・『定家八代抄』（巻六・冬574）の太皇太后宮小侍従の一首。初句は「おもひやれ」。ただし、現存本（御所本）の「正治初度百首」にはこの一首はないが、秋（2051）に、「月の比八十の秋を見ぬはなしおぼえぬものをかかる光は」がある。

【考察】小侍従の生年は次の勅撰集入集歌により推定される。

百首歌たてまつれりし時　　小侍従
おもひやれ八十のとしのくれなればいかばかりかは物はかなしき　（新古今・冬696）

この「百首歌」を、後鳥羽院「初度百首」とすると、正治二年に八〇歳となり、逆算して、保安二年生まれとなる。

七二　男懐紙

男懐紙ハ、応製臣上之間、一をバかゝざる也。かゝバ皆可《キ》レ書《ク》也。法師ハ上《ノ》字斗ヲ書《キ》タル事アリ。入道も書《キ》たり。嘉元・文保の御百首にハ、定為法師上ノ字ヲ被レ書《カ》タリ。又かゝぬ人もアリ。

【参考】可書—書べき（歌・群）、書タル事—書タルモ（歌）、法師—法印（歌・群）、被書タリ—かゝれたり（群）

【口語訳】男懐紙には、応製（和歌での）臣上の間、（官位など）一言も書かなかった。書くのであればみな書くべきである。法師は（名前の）上位の名だけを書いたことがあった。入道も書いた。嘉元・文保の御百首には、定為法師の上位の名を書かれた。一方また、書かない人もあった。

【語釈】○応製臣上之間＝撰集の時、詠歌を懐紙に自筆で記し、自ら持参して控える部屋があった。**○嘉元・文保の**

御百首＝嘉元年間（一三〇三年〜一三〇六年）、文保年間（一三一七年〜一三一九年）の間、後宇多院によって二条為世に下命されたもの。「嘉元百首」が正安四〈一三〇二〉年に下命、「文保百首」が文保二〈一三一八〉年一〇月三〇日に下命（一二月二八日下達）。前者の作者の頁には、「法印定為」とある（書陵部本）。**〇定為法師**＝藤原定為。生年未詳。一三二七年以前に没（第三節参照）。

【考察】先行の『袋草紙』には、歌会での位署署様・和歌書様などの故実（第九節・第一〇節など）を記す。天理本には、この「撰集の故実」を伝える節が続く。第七〇節「官位方位の記し方」、第七一節―第七二節「撰集の時に提出することを義務とされた懐紙の留意点」、第七四節「続千載集撰集の際の撰者の注意点」などとなる。

七三　頓覚哥

小倉云《ハク》。頓覚哥《ノ》ハあまりにはれすぐして、当座哥合ノ勝数点数などハ、すくなき也ト云々。心ハはれの哥、秀哥の躰を、毎度心をかけて詠ずる程に、近日ノ人ノ心ニ不《ル》レ叶《ハ》之由を被《ル》レ申《サ》歟。

【参考】勝数点数―勝点数（群）、心ニ―心には（群）、由を被申歟―由被申き（歌・群）

【口語訳】小倉（公雄）が云う。頓覚の歌は晴れがましすぎて、当座の歌合で勝の歌の数は少なく、評価も少ない。それは（歌の心）は晴の歌、（歌体としては）秀逸体をいつも心掛けて詠ずるうちに、近来の人の心に響かなくなったからと申されたのだろうか。

【語釈】〇小倉＝小倉公雄。一二四四年頃生、一三二五年以後程なく没（第一八節参照）。**〇頓覚**＝小倉公雄の法名。**〇はれの哥**＝天皇又はその周辺の方々の御前で、歌を披露すること。

【考察】「小倉云」として天理本（巻六）には五例見られる。これは小倉公雄の祖父、太政大臣公経（一一七一年生、一二四四没）が為家を猶子としたこと（「御子左系図」）によるゆかりからである。さらに、公雄の兄弟公守孫の洞院公賢（一二九一年生、一三六〇年没）の男実夏が為定の男為遠を猶子としたこと（同上）も関係しているであろう。小倉公雄の百首歌には、次のような歌がある。

紅葉葉によその日かげはのこれども時雨にくるる秋のやま本　（続拾遺・秋下355）
うき身ぞとおもひそめつる心より袖の色さへあらずなりぬる　（同右・雑中1239）
わたの原かすめるほどをかぎりにてとほきながめにかかる白波　（新後撰・春上37）
おもへただ野べのまくずも秋風のふかぬゆふべはうらみやはする　（同右・恋六1171）
時鳥さのみはまたじうき身にはかたらはじとぞねもをしむらん　（玉葉・雑一1921）

七四　勅撰ハ道ノ重事

故宗匠、続千載集を承ハりて被《レ》ㇾ撰《ゼ》し時、「さして哥よみにもあらざる人ノ来《タル》ニモ、勅撰こそ候へ、御哥やと、出《デ》させ給へ」と被ㇾ申《サ》しを、故戸部、其《ノ》外ノ門弟も、「勅撰ハ道ノ重事。秀逸ヲ可《キ》ㇾ被《ル》ㇾ撰《ゼ》事にて侍《ル》に、分明ニ哥もよまぬ者ニ、哥ヲコハル、事、人ノ難モアリヌベキ事也。不《ル》ㇾ可《カラ》ㇾ然《ル》」之由、ツブヤキ被ㇾ申《サ》シヲ、かへり聞かれて、予ニ対面ノ時被《レ》ㇾ仰《セ》シハ、「哥ハ此《ノ》国《ノ》風俗也。国ニ生レタラン物、誰カヨマザラン。稽古して世ニしられたるもあり。独吟して心ヲヤシナフ者モアリ。よき哥のいでくる事、哥よミならぬ物もよみ出《ダ》して、古集にも入《レ》たり。後撰八つ子が類也。勅撰を承《ハリ》て、ひろくよき哥をもとめん時、名誉なき人も、いかなる秀逸をか詠じてもちたらん。などかあひふれであるべき」ト被ㇾ申《サ》シ。

返々面白《ク》覚《エ》侍《リ》き。

【参考】 承ハり—うけ給て（群）、被撰し時—被撰時（歌）、御哥やと—御歌や候（歌）・御歌や丶（群）、出させ—出され（歌）、被申しを—申されしを（歌）・申し丶を（群）、此国風俗—此国の風俗（歌・群）、よき哥—能歌（歌・群）、古集—ふるき集（歌・群）、後撰八つ子が類—後撰八子が歌（歌）・後撰八子が類（群）、もとめん—求む（群）

【口語訳】 故宗匠（為世）は、続千載集（編纂の勅命を）受けて撰歌された時、「さほど歌よみとして知られていない人が訪ねてきたときも、勅撰集だから（家集などがあれば）お出しください」と申されたのを、故戸部（為藤）や外の門弟も、「勅撰集（の撰出）は歌道の重大事である。秀逸歌として撰ばれること（が第一）なので、はっきりと歌を詠まない者に（まで）、歌（集の提出）を求めることは、人の批判を生じることである。そうなってはいけない」と、つぶやきながら申された。帰り道に聞かれて、私（頓阿）に対面して仰せられるには、「歌は日本の風俗だ。この国に生まれた者で、歌を詠まない者はいないだろう。（歌の）稽古を積んで世に知られた者もいる。独吟して歌の心を養った者もある。よい歌が生まれることは、歌詠みでない者も詠みいだして、古来の撰集にも入っている（からだ）。「後撰八つ子が類」だ。勅撰集（編纂の勅命）を受けて、ひろくよい歌を求めようとする時、（歌人として）有名でない人も、いかなる秀逸歌を詠じてもっているかはわからない。どうして広く知らせないでおれようか」と申された。ほんとに面白く思ったことよ。

【語釈】 **○故宗匠**＝底本に「為世カ」と頭注。**○続千載集**＝第一五番目の勅撰集。後宇多院の勅命で二条為世撰。文保二〈一三一八〉年一〇月三〇日受命後、四季部の奏覧は同三年四月一九日。**○故戸部**＝二条為藤。元亨四〈一三二四〉年七月一七日没（第二節参照）。**○重事**＝底本に「チヨウシ」と傍書。**○後撰八つ子が類**＝不明。

【考察】 続千載奏上の様子を『増鏡』「秋のみ山」から引用する。

大納言（為世）は人々に歌す丶めて、玉津嶋の社にまうでられけり。大臣、上達部よりはじめて、歌よむと思へるかぎり、この大納言風を伝へたるを、漏るゝもなし。子どもうまごともなどは、勢ことにひゞきてくだる。まづ住吉へまうづ、逍遙しつゝ、のゝしりて、九月にぞ玉津嶋へ詣でける。歌どもの中に、大納言為世、

　今ぞしるむかしにかへるわが道のまことを神もまもりけりとは

かくて元応二年（注―一三二〇年）四月十九日、勅撰は奏せられけり。続千載といふなり。新後撰集とおなじ撰者の事なれば、多くはかの集にかはらざるべし。為藤の中納言、父よりは少し思ふ所加へたるぬしにて、今すこし、この度は心にくきさまなりなどぞ、時の人々さたしける。

続けて、後醍醐天皇の召しにより、為藤が歌題を献上して歌合が催された様子を示す。

元亨元年（注―一三二一年）八月十五夜かとよ。常よりも殊に月おもしろかりしに、うへ（後醍醐）萩の戸にいでさせ給ひてことなる御遊なども、あらまほしげなる夜なれど、春日の御榊うつし殿におはします頃にて、糸竹の調べはをりあしければ、例の只内々御歌合あるべしとて、侍従の中納言為藤召されて、俄に題たてまつる。殿上にさぶらふ限り、左右おなじほどの歌よみをえらせ給ふ。左は、内のうへ、春宮大夫公賢、左衛門督公敏、侍従中納言為藤、中宮権大夫師賢、宰相惟継、昭訓門院の春日為世の女。右は、藤大納言為世、富小路大納言実教、洞院中納言季雄、公脩の宰相、実任の少将、内侍為信の女、忠定朝臣、為冬、忠守などいふ医師も、この道のすきものなりとて召し加へらる。衛士のたく火も、月の名だてにやとて、安福殿へ渡らせたまふ。忠定中将、昼の御座の御はかしをとりてまゐる、殿上のかみの戸をいでさせ給ひて、無名門より右近の陣の前をすぎさせ給へば、やり水に月のうつれる、いとおもしろし。安福殿の釣殿に床子たてゝ、東面におはします。上達部は、簀子の勾欄にせなかおしあてつゝ、殿上人は、庭に候ひあへるも、いとえんなり。池の御船さしよせて、左右の講師、隆資、為冬のせらる、御みきなどまゐる様も、うるはしきことよりは、艶になまめかし。人々の歌、いたくけしきばみて、とみに奉らず、い

と心もとなり。照る月なみも、曇なき池のかゞみに、いはねどしるき秋のもなかは、げにいとことなる空のけしきに、月もかたぶきぬ。

七五　能誉ハ被執シ哥読

能誉ハ、故宗匠ノ被《レ》ㇾ執《セ》シ哥読也。故香隆寺ノ僧正ノ愛弟ノ児也。

侘《ビ》人ノ心ニナラヘ時鳥ウキニゾヤスク子ハナカレケル

トヨメル哥、新後撰ニ隠名ニテ入《リ》タリ。後二条院、新後撰哥ヲ、御手ヅカラ屛風ノ色紙ニアソバサレタルニモ、此哥ヲ被《レ》ㇾ入《レ》タルトゾ承《ハリ》シ。故宗匠、コレガ哥トテオボエテ、人ニ被ㇾ語《ラ》キ。

あふさかやつゐニとまらぬ月影を関の戸あけて西にみる哉

里ノ犬ノ声する方をしるべにてとがむる人にやどやからまし

などいへる哥也。是ハサシテ庶幾せらるべき躰共おぼえ侍らぬニ、いかなる事にかとおぼつかなし。東山双輪寺ニ住し比、尋《ネ》来りて、「年月承及《ケビ》ながら、未《ダ》ㇾ不《ザラ》ㇾ得㆓参会㆒《ヲ》之次、近程ニ筑紫へ可《キ》ㇾ罷《ル》ト。又上洛ノ命もしらぬ程ニ、うゐ〳〵しながら、尋《ネ》来る」など申《シ》き。此道ノ事モ、如法卑下しかへりたり。さして稽古仕たる事もなし。詠哥も生得に、其《ノ》骨なき由を存《ジ》侍るを、宗匠、「あしからぬ由を被《ルル》ㇾ仰《セ》事、我ながら心え侍らず。此《ノ》世ひとつならぬ宿執にて侍《ル》やらんなどまでおぼゆる」と申《シ》き。しばし雑談して侍《リ》しが、物などいたくよミたる物とハ不ㇾ覚《エ》。世ニヤサシキ数寄者ト覚《エ》侍りき。

【参考】能誉ハ―能誉云（歌）、哥読―歌よみ（歌・群）、香隆寺ノ僧正―香隆寺僧正（歌）、子ハ―ねは（歌）・音は（群）、ヨメル哥―よめる歌は（歌）、屛風ノ色紙―屛風色紙（歌）、つゐに―つひに（歌）、躰―體（歌）、双輪寺―双林寺（歌・群）、未不得―未得（歌・群）、可罷ト―罷下べし（歌・群）、うゐ〳〵し―うひ〳〵し（歌）、心え―心得（歌・群）、宿執―宿習（群）、よミたる―見たる（歌・群）、不覚―覚えず（歌・群）、世ニ―世に申（歌・群）、数寄者―数寄（群）

【口語訳】 能誉は、故宗匠（為世）が深く心をかけられた歌詠みである。（彼は）香隆寺の故僧正の愛弟の児である。次の歌、

（心わぶる人にならえ、時鳥よ、つらいとすぐに子は泣き出すのだよ）

これは新後撰集に隠名として入集された。後二条院は、新後撰集の歌を手づから屛風の色紙に書かれた時も、この歌をお入れになったと聞いている。故宗匠（為世）は、この時の歌として覚えていて、人に語られた。

（逢坂山よ、とうとう立ち止まって見ることもなかった月光を、関の戸を開けて西の空に見ることになったよ）

（里の犬が鳴く声を手引きとして、とがめた人に宿を借りることになったよ）

などという歌であった。これはそれほどこいねがった躰の歌とは思えないのに、どういうことか疑わしい。（私が）東山の双輪寺に住んでいた頃、（能誉が）尋ねて来て、「お会いする日を求めていたが、まだ参会の機会も得られず、近日筑紫に下向する予定だ。まだ上洛するほど余命もないので、気が引けながら尋ねてきた」などと申した。和歌の道のことも、おだやかに卑下しながら帰った。それほど（和歌の）訓練をしたというのでもない。詠歌も天性のものというほどの力もないほどなのに、宗匠（為世）は「つまらぬことをおっしゃるが、私はそれを信じない。この世にすこしもない執着などあろうかとまで思う」と申した。しばらく雑談していたが、（彼は）心ない歌詠みとは思えず、非常に優れた風流人と思った。

【語釈】 ○**能誉**＝生没年未詳。元弘元〈一三三一〉年頃生存。初め為世門四天王の一人（「了俊歌学書」）。晩年九州に下向。勅撰集の新後撰集に隠名で入集。その他、続千載集二首、続後拾遺集二首などの九首入集。○**故宗匠**＝二条為

世。一二五〇年生、一三三八年没（第一節参照）。○**故香隆寺の僧正**＝不明。香隆寺は仁和寺門跡であり、「寛空僧正之跡也、今無₂其跡₁」とされる（「仁和寺諸堂記」）。この頃の僧正には、弘安二〈一二七九〉年正月一四日任権僧正の宣助法印、前中納言藤原頼資卿息で仏名院と号した僧正頼誉、弘安四年一〇月二八日任権僧正（三三歳）の前大僧正守誉などがいる（「仁和寺諸院家記」）。○**「侘人ノ心ニナラへ」の歌**＝新後撰集（雑上1272）の能誉の一首。「読人不知」として入集。歌学大系本の第五句「なかりける」。○**新後撰**＝第一三番目の勅撰集（第六五節参照）。○**後二条院**＝第九四代天皇。後宇多天皇皇子。母は西華門院基子（堀河具守の女）。正安三〈一三〇一〉年〜徳治二〈一三〇七〉年在位。『後二条院百首』ほか、自撰自筆の御集『愚藻』。勅撰集に新後撰集一八首、玉葉集八首、続千載集二一首などの一〇〇首入集。○**「あふさかやつゐニとまらぬ」の歌**＝能誉の一首。歌学大系本の第二句「つひにとまらぬ」。参考歌に「あふさかや関の戸こゆる秋かぜに霧もへだてぬ入あひのこゑ」（為相、夫木・雑部15265）。○**「里ノ犬ノ声する方を」の歌**＝おなじく能誉の一首。参考歌に「たれとなく人をとがむる里の犬のこゑすむほどに夜は更けにけり」（寂蓮法師集298）。○**双輪寺**＝現京都市東山区の双林寺か。延暦二四〈八〇五〉年桓武天皇の勅願により、宗祖伝教大師が創建。頓阿自撰の『草庵集』（第一類本）には、「双輪寺に住み侍りし比、二月十六日西行上人忌日、前藤大納言人々さそひて三首歌講ぜられしに、春月」の一首（108「明けやすきよはともみえず春の月かすみをわたるかげぞのどけき」）がある。○**如法**＝「もとより」の意の副詞。○**骨**＝「こつ」。芸道の神髄。それを会得する天分。○**宿執**＝前世からの執着（因果）。

【考察】香隆寺は風流の名所であったことをうかがわせている。

香隆寺の辺なる所へ行きたりしに、あるじいづみにからふねをうけて、さまざまのものどもつみたるをみてよめる

唐船につめるたからやあまるらん今はの身をも玉ぞちりける　（守覚法親王集127）

おなじころ、香隆寺にまゐりて、もみぢを見てよみ侍りける　堀河院讃岐典侍

いにしへをこふるなみだにそむればやもみぢもふかきいろまさるらん　（新勅撰・雑三 1222）

また、同寺に纏わる逸話が、待賢門院堀河（神祇伯源顕仲の女、待賢門院は璋子）の歌として残る。堀河は康治元〈一一四二〉年の待賢門院落飾の際、出家している。

待賢門院かくれさせ給ひにけるを、香隆寺にをさめたてまつりければよみ侍りける

ゆふさればわきてながめんかたもなしけぶりとだにもならぬわかれは　（続古今・哀傷 1417）

七六　兼氏朝臣ハ稽古も読口も

兼氏朝臣ハ稽古も読口もあひかねたる由、戸部被レ申《サ》き。勅撰《ノ》方の事ハ、官外記にもおとるまじき由、人ノ許への状ニ書《キ》て侍《リ》けり。続拾遺の時、和哥所《ノ》寄人にて侍《リ》けるが、勅撰事終ざるさきニ、卒シテ侍《リ》き。彼《ノ》朝臣、寄《スル》レ橋《ニ》恋ニ、

をばたゞのいたゞのはしとこぼるゝやわたらぬ中の涙成《ル》らん

と云《フ》哥を、可《キ》レ被《ル》レ入《レ》と云《フ》さた有《リ》けるを、慶融法眼、義を被レ申《サ》ける。其《ノ》夜ノ夢に、冷泉亭ノ中門ノ角縁ノホドニテ、彼《ノ》朝臣ニ慶融行《キ》会《ヒ》て侍《ル》ニ、こしにいだきつきて、「哥よミハ、没後をこそ執する事にて侍《ル》ニ、此《ノ》哥ニ議被《ルル》レ仰《セ》事、うらめしく」といひけるとみえけり。さめて後より、法眼、コシノイタハリ出《デ》きて、終ニ平癒ノ期なし。おそろしく無《ク》レ詮執心也。子息ノ長舜法印も、道を執したる事ハ、更ニおとらず。和哥所ニ、小蛇か小鼠かに成《リ》て候《ヒ》ぬと覚《エ》候《フ》。様の物ノみえ候ハん時、かまへて手かけさせ給《フ》など

申《シ》けり。続後拾遺の比、法印去《リ》て後、和哥所ノ文書ノなかにハ、くちなはのみえ候《ヒ》けるを、「すはや、故法印御房よ」と人のいひければ、実性法印、殊《ニ》おぢてむつかしがりけり。

【参考】おとる—おとり侍（歌・群）、勅撰事—勅撰書（群）、卒シテ—卒去して（群）、彼朝臣—朝臣（群）、をばたゞ—おばたゞ（群）、こぼるゝや—こぼるゝは（歌・群）、成らん—なりけり（歌・群）、義—議（歌・群）、角縁—角の縁（歌・群）、被仰—仰らるゝ（歌・群）、さめて—と覚て（歌）、無詮—詮なき（歌・群）、候ぬ—候はん（歌・群）、様の物—さやうのもの（歌・群）、去て—世を去て（歌・群）、くちなは—小蛇（歌）・小くちなわ（群）、みえ候ける—みえける（歌・群）、御房—御坊（歌）、人の—ナシ（歌）、おぢて—恐れて（群）

【口語訳】兼氏朝臣は歌の修練もあり詠みぶりも兼ね備えていることを、戸部（為藤）が申された。勅撰集（撰出のための和歌所の仕事）は官の外記にも劣ることはないだろうと、人に宛てた手紙に書いたという。続拾遺集（編纂）の時、和歌所の寄人（正しくは開闔）であったが、奏覧前に卒した。かの朝臣が、「寄橋恋」題で詠んだ歌、

（をばただの板橋に浪がうち寄せくだけるように、ひとり恋こがれて涙にくれているよ）

という歌を、撰入するべきという（兼氏の）仰せがあったのを、慶融法眼が異議を申された。その日の夜の夢に、冷泉亭の中門の角の所で、かの朝臣に慶融が行き会い、（兼氏が）腰に抱きつき、「歌詠みは亡くなった後に（名が残る）ことを深く心に掛けるものだから、この歌の撰入に異議を仰せられたことを、恨みに思う」と言ったように見えた。夢から覚めた後、法眼は腰の病に取りつかれ、ついに平癒することがなかった。（兼氏は）おそろしいほどの執心ぶりである。（兼氏の）子息の長舜法印も、歌道に執心したことは、少しも劣らなかった。和歌所で小蛇か小鼠かになって潜んでいたと思うほどである。なにか事が行われるというと、用意して工面しようなど申されたという。続後拾遺集（編纂）の頃、（長舜）法印が亡くなった後、和歌所の文書の中に、蛇がひそんでいたので、「それ、故法印のお姿よ」と人が言ったので、（その男）実性法印がとくに恐れて心配したという。

【語釈】 ○**兼氏**＝源兼氏。生年未詳。弘安元〈一二七八〉年一二月二七日以前に没。法名蓮目（蓮月とも）。土佐守源有長の男。母は藤原惟頼の女。正四位下、左近衛将監、日向守、春宮少進。続古今集・続後拾遺集の和歌所開闔となるが、続拾遺集の撰中に没。「住吉社歌合」「玉津島歌合」に出詠。勅撰集に続古今集一首、続拾遺集五首、新後撰集八首、玉葉集一首などの五九首入集。○**戸部**＝二条為藤。一二七五年生、一三二四年没（第二節参照）。○**外記**＝「太政官」で、少納言に属し、詔勅・上奏文の起草・記録などに当たった。○**続拾遺**＝第一二番目の勅撰集（第六八節参照）。○**和哥所**＝後撰集撰進の際に梨壺が臨時に和歌所となって以来、新古今集撰進の際に復興され、源家長が開闔に、良経ら一一人が寄人となった。以後、勅撰集撰定最後の新続古今集以来、明治二一年の宮内省御歌所設立まで中絶。○**寄橋恋**＝歌題。初見は「六百番歌合」。顕昭・隆信・定家・経家・有家・兼宗・信定・家隆・寂連・良経などに同題の歌がある。○**「をばたゞのいたゞの」の歌**＝続古今集（恋二1143）の源兼氏の一首。底本の「成らん」に「りけり」と傍書。「いただのはし」は古く、「をばただのいただのはしのこぼれなばけたよりゆかんこふなわぎもこ」（古今六帖・「はし」1619）と詠まれた。参考歌に「くちはててあやふくみえしをばただのいただのはしもいまわたすなり」（法橋泰覚、千載・釈教1243）。○**慶融**＝生没年未詳。嘉元元〈一三〇三〉年頃生存。為家の男。兄源承とともに長兄為氏の猶子。仁和寺法眼。続後拾遺集撰進で、中途で没した源兼氏の後任として和歌所開蓋。歌学書に『慶融法眼抄』。編著に『俊成卿百番自歌合』『残葉集』（散佚）。その後、鎌倉に移住。大江頼重・勝間田長清らと交際があった。「住吉社三十五番歌合」に出詠。「俊成卿百番自歌合」を編む。勅撰集に続拾遺集三首、新後撰集六首、玉葉集一首、続千載集四首などの一九首入集。○**没後**＝底本に「モツコ」と傍書。○**長舜**＝生没年未詳。正中二〈一三二五〉年頃没。号は観恵。日向守源兼氏の男。比叡山の僧。法印。若い頃関東に下る。新後撰集・続千載集の和歌所開闔。続後拾遺集の連署となったが、撰中に没。贈答歌を集めた『古今贈答集』（散佚）を撰。勅撰集に新後撰集四首、玉葉集一首、続千載集七首などの三九首入集。○**続後拾遺**＝第一六番目の勅撰集。後醍醐天皇の勅命により為氏から為藤・為定の撰。

正中二〈一三二五〉年一二月一八日四季部奏覧。○**実性法印**＝生没年未詳。嘉暦三〈一三二八〉年頃生存。法印長舜の男。権少僧都。法印。二条派の歌人で、嘉暦元年完成の『続後拾遺集』の和歌所開闔。同三年二条為定から和歌会次第を受けた。勅撰集に続千載集三首、続後拾遺集二首、風雅集一首、新千載集六首などの一七首入集。

【考察】兼氏男の長舜が開闔を務めた続千載集には、為世との交流を示す歌が二首ある。

　前大納言為世よませ侍りし歌に、故郷月をよみ侍りける　法印長舜
あれにけりわが古郷のかげのいほみしよのままに月はすめども　（続千載・秋下503）
　前大納言為世賀茂社にて三首歌合し侍りし時、尋花と云ふ事を　法印長舜
にほはずははなのところも白雲のかさなる山も猶やまよはん　（同右・雑上1669）

一方、和歌史上に寄物恋題が措定したのは「六百番歌合」である。その中から「寄橋恋」題の主な歌を示す。

いざやさはきみにあはずはわたらじと身をうぢばしにかきつけて見ん　（顕昭、1009）
みやこおもふはまなのはしの旅人やなみにぬれてはこひわたるらん　（隆信、1010）
人ごころをだえのはしにたちかへりこの葉ふりしくあきのかよひぢ　（定家、1011）
かくこそはながらのはしもたえしかどはしらばかりの名残やはなき　（有家、1013）
かづらきやわたしもはてぬいはばしもよるのちぎりはありとこそきけ　（家隆、1018）
いにしへのうぢのはしもりみをつまばとしふるこひをあはれとはみよ　（寂連、1020）

七七　隆教卿わかくてハ

隆教卿、わかくてハ非器也。住吉・玉津嶋へ被レ二参詣セ一けり。近比ハ道もさる躰ニ成リて、人も思ヒたりき。

哥合判詞などかゝれたるハ、世に昔覚《エ》たる様ニ見えき。先年、宗匠、亭ノ会にも被レ来《タラ》き。披講《ノ》躰、もてなしたるさまなど、さる人とおぼえき。故宗匠も九条二位が披講ノ席ニアルテイ、惟継・実任などにハ、さすが不ニ相似《ヒ》一とて被《レ》レ感《ゼ》き。

【参考】非器也―非器なりき（歌・群）、被参詣けり―参詣ふかく被祈けり（歌）・被参詣ふかく被祈けり（群）、近比ハ―さる故にや近比は（歌・群）、躰―體（歌）・程（群）、思たり―知たり（歌・群）、哥合判詞―歌合判の詞（歌・群）、会にも―会にて（歌）、披講躰―披講の體（歌・群）、もてなし―歌もてなし（歌・群）、さる人とおぼえき―その人と覚え侍りし（歌）・さる人と覚え侍りき（群）、テイ―體（歌・群）、惟継―維継（・群）、実任―実信（群）

【口語訳】隆教卿は若くて（歌道には）その器ではなかった。（しかし、和歌の神を祭る）住吉・玉津島の両社にも参詣され、最近では、歌界でもそれなりの詠みぶりをみせて、人も評価していた。歌合の判詞などを書かれたこともあり、世間でも評判どおりと思えた。先年、宗匠亭の歌会にも来訪された。披講の時の態度も珍重したようすなど、相当の人と思った。故宗匠も、九条二位が披講の席にいた時の態度から、惟継・実任などにはやはり似ていないと感じられた。

【語釈】○**隆教卿**＝九条隆教。文永六〈一二六九〉年生、貞和四〈一三四八〉年一〇月一五日没。九条隆博の男で六条家嫡流。母は弾正大弼橘行経の女。大蔵卿、侍従。正二位。風雅集の撰者を希望するなど、晩年は歌道家。「文保百首」に出詠。勅撰集に新後撰集三首、玉葉集五首、続後拾遺集三首などの四一首入集。○**住吉・玉津嶋**＝住吉神社（大阪市住吉区）と玉津島神社（和歌山市和歌浦）。ともに和歌の神として信奉された。○**宗匠亭ノ会**＝二条為定邸での歌会。○**九条二位**＝九条隆教。○**惟継**＝平惟継。文永三〈一二六六〉年生、康永二〈一三四三〉年四月一八日没。治部卿平高兼の男。正二位権中納言。文章博士。康永元〈一三四二〉年出家。『徒然草』には、「風月の才に富める人」として、惟継中納言が寺法師の円伊僧正と同宿したことが見える（第八六段）。二条派歌人として後醍醐天皇内裏で和歌行事に参加。勅撰集に玉葉集・続千載集・続後拾遺集各一首などの九首入集。**○実任**＝藤原実任。文永元〈一二六四〉年生、暦応元〈一三三八〉年一二月三日没。右中将公種の男。母は従三藤原為継の女。正二位中納言。「為世春日社三十首」「花十首寄書」「文保百首」などに出詠。二条派歌人。勅撰集に続千載集二首、続後拾遺集一首などの一〇首入集。

【考察】九条隆教の父隆博は六条家末流の人物である。六条家の末裔は、顕季孫の重家（一一二八年〜一一八〇年）から、顕家（一一五三年生、一二二三年没）—知家（一一八二年生、一二五八年没）—行家（一二二三年生、一二七五年没）—隆博（?〜一二九八年没）—隆教と続く。隆教の曾祖父知家については、定家との師弟関係を示し、定家没後に反為家として真観らと交流したことが「不知恩」とされている（第四二節）。一方、父の隆博については勅命による名所百韻連歌での為氏との付け合いを記し、「さすが也」とされている（第四五節）。二条家の中での六条家への配慮ぶりがかいま見られる。

七八　嵯峨中院亭にて発句

六条内府被《テ》レ語《ラ》云《ハク》。入道民部卿、嵯峨中院亭にて発句一にて、千句連哥をせられけり。其時《ノ》発句の本をして、後代までのこさんとて、

　にしきかと秋ハさがののみゆる哉

今世《ノ》発句、いかにかやうになからんとぞおぼゆる。

【参考】今世発句—今の世の発句（歌）・今の発句（群）、おぼゆる—覚る（群）

【口語訳】六条内府（源有房）が語られて云う。入道民部卿（為家）は嵯峨中院亭で発句一つで、千句の連歌を行われた。発句の手本として、後代まで残そうとして（詠んだ句に）、（錦色に染まる秋の嵯峨野の景色が目に浮かぶなあ）（とある。）今の世の発句は、どうしてこのようにないのだろうかと思った。

【語釈】○六条内府＝源有房。一二五一年生、一三一九年没（第三六節参照）。○入道民部卿＝藤原為家。一一九八年生、一二七五年没（第一節参照）。○嵯峨中院亭＝京都市嵐山にあった御子左家の別荘。○発句＝長連歌の第一句。五七五の一七音。季を詠む。○千句連哥＝連歌論の嚆矢は『俊頼髄脳』。百韻（句）が基本。独吟、両吟、三吟などが行われた。二条良基・救済撰に『菟玖波集』がある。○「にしきかと秋ハさがのの」の句＝為家の発句（出典未詳）。

【考察】為家の嵯峨中院亭での逸話が、なぜ六条内府（源有房）伝として語られるかは謎である。源有房の曾祖父久我通親は六条藤家の清輔亡き後、同家を支えた季経の門下であったことから、天理本に六条家伝を多く伝えること（第七七節参照）と関連していようか。

源有房には、二条為世撰の新後撰集の応製百首となった、「嘉元百首」の歌が三首ある。これらは後世の同じく為世撰の続千載集に入集している。

ことのはもおよばぬふじのたかねかな都の人にいかがかたらん（羇旅839、「旅」）
うちとけぬ契ぞつらき恋をのみしづはたおびのむすぼほれつつ（恋二1272、「不逢恋」）
命だにつらさにたへぬ身なりせば此世ながらはうらみざらまし（恋五1617、「恨恋」）

七九　禅門発句

信実入道、九月尽日、好士あまたさそひて、深草立信上人許《ノ》にまかりて、連哥侍りけるニ、禅門発句ニ云《ハク》、

けふハはや秋の限ニ成《リ》にけり

よもすがら連哥にあかして、次《ノ》朝帰駕をもよほしけるニ、「今日ハ初冬にて侍《ル》ニいかゞ。さてハ候《フ》べき」と上人被《レ》申《サ》て、又連哥ありけり。自余好士ニ式代もなくて、又禅門発句被《レ》出《デ》けり。

けさハ又冬のはじめに成《リ》にけり

発句ハ宴をゝこす事をいふ斗にて、あながちニ風情をもとめざる歟。

【参考】 尽日—尽の日（群）、発句ニ云—発句に（歌）・発句（群）、禅門発句—禅門発句を（歌・群）、けさハ又—今朝ははや（歌・群）、ゝこす—おこす（歌）、発句ハ宴をゝこす事をいふ斗にてあながちニ風情をもとめざる歟—ナシ（群）

【口語訳】 信実入道は九月尽日に、好士を大勢誘って、深草立信上人の庵に行き、連歌を行った。禅門（為家）が発句を詠んで、

（今日はもう秋の終わりとなってしまったなあ）

（とあった。）一晩中連歌に明かして、翌朝帰りの車を催促したところ、「今日は初冬になったがどうか。引き続き行おう」と上人は申されて、再び連歌を行われた。そのほかの好士に会釈され、再び禅門（為家）が発句を出された。

（今朝はもう冬の初めとなってしまったなあ）

発句は（連歌の）宴を始めることをいうだけであって、必ずしも風情を求めないのだろうか。

【語釈】 **○信実入道**＝藤原信実。一一七七年生、一二六五年没（第二二節参照）。宝治二〈一二四八〉年に出家か（法名

寂西）。〇**深草立信上人**＝建保元〈一二一三〉生、弘安七〈一二八四〉年四月一八日没。法諱は立信（隆信）。字は円空。号は極楽房。源（多田）蔵人行綱孫とも。西山派の祖証空の弟子。山城深草に真宗院を開き、西山教義を広め、その門流は深草流と称。後深草院の帰依を得て、往生院・遺迎院・誓願寺に歴任の後、真宗院に帰院。「河合社歌合」に出詠。勅撰集に新続古今集一首のみ。〇**禅門**＝藤原為家。一一九八年生、一二七五年没（第一節）。〇**「けふハはや秋の」の句**＝為家の発句（出典未詳）。〇**式代**＝「しきたい」（色代・色体・式体）。頭を下げて礼をすること。会釈。お世辞。〇**「けさハ又冬のはじめに」の句**＝為家の発句（出典未詳）。

【考察】 信実については「無双哥よみ」（第二二節）、「あさからぬ為門弟」（第二三節）とし、また、娘三人は「みなよき哥よみ」（第二四節。他に第二五節、第五一節にも）として評価されている。本節は信実伝というよりも信実に纏わる伝とするべきであろうが、その父隆信が「定家一腹の兄弟」（第二三節）であるための引用なのだが、本節のように為家の詠作の場に、信実がいたことを見逃せない。また、為家撰の続後撰集に、次のような信実の歌がある。これは「九月尽日」の主題である。

もみぢばを風にまかするたむけ山ぬさもとりあへず秋はいぬめり （秋下453）

八〇 無生発句

冷泉亜相為氏、秋比立信上人の深草の寺にて、連哥をせられけるに、無生が彼《ノ》所ニありけるを召出《シデ》て、発句をせさせられけるニ、

なけやなけ露ふか草のきり〴〵す

としたりけるを、面々被《レ》レ感《ゼ》けり。いかに此比《ノ》の花下の友がら、かやうにせざらんとぞ覚《エ》侍る。

【参考】面々—めん〳〵（歌）、被感—かんぜられ（群）、友がら—輩（歌・群）、覚侍る—覚る（群）

【口語訳】冷泉亜相（為氏）は、秋頃立信上人の住む深草の寺で、連歌を行われた時、無生が近く（の寺）にいたのを呼び寄せ、発句を作らせたところ、

（鳴けよ鳴け、この露の深く降りた深草の寺の蟋蟀よ）

と詠んだのを、参列者はみな感心した。どうして流行の花下の友をそう（召し寄せて）詠ませなかったのだろうかと思った。

【語釈】○冷泉亜相＝底本に「為氏」と割注。二条為氏は一二二二年生、一二八六年没（第一七節参照）。正二位。権大納言。「亜相（あしやう）」は大納言の唐名。○立信上人＝一二一三年生、一二八四年没（第七九節参照）。○無生＝生没年未詳。宝治元〈一二四七〉年頃生存。京都深草辺に居住。宝治元年、毘沙門堂の花下連歌に一座。立信上人・二条為氏の連歌に招かれた。○「なけやなけ露ふか草の」の句＝無生の発句（出典未詳）。○花下＝「はなのもと」。朝廷・将軍家を指導した堂上公家の「宗匠」に対し、地下階層の師範・権威者を「花下」といった。無生は花下連歌師。

【考察】前節に続く深草立信上人の交流の場での連歌会の様子が記される。勅撰集の詞書に残された歌を掲げる。

立信上人のもとより法文の事など申しつかはしける次に、深草の露のかごとをわすれずはおなじはちすのちぎりかはらじ、と侍りける返事に　土御門入道前内大臣

消えぬべき命を露のかごとにておなじはちすと契りおくかな　（新続古今・釈教828）

八一　俊恵と俊成

戸部被《テ》レ語《ラ》云《ハク》。俊恵、大夫入道の許ニ来《タ》りて、「御詠の中ニ、何をかすぐれたりとおぼしめす。よそに

ハやう〳〵ニ申せ共、それハもちゐ侍らず。まさしく承《ハ》らんと思《フ》」と申《シ》けれバ、

「夕されバ野べの秋風身にしミてうづらなく也ふか草の里

是をなん身に取《リ》て、おもて哥と思給《ヒフ》」と被レ申《サ》しを、俊恵又云《ハク》。「世にあまねく申《シ》侍るハ、

面影に花の姿をさきだてゝいく重こえきぬ嶺の白雲

是をすぐれたると申《シ》侍《ル》ハ、いかに」ときこゆれバ、「よそにハさもや申《ス》らん。みづからハ、さきの哥にハ、いひくらぶべくも侍らず」と申されけるを、俊恵後ニ云《ハク》。「かの哥ハ、身にしミてといふ第三句、いみじ無念ニ覚《ユ》る也。是程ニ成《リ》ぬる哥ハ、景気をいひながして、たゞそらに身にしミけんかしとおもハせたるこそ、心にくゝもゆうにも侍れ。いミじくいひもて行《キ》て、哥の詮とすべきふしを、さは〳〵といひあらハしたれバ、むげに事あさく成《リ》ぬる也《ト》」云々。長明無名抄委《シク》書レ之《ヲ》。是不《ル》レ及《バ》レ難《ニ》也。「身にしミて」を哥の詮と心えて、此《ノ》難を出《ダ》す。「みにしミて」も景気のぐそく也。「夕暮」「うづら」「秋風」ノたぐひ也。此外ニ哥のまさしき心、詮としたる所ハあるをしらざる也。此事甚深也、珍重也。

【参考】何をか―いづれか（歌）・いづれをか（群）、よそに―余所に（歌）、共―ど（群）、承らん―承り侍らん（歌）・承侍らん（群）、思給―思給る（歌）、被申し―申されし（歌・群）、面影に―おもかげに（歌）・俤に（群）、申侍―申侍る（歌・群）、きこゆれバ―聞れば（歌）・聞ければ（群）、申らん―候らん（歌）・あらん（群）、哥にハ―歌に（群）、申されける―被申ける（歌・群）、云―いはく（歌）、哥ハ―歌には（歌）、いみじ―いみじく（歌・群）、いひながして―いひなして（歌・群）、ゆう―いう（歌）・優（群）、さは〳〵と―さわ〳〵と（歌）、也云々―なりと云々（歌・群）、委書之―委有之（歌・群）、不及―及ばざる（歌・群）、

まさしき―さびしき（群）、所ハ―所（歌）・跡（群）、珍重也―珍重云々（歌）・珍重々々（群）

【口語訳】戸部（為藤）が語られて云う。俊恵が大夫入道（俊成）のもとに来て、「あなたの詠歌の中で、どの歌を優れていると思われるか。他の人がいろいろと申すが、それは用いない。あなたから承ろうと思う」と申したところ、

「（夕方になると野辺の秋風がわが身にしみて、そこには鶉の鳴く声がする、深草の里よ）

これをわたしの代表作と思う」と申されたので、俊恵はまた云った。「世の中の多くの人が申すのは、

（桜のまぼろしをみせながら、どれほどの嶺を越えてきたろうか、そこに広がる白雲よ）

これを秀歌と申すがどうでしょうか」と申し上げると、（俊成は）「他の人はそうも言うであろうが、わたし自身は先の歌とは比較にならない」と申された。俊恵が後日に云う。「あの歌は『身にしみて』という第三句が、全く残念に思う。これほどの歌には景色（眼前のようす）をそれらしく詠み、ただそこに身にしみることを思わせる方が、奥深くも優にもなるのだ。（この歌のように）たいそう詞に表現して、歌の中心とすべきところを、さっぱりと言い表すと、全く詠みぶりが浅くなってしまう」と云々。（このことは長明無名抄に詳しい。）これは難ずるに及ばない。「身にしみて」を歌の中心としてこの難を出しているが、「みにしみて」も景色の素材である。「夕暮」「うづら」「秋風」などと同様である。（「みにしみて」以外にも）一首の主眼となるところが（多く）あることを知らないのである。（このことはとても深いことである。よくよく珍重にすべきである。）

【語釈】○俊恵＝源俊恵。永久元〈一一一三〉年生、没年未詳。一説に建久二〈一一九一〉年一月一二日没。右京大夫源俊頼の男。母は木工助橘敦隆の女。東大寺僧。大法師となるか。京都白河の僧坊に和歌結社歌林苑を主宰。「顕輔家歌合」「右大臣家歌合」に出詠。養和二〈一一八二〉年賀茂重保主催の尚歯会に参加。歌論が弟子の鴨長明『無名抄』に伝わる。家集に『林葉和歌集』。勅撰集に詞花集一首、千載集二二首、新古今集一二首、新勅撰集六首、続後

撰集二首、続古今集五首、続拾遺集・新後撰集・玉葉集各三首などの八四首入集。○**大夫入道**＝藤原俊成。一一一四年生、一二〇四年没（第四節参照）。○**「夕されバ野べの秋風」の歌**＝千載集（秋上259）の俊成の一首。○**「面影に花の姿を」の歌**＝六条清輔撰の続詞花集（春下50）の俊成の一首。○**いみじ**＝底本に「くカマ、也」と傍書。○**景気**＝歌論用語。心の詞により喚起される視覚的絵画的イメージをさす。俊成は「その詞姿の外に景気の添ひたる様」をよき歌の要件とする（「慈鎮和尚自歌合」）し、定家は「景気の歌とて姿詞のそそめきたるが、なにとなく心はなけれども、歌ざまのよろしく聞ゆるやう」を当座の時の心得とする（『毎月抄』）。○**哥の詮**＝歌の究極となるところ。歌の主眼とするところ。

【考察】　割注には俊恵の俊成代表歌批判への意見について「甚深」「珍重」として記す。ここには六条源家の俊恵と先師俊成との交流を、歌の評価を巡っての逸話として示すことで、先代の歌論議への思慕を示したのであろう。保元頃から治承頃までの二〇余年間に、「地下・緇流を中心とする自由な文芸集団を形成」（有吉保説）した俊恵の逸伝を多く載せる鴨長明著『無名抄』には、次のような逸伝が記され、「ゑせ歌よみ」と上手との違いを説いている。

　愚詠の中に、

　　時雨にはつれなくもれし松の色をふりかへてけりけさのはつゆき

これを俊恵難云、たゞつれなくみえしといふべき也。あまりわりなくわかせるほどに、かへりてみゝとまるふしとなれるなり。ある所の哥合に、かすみを、俊恵が哥に、

　　ゆふなぎにゆらのとわたるあまをぶねかすみのうちにこぎぞいりぬる

そのたびの会に、清輔朝臣、たゞをなじやうによみたりしにとりて、かれは、かすみのそこにとよめりしを、人の、入海かとおぼゆと難じ侍し也。のさびなる所をば、たゞ世のつねにいひながすべきを、いたりあんじすぐしつれば、かへりてみゝとまるふしとなる也。たとへば、いとをよる人の、いたくうらによらんとよりすぐしつれ

ば、ふしとなるがごとし。これをよくはからふを上手といふべし。風情はをのづからいでくる物なれば、ほどにつけつゝもとめうることもあれど、かやうのことに上手にて、そのけぢめはみゆる也。されば、ゑせ哥よみの秀句には、おほくはたらぬ所のいでくるぞかし。

（東京国立博物館蔵梅沢記念館旧蔵本による）

八二　富小路と中御門

又云《ハク》。当時非《ラザル》二成業《ニ》一哥よミにハ、富小路実教・中御門経継、両大納言也。富小路ハ父禅門ノほどのたけすがたハなかりしか共、哥ごとに案じしぼりて、あだならずよむ人也。中御門ハ勘解由次官など申《シ》ける比より、此《ノ》冷泉亜相《ノ》門弟にて、常ニとぶらひ来りき。詠《ムコト》レ哥《ヲ》宜《ノ》由、記録にも書置《キ》て侍り。風躰今も誠しく、たゞしくみゆ。哥合などにハ、富小路、哥たびごとに興ありて、目さむる様也。但《シ》、勅撰ノ時、撰入せんとするニ、さりぬべき哥なし。中御門ハ当座などハはるかにはへなきやうなれども、撰哥の時ハもちいぬべき哥おほしと云々。今宗匠もおなじさまニ被《サ》レ申。

【参考】 禅門ノほど―禅門ほど（歌・群）、哥合―歌会（歌・群）、撰入せん―撰入れん（歌）、へなき―えなき（歌・群）、ども―ど（群）、もちいぬ―用ぬ（歌）・用ゆ（群）、被申―被申き（歌）・申さるゝ也（群）

【口語訳】 又（戸部が語られて）云う。当時専門歌人ではない歌詠みとして挙げられるのは、富小路（実教）と中御門（経継）の両大納言である。富小路は父の禅門（公雄）の（歌の詠みぶり）ほどには心の深さはなかったが、一首毎に思案してしっかりと（心を表）した人である。中御門（経継）は勘解由次官を勤めた頃から、この冷泉亜相（為氏）の門弟となって、（歌の教えを受けようと）いつも訪問していた。詠む歌には満足して、記録（日記）にも書きとめていた。

風躰は今見ても心がこもり、道理も合っているとみえる。歌合などには、富小路の詠んだ歌はおもしろみがあって、目のさめるようである。ただ勅撰集（編纂）の時、撰入するにふさわしい歌がなかった。中御門は当座の歌会などでは光彩を放つことなどなかったが、（勅撰集の）撰入の時に採用される歌が多くあったと云々。今宗匠（為定）も同じように申された。

【語釈】〇**富小路**＝小倉実教。文永元〈一二六四〉年生、貞和五〈一三四九〉年九月七日没。富小路大納言と称。正二位権中納言小倉公雄の男。母は姉小路実世の女。洞院公賢の舅。正二位権大納言。民部卿、兵部卿。貞和四〈一三四八〉年出家（法名空覚、のち阿覚）。大覚寺統の近臣で、二条派堂上歌人また連歌作者として活躍。兼好と交遊。「後二条院歌合」「亀山殿七百首」「後宇多院十首」「内裏千首」に出詠。勅撰集に新後撰集五首、玉葉集一首、続千載集一一首、続後拾遺集八首などの七一首入集。〇**中御門**＝中御門経継。正嘉二〈一二五八〉年生、没年未詳。正中三〈一三二六〉年生存。中納言吉田経俊の男。母は平業元（一説に業光）の女。中御門家の祖。正二位権大納言。正中三年出家（法名乗性）。大覚寺統の廷臣。弘安七〈一二八四〉年頃、二条為氏に入門。「亀山院七百首」「亀山殿百韻連歌」「石清水社歌合」に出詠。白河山荘で探題歌会を催した。勅撰集に新後撰集三首、玉葉集一首、続千載集九首などの四二首入集。〇**父禅門**＝小倉公雄。一二四四年頃生、一三二五年以後程なく没（第一八節参照）。文永九〈一二七二〉年二月、後嵯峨院崩御を悼って出家（法名頓覚）。〇**冷泉亜相**＝二条為氏。一二二二年生、一二八六年没（第一七節参照）。〇**今宗匠**＝二条為定。永仁元〈一二九三〉年生、延文五〈一三六〇〉年三月一四日没。御子左大納言と称。為世長男の二条為道の男。母は飛鳥井雅有の女。初め大覚寺統に近仕。後醍醐天皇の吉野潜幸に従わず、後に持明院統に仕える。正二位権大納言。文和四〈一三五五〉年出家（法名釈空）。父早世により叔父為藤の教えを受け、歌道家嫡流を継いだ。為藤没後を継ぎ後醍醐天皇下命による続後拾遺集の撰者と、足利将軍尊氏執奏・後光厳天皇下命による新千載集の単独撰者。文保・正中・貞和・延文の各百首に出詠。父祖伝来の蹴鞠にも堪能。勅撰集に玉葉集一首、続千載集六首、続後拾遺集七首、風雅集一四首、新千載集三六首などの一二四首入集。

【考察】 二条家の為藤（戸部）の伝に、同為定（今宗匠）も同心であったとすることが注目される。続後拾遺集撰進にあたり、当初の為世が辞退して、その子為藤に譲られたが、撰中に没し（正中元〈一三二四〉年七月一七日）、同年一一月一日、為世猶子の為定に引き継ぎの勅上が下った。為定の男為遠は小倉公雄と兄弟の洞院公賢の猶子となった。それで富小路と中御門に「風躰今も誠しく、たゞしくみゆ」の評価がなされたことに賛同の意志を示したのである。次に二人の歌を三首づつ示す。

行く春の日数ぞ花をさそひける風ばかりとはなにうらむらん　（新後撰・春下139）
たえだえによその空行くうき雲を月にかけじと秋かぜぞふく　（同右・秋下385）
うきなかはあら礒波のうつせ貝おもひよらずは身をもくださじ　（玉葉・恋一1310）
霜ふかき野べのをばなはかれはてて我が袖ばかり月ぞやどれる　（新後撰・冬472）
かひなしや山どりのをのおのれのみ心ながくは恋ひわたれども　（玉葉・恋一1306）
しら雲はたちもわかれでよしの山花のおくよりあくるしののめ　（続千載・春下98）

八三　亀山殿千首時

後宇多院、亀山殿千首《ノ》時、渡霞ニ、経継卿、

津の国の難波わたりの朝ぼらけあはれかすミのたち所哉

と詠ぜられたるよし、戸部于時侍従中納言語《リ》被レ仰《セ》し程に、「かやうなるあハれ、近比《ノ》人不レ詠《マ》。誠ニ達者の志《ノ》事とみえて候《フ》」由を申《シ》侍《リ》しを、経継卿、「参会ノ時、『頓阿かやうニ申《ス》』と語《リ》けるニや。吉田僧正、参合の

時、『あハれ霞の立所かな』と被《ルル》二称美《セ》一由、侍従中納言被レ語《ラ》き。知房ハ、伊家弁ニ「御哥優なり」といはれて、「道ニたづさハるハかやうの事か。あぢきなき」とて、道をすてたる事も侍ぞかし。員外ノ後学ノ一言を自愛せられける。誠の数寄人と覚《エ》て、おもしろく侍りき。中御門、如《ク》レ此《クノ》被《ルル》二自愛《セ》一よし被レ

【参考】千首時―千首時に（歌・群）、語被仰し―かたり仰られし（歌）・語仰られし（群）、あハれ―あはれを（群）、不詠―不詠也（歌・群）、候由を―候と（群）、語ける―かたられける（歌・群）、参合―参会（歌・群）、かなと―哉を（群）、被語―被語し（歌）、如此被自愛よし―如法自愛のよし（群）、被語き―語られき（歌）、員外ノ後学ノ一言―員外後学一言（歌・群）

【口語訳】後宇多院が、「亀山殿千首」の時に、「渡霞」の題で、経継卿が、（津の国の難波あたりには、夜明け方になると、ああ霞がたちこめているなあ）と詠まれたのを、戸部（時の侍従大納言の為藤）が語り仰せられた時、（頓阿は）「このようなすばらしい歌は最近の人は詠まない。ほんとうに達者の詠みぶりと思われる」ということを申した。経継卿は、「参会の時、『頓阿がこう申した』として語ったのだろうか。吉田僧正が参合の時に、『あハれ霞の立所かな』（の歌）を賞美されたのを、侍従中納言（為藤）が語られた」として、中御門（経継）がこの歌を自愛されたことを語られた。知房は伊家弁に「御歌が優れている」と言われて、「歌の道に関わるのはこのようなことか。つまらない」といい、歌の道を捨てたこともあったよ。員外の後学の者の一言を自愛されたという。ほんとうの数寄人と思われ、おもしろいことである。

【語釈】○後宇多院＝第九一代天皇。大覚寺殿・万里小路殿とも。亀山天皇代二皇子。母は左大臣洞院実雄の女佶子（皇后京極院）。文永一一〈一二七四〉年〜弘安一〇〈一二八七〉年の在位。後二条天皇、一代おいて後醍醐天皇治世下で院政。徳治二〈一三〇七〉年大覚寺に入り出家。二条為世に新後撰集・続千載集を撰進せしめ、その資料として

「嘉元仙洞百首」「文保御百首」を召した。大覚寺統歌壇を保護。著書に『後宇多院宸記』『嵯峨のひかり』『宝珠抄』など。勅撰集に新後撰集二〇首、玉葉集八首、続千載集五二首などの一四六首入集。○**亀山殿千首**＝現存せず。同千首歌より新千載集に三首、新拾遺集に五首、新続古今集に一首、続現葉集に二〇首入集。○**渡霞**＝歌題。初出は新続古今集の後小松院御製歌、夫木集の「建長七年顕朝卿家千首」での光俊朝臣歌。○**経継**＝中御門経継。一二五八年生、没年未詳（第八二節参照）。○**「津の国の難波わたりの」の歌**＝経継卿の一首（出典未詳）。○**戸部**＝二条為藤。一二七五年生、一三二四年没（第二節参照）。○**頓阿**＝俗名二階堂貞宗。正応二〈一二八九〉年生、応安五〈一三七二〉年三月一三日没。下野守二階堂光貞の男。兄弟には因幡守行秋・行豊。女は邦省親王家少将。二〇歳頃に出家（法諱頓阿、法号泰尋・感空）。比叡山・高野山で修行し、京都四条金蓮寺の浄阿に従って時宗となった。『徒然草』には、「羅は上下はつれ、螺鈿の軸は貝落ちて後こそ、いみじけれ」という頓阿の言を引き、「不具なるこそよけれ」の故事として載せる（第八二段）。早くから和歌に親しみ、応長年間〈一三一一年～一三一二年〉に百首歌。二条為世の門人となり、同為定・為藤らと交流。足利尊氏・同義詮に信任。西行の跡を慕って諸国行脚し、京都東山双林寺に西行庵を興。のち仁和寺内の蔡花園に庵居し、同所で没。建武二〈一三三五〉年「内裏千首」に出詠。二条良基の「後普光園院御百首」に慶運・兼好とともに加点。新拾遺集の撰者二条為明が撰中に没したのち、それを引き継ぎ、貞治三〈一三六四〉年一二月これを完成。浄弁・能与（能誉か）・兼好らとともに、為世門下の「四天王」と称され、後に冷泉為秀門下となった（『了俊歌学書』）。著書に『愚問賢註』『井蛙抄』。家集に『草庵集』。勅撰集に続千載集一首、続後拾遺集二首、風雅集一首、新千載集四首などの四九首入集。○**吉田僧正**＝不明。「吉田」は中御門家の旧姓。経継は正中三〈一三二六〉年に出家しているが、その後は不明。文保二〈一三一八〉年一二月一四日任僧正に慈勝（浄土寺、関白家基息）、正中二年五月八日任僧正に性守（妙法院、後西園寺相国実兼息）がいる（『僧官補任』天台座主）が、「吉田」との関わりを特定できず。なお、『徒然草』には、「乾き砂子の用意やはなかりける」の吉田中納言（定資）の言を載せる（第一七七段）。〇**侍従中納言**＝二条為藤。文保元〈一三一七〉年権中納言。〇**知房**＝藤原知房。永承元〈一〇四六〉年生、天永三〈一一一二〉年二月一八日没（二三日とも）。越中守源良宗の男。母は中納言藤原公能の女。太政大臣藤原信長の猶子。淡路守・因幡守・美濃守。底本に「参河守」と傍書。従四位下民部少輔。天永三年出家。翌日没。詩歌の才能があり、漢詩が『中右記部類紙背漢詩集』『本朝無題詩』などに残る。金葉集（二度本・三奏本とも）に一首のみ入集。〇**伊家弁**＝藤原伊家。永承三〈一〇四八〉年生、応徳元〈一〇八四〉年七月一七日没。周坊守藤原公基の男。母は摂津守藤原範永の女。正五位下右中弁。白河天皇の側近歌人。「丹後守公基歌合」「内裏歌合」「内裏歌合」に出詠。周房内侍・源頼綱と交流。勅撰集に後拾遺集一首、金葉集二度本三首、詞花集三首、千載集二首、新古今集一首の一〇首入集。〇**員外**＝底本に「インクハイ」と傍書。

【考察】中御門経継と頓阿との年齢差は三一歳。同じく為藤とのそれは一七歳。経継が出家した正中三〈一三二六〉年（六九歳）には、頓阿は三七歳頃、為藤は五二歳となる。これだけの年齢差があっても、その言を尊重したことが、「誠の数寄人」とされたのである。年齢差はそれほどではないが、先学が後学の歌を難じた結果、後学の歌人が死に至った例を、『袋草紙』（第七八節）に見いだすことができる。長能（生没年不詳、寛弘二〈一〇〇五〉年従五位）が花山院において、「三月尽」を詠んだ、「こころうきとしも有かなはつかあまりここのかといふにはるのくれぬる」の一首に対して、公任（九六六年生、一〇四一年没）が「春ハ三十日ヤハアル」として難じた。その後、長能は病床に伏し、「不食ニ成」って死去したという。同書は「執㆓人事㆒、荒涼ニ不㆑可㆑難歟」としている。

八四　吉田なる所にて

□（正）中之比、中西弾正親王、押小路故殿、吉田なる所にて、和哥御会有《リ》しに、□（富）小路・中御門、参会せられき。御哥など過《ギ》て、勧盃之間、雑談の時、中□（御）門被《テ》レ申《サ》云《ハク》。「哥のよきをしりたる者ハ候ハず。宗匠などハ申《ス》ニ及《ビ》候ハず。其外ハ小倉中納言入道などぞしられて候ラん」と云々。其《ノ》後、富小路、白地ニ座をたゝれたる跡ニ、此《ノ》大納言哥よみとて候へども、よき哥ハ全分にしり候《フ》まじ。上さま宮殿もよもしろしめされ候ハじ。乗性中御門法名こそ、哥はしりて候へ。其分ハ頓阿を證人にたて候《フ》べきよし被レ申《サ》き。

【参考】被申云—被申は（歌）、申ニ及候ハず—不及申（歌・群）、全分—全分明（歌）、宮殿も—宮も（歌）、候へ—候へ共（群）、其分—其他（歌）、

【口語訳】正中年間、中西弾正親王が押小路故殿の吉田の邸にて、和歌御会を催された時、富小路と中御門の二人が参会された。御歌（の披講）も終わり、酒宴の杯を交わしながらの雑談の時、中御門は申された。「歌のよさを知るものはいない。宗匠（為藤）などは申すまでもないが、その他は小倉中納言入道（公雄）などが知られるようだ」と云々。その後、富小路が急に座をたたれた後に、この大納言（中御門）が歌詠みとして残っていたが、よい歌を全く知らなかったのだろう。親王も決してお知りでなかっただろう。乗性（中納言の法名）ひとり、歌は知っていたが、代わりに頓阿を証人として立てるべきだと申された。

【語釈】**○正中之比**＝第九六代後醍醐天皇の御世（一三一七年～一三三八年）の元号（一三二四年～一三二六年）。**○中西弾正親王**＝邦省親王か。乾元元〈一三〇二〉年生、永和元〈一三七五〉年九月一七日没。号は花町宮。後二条天皇皇子。祖父後宇多院。母は参議三木宗親卿の女。中御門経継に養育され、元亨元〈一三二一〉年大宰帥。後に三品、兵部卿、式部卿、弾正尹。二条派のパトロン的存在で、小倉季雄・実性・丹波忠守・鴨祐夏らから五〇首を召す。勅撰集に続千載集三首、続後拾遺集二首、風雅集三首、新千載集九首などの四九首入集。**○押小路故殿**＝押小路家はもと中原家。

正中頃の人物に、中原師梁（もろやな）がいる。師梁は生年未詳、正中三〈一三二六〉年没。中原師藤の男。権少外記、造酒正、主計助。正中二年官を辞す。従五位下。『保元物語』の作者とする説（『参考保元物語』）がある。○**吉田なる所**＝中御門家邸のあった場所か。○**富小路・中御門**＝第八二節参照。○**勧盃**＝底本の「勧」の右に「ケン」と傍書。○**宗匠**＝「正中之比」から考えると、為世（一二五〇年生、一三三八年没）か為藤（一二七五年生、一三二四年没）であるが、第八三―第八五節の内容から、為藤とする。○**小倉中納言入道**＝小倉公雄。一二四四年頃生、一三二五年以後程なく没（一八節参照）。○**上さま**＝親王。○**乗性**＝中御門経継の法名。○**頓阿**＝一二八九年生、一三七二年没（第八三節参照）。

【考察】 本節の後半に、「頓阿を証人に」という内容が、第八三節につながる。そうすると、「員外ノ後学」（第八三節）は頓阿でよい。「哥のよきをしりたる者ハ候ハず。」とは、和歌の伝統の享受において、憂うべきことであったのであろう。

八五 亡父こそうるハしき

戸部云《ハク》。京極禅門、常《ニ》被レ申《サ》けるハ、亡父こそうるハしき哥よミにてハあれ、某ハ哥作り也。相《ヒ》構《ヘ》て亡父か様ニよまんと思《ヒ》しが、叶ハでやミにき。但《シ》、澄憲と聖覚と風情はなハだかハりたれ共、ともに能説の名誉有《リ》しがごとく、かたハらいたき事なれ共、亡父が哥ノ姿にハかハりながら、愚詠をものづから目たつる人も侍るらし《ト》、被《ルト》レ申《サ》云々。

此《ノ》事、卜部仲資入道も、如《ク》レ此《クノ》 抄《ニ》置《クト》云々。

【参考】 常被申ける―常に申されける（歌）・つねに被申ける（群）、亡父か様ニ―亡父のやう（歌・群）、聖覚と―聖覚とは（歌）、

風情―風情は（群）、をのづから―おのづから（歌）、らし―らしと（歌）・由（群）、被申―被申と（歌）、抄置―抄置と（歌）

【口語訳】戸部（為藤）が云う。京極禅門（定家）が常に申されたことは、亡父（俊成）は立派な歌詠みであるが、それがしは歌作りである。心にかけて亡父（俊成）のように歌を詠もうと思って（詠もうと）するが、難しくてやめてしまった。ただ、澄憲と聖覚とは歌の風情がたいそう変わっていたが、ともに説法者としての名誉があったように、耐え難いことだが、亡父（俊成）の歌の姿に変わりながら、愚詠を自ら（詠んで）注目する人もいるらしい、と申されたと云々。このことは卜部仲資入道も、抄本に書いていると云々。

【語釈】○**京極禅門**＝藤原定家。一一六二年生、一二四一年没（第四節参照）。○**亡父**＝藤原俊成。一一一四年生、一二〇四年没（第四節参照）。「亡父こそうるハしき」とは、第八七節に通じる。○**澄憲**＝大治元〈一一二六〉年生、建仁三〈一二〇三〉年八月六日没。蓮行房と号。安居院法印と称。少納言藤原通憲（信西）の男。母は高階重仲の女。出家して比叡山東塔北谷竹林院に住し、珍仁、珍兼から檀那流の法門を受け、また座主明雲から一心三観の血脈を相承。平治の乱に際し、父通憲の罪に縁座して下野配流。その後許され、権大僧都・法印。門流を安居院流と呼び、聖覚が跡を継いだ。『徒然草』には、明雲座主の相（そう）の逸話（第一四六段）があり、また、時代は下るが、応長の頃（一三一一年～一三一二年）、兼好が東山より安居院辺を歩いていると、「一条室町に鬼あり」の噂があったことを載せる（第五〇段）。『月詣集』『万代集』に出詠。勅撰集に千載集・続拾遺集・風雅集各一首の三首入集。○**聖覚**＝仁安二〈一一六七〉年生、文暦二〈一二三五〉年没。安居院法印と称。澄憲の男。藤原通憲（信西）の孫。洛北安居院に住す。権大僧都。比叡山竹林房静厳より恵心流を、また顕真より檀那流を受ける。宝地房証真の門下。父の跡を継いで安居院流を大成。貴顕の法要に導師として招かれる。天台に属しながら法然房源空の信任を受け、隆寛とともに源空門下の重鎮。著書に『願文記』『源空記』『黒谷源空上人記』など。勅撰集に新勅撰集・続千載集各一首の二首入集。○**卜部仲資入道**＝白川仲資か。生年未詳、貞応元〈一二二二〉年没。名は初め顕順、のち仲資。白川顕広の男。母は右大弁藤原能忠の女。正三位神祇伯。承元元〈一二〇七〉年出家。底本の「卜部」に「ウラへ」と傍書。〇抄＝不明。

【考察】澄憲の和歌を次に示す。

二条院かくれさせ給うて御わざの夜、よみ侍りける　　法印澄憲

つねにみし君がみゆきをけふとへばかへらぬたびときくぞかなしき　（千載・哀傷589）

近衛院かくれ給ひて後、土左内侍さまかへて大原にて経供養しけるに、火舎に煙たちたるをかきたる扇をささげものにして侍りけるに、かきつけてつかはしける

これやさはかさねし袖のうつり香をくゆるおもひのけぶりなるらむ　（風雅・雑下2012）

ここに法印澄憲と近衛院・二条院との関わりをうかがえる。また、その子法印聖覚の歌を示す。

法印聖覚説法し侍りけるに、銀にて蓮の葉をつくりて水精念珠をおきてつかはしける　　前権僧正成賢

極楽のはちすのうへにおく露をわが身の玉とおもはましかば

返し　　法印聖覚

さとり行くこころの玉のひかりにてうき世のやみをてらせとぞ思ふ　（続千載・釈教987）

しばし世をのがれて、大原山いひむろのたになどにすみわたり侍りけるころ、くまの御幸の御経くやうの導師のがれがたきもよほし侍りて、みやこにいで侍りけるに、しぐれのし侍りければ、よかはの木のかげにたちよりてよみ侍りける　　法印聖覚

もろともに山辺をめぐるむらしぐれさてもうき世にふるぞかなしき　（新勅撰・雑二1151）

八六　哥よみと哥作り

又云《ハク》。民部卿入道、被《サ》レ申けるハ、昔こそ哥よみハ有《リ》しが、今ハ皆哥作り也。作るニ取《リ》て、いかにと作るぞと云《フ》にこそ、面々《ノ》所存不レ同《ジカラ》もあれと云々。

【参考】 被申ける—申されける（歌）、いかにと—いかに（歌・群）

【口語訳】 又（戸部が）云う。民部卿入道（為家）が申されるには、昔は歌よみはいたが、今はみな歌作りである。（歌を）作ることにどのような趣向で詠もうかということばかりに（夢中になり）、それぞれの思いが（歌を深く愛するという点で）同じでないと云々。

【語釈】 **○民部卿入道**＝藤原為家。一一九八年生、一二七五年没（第一節参照）。**○哥作り**＝技巧や趣向をこらし、心の浅い歌詠みの意。

【考察】 「歌よみ」か「歌作り」かは詠歌態度論に通じるところである。もちろん、ここでは「歌よみ」を肯定し、「歌作り」を否定している。定家・為家の歌論から、「歌よみ」「歌作り」に類する記述を抜き出しておく。

・この頃の後学末生、まことに歌とのみ思ひて、そのさま知らぬにや侍らむ。ただ聞きにくきをこととして、易かるべきことを違へ離れたることを続けて、似ぬ歌をまねぶと思へるともがらあまねくなりて侍るにや。
（藤原定家著『近代秀歌』）

・歌にはまづ心をよく澄ますは一つの習ひにて侍るなり。わが心に日ごろおもしろしと思ひ得たらむ詩にてもまた歌にても心を置きて、それを力にてよむべし。
（同右『毎月抄』）

・和歌を詠むことかならず才学によらず、ただ心よりおこれることと申したれど、稽古なくては上手の覚えとりがたし。をのづから秀逸をよみ出したれど、後に比興のことなどしつれば、さきの高名もけがれて、いかなる人にあつらへたりけるやらむと誹謗せらるる也。さ様になりぬれば、物うくて歌を捨つることもあり。これすなはち此道の荒廃なるべし。されぱあるべきすぢをよくよく心得いれて、歌ごとに思う所をよむべきなり。
（藤原為家著『詠歌一躰』、冷泉家時雨亭文庫蔵による。所により表記を私に改めた。）

八七　被進慈鎮和尚消息

又云《ハク》。京極中納言入道殿、被《ルル》レ進《ぜ》ニ慈鎮和尚《ニ》一消息《ニ》云《ハク》。「御詠《ノ》亡父哥《ノ》などこそ、うるハしき哥よみの哥にてハ候へ。定家などハ、智恵の力を以《ツ》てつくる哥作也。天下ニ哥を作る者ハ、皆以門弟也《ト》」云々。

【参考】 入道殿―入道（群）、亡父哥―又は亡父歌（歌）・又は亡父（群）、以て―もて（歌・群）、門弟也―門弟也と（群）

【口語訳】 また（戸部が）云う。京極中納言入道殿（定家）は慈鎮和尚（慈円）に送られた消息に云う。「御詠の中、亡父（俊成）の歌などは気高いまでの美しさのある歌よみの歌だが、私（定家）などは、智恵のかぎりを使って作る歌作りだ。天下に歌を作る（と名のる）者は、みなその（定家の）門弟だ」と云々。

【語釈】 **○京極中納言入道殿**＝藤原定家。一一六二年生、一二四一年没（第四節参照）。**○慈鎮和尚**＝慈円。一一五五年生、一二二五年没（第九節参照）。

【考察】 天理本の後半部分には、藤原定家の歌伝が直接記されることが多い。第八五節、第八七節、第九四節、第九六節、第九九節、第一〇二節、第一〇三節などがそれである。とりわけ為藤伝の中に定家回帰の傾向があることは明白である。

八八　哥の本

故民部卿、後宇多院ニ参ぜられて、哥の風躰の事など、御所よりも被《ル》レ仰《セ》。戸部も被レ申《サ》けるニ、「哥ハ別《ニ》子細候ハず。うづまさ法師が妻ノ、世にありわびて、年の暮ニ、

身のうさをおもひしとけバ冬のよもとゞこほらぬハ涙成《リ》けり

とは、いの手習にして候《フ》。是が哥の本ニて候《フ》」由被レ申《サ》けるを、後まで叡感有《リ》ける由、近習ノ人《ニ》両人語り侍《リ》し也。指たる哥よみニあらね共、□（感）ノ至極しぬれバ、詞のえんもしぜんニ由出《デ》来て、誠目《ニ》出哥《タキ》也。

【参考】 参ぜられ―参らせられ（群）、被仰―被仰出（歌・群）、被申ける―申されける（群）、別子細―別の子細（歌・群）、うづまさ―うづまさの（群）、是―これ（歌・群）、被申ける―申されける（歌・群）、指たる―さしたる（歌・群）、えん―縁（歌）、しぜんニ―自然に（歌・群）、由出来て―よりきたりて（歌）・ゆり来て（群）、誠目出哥―まことにめでたき歌と成（歌・群）

【口語訳】 故民部卿（為世）は後宇多院のもとに参上なさり、歌の風躰の事など、御所からも仰せられた。戸部（為藤）も申されるには、「歌はこれといって子細があるのではない。うづまさ法師の妻がこの世のつらさを嘆いて、年の暮に、

（わが身のつらさを耐え忍んできたが、それでも冬の夜もとまらないのは涙であったよ）

というのは初心者の手習いだ。これを歌の手本としよう」と申されたのを、（この歌を）後まで（院が）御覧になったと、近習の人に両人が語ったという。それほどの歌よみではないが、感動の極まりがあったので、（歌の）詞のあでやかさも自然にできて、ほんとうにすばらしい歌である。

【語釈】 **○故民部卿**＝藤原為世。一二五〇年生、一三三八年没（第一節参照）。徳治元〈一三〇六〉年民部卿。**○後宇多院**＝第九一代天皇（第八三節参照）。弘安一〇〈一二八七〉年に譲位されると、後二条及び後醍醐天皇治世下で院政。

徳治二〈一三〇七〉年に出家。**○御所**＝後宇多院御所。**○戸部**＝二条為藤。一二七五年生、一三二四年没（第二節参照）。**○うづまさ法師が妻**＝伝未詳。**○「身のうさをおもひし」の歌**＝金葉集三奏本（雑上574）の詠人不知（うづまさ法師が妻）の一首。**○いの手習**＝初歩の修業の意。**○詞のえん**＝「艶」は歌論用語。詞から表出されるほのかなあでやかさの意。「心姿いとめづらしく艶」（俊成、「広田社歌合」三番右歌の判詞）・「いみじく艶に聞ゆ」（俊成、「御裳濯河歌合」二二番右歌の判詞）・「面影ありて艶」（定家、「宮河歌合」二二番左歌の判詞）など。ただし、歌学大系には「縁」としている。

【考察】後宇多院の院宣による、二条為世撰による二度の勅撰集撰進（新後撰集・続千載集）には、為世の編纂意図も違っていた。「新後撰と同じ撰者の事なれば、多くはかの集にかはらざるべし」（『増鏡』）と酷評された続千載集巻十の巻頭には、後宇多院の釈教歌が三首並ぶ。これは俊成の「法華経方便品、其智恵門、難レ解難レ入のこころを　いりがたくさとりがたしときく門をひらくは花の御法なりけり」（新後撰・釈教608）を巻頭に据えたときにはなかった、院への忠心の現れである。その三首を次に示す。

菩提心論、日日漸加至十五日円満無碍の心をよませ給うける　法皇御製
日にそへて影はかはれど大空の月はひとつぞすみまさりける
三摩地現前
月のためなにをいとはん雲霧もさはらぬ影はいつもさやけし
十住心論の開内庫授宝
さとりいる十の心のひらけてぞおもひのままによはすくひける
（続千載・釈教925〜927）

また、北山准后（西園寺実氏室の四条貞子、大宮院・東二条院の母）の九十賀で開催された、和歌御会を記した『とはずがたり』巻三には、二条為世（右兵衛督）とその男為道、九条隆博（侍従三位、第四五節・第七七節参照）の詠歌の披露

の様子がうかがえる。

六位殿上人、文台・円座をおく。下臈より懐紙をおく。為道縫腋の袍に革緒の太刀、壺なり。弓に懐紙をとり具して、のぼりて文台におく。残りの殿上人のをばとり集めて、信輔文台におく。為道より先に春宮権大進顕家、春宮の御円座を文台の東に敷きて、披講のほど御座ありし、古きためしも今めかしくぞ人々申し侍りし。公卿、関白・左右大臣・儀同三司・兵部卿・前藤大納言（注—二条為氏）・花山院大納言・右大将・土御門大納言・春宮大夫・大炊御門の大納言・徳大寺大納言・前藤中納言・三条中納言・花山院中納言・左衛門督・四条宰相・右兵衛督・九条侍従三位とぞ聞えし。

八九　冷泉亜相譲与其状

□（故）宗匠被《レテ》レ仰《セ》云《ハク》。続古今ニ被《レ》レ加《ヘ》二撰者《ヲ》一て後ハ、入道戸部物うくおもハれて、□（撰）哥《ノ》事、冷泉亜相《ニ》于レ時侍従中納言譲与《ス》。其状《ニ》云《ハク》。「勅撰《ノ》事、一向可《シ》レ被《ル》二沙□（汰）《セ》一。不《ル》レ可《カラ》レ證《ス》二堪能《ヲ》一事候《フ》也《ト》云々。其時《ノ》向後、勅撰可《キ》レ被《ル》レ入《レハ》者、兼長朝臣《ノ》□（子）孫光行、余流祝部《ノ》者共《ト》云々。殊《ニ》被《ルル》レ譲二与《セ》門弟《ニ》一也《ト》」。

【参考】 被仰—被語（歌・群）、被加撰者—撰者くはへられ（群）、不可證—不可語（歌）・不可誇（群）、殊—余（歌）・殊に（群）

【口語訳】 故宗匠（為世）が仰せられて云う。続古今集に撰者を加えられて後に、入道戸部（為家）は物憂く思われて、撰歌のことは冷泉亜相（為氏）に譲与した。その書状に云う。「勅撰集（撰入）の事はまったく（院の御）沙汰によるべきだ。堪能の事を（誇らしげに）証すことはあってはならないと云々。それ以後、勅撰集に撰入すべきということで、兼長朝臣の子孫の源光行、庶流の祝部など（が加わった）と云々。（これらは）とりわけ譲与を受けた門弟である」と。

【語釈】○故宗匠＝二条為世。一二五〇年生、一三三八年没（第一節参照）。○続古今＝第一一番目の勅撰集。後嵯峨院の院宣により、当初は為家の単独撰者であったが、三年後の弘長二〈一二六二〉年九月、真観・基家・家良・行家の四人が加わった（第一節参照）。○入道戸部＝藤原為家。一一九八年生、一二七五年没。為家は建長二〈一二五〇〉年九月一六日兼民部卿（「戸部」は民部省の唐名）。康元元〈一二五六〉年二月二九日出家（法名融覚、五九歳）。○冷泉亜相＝二条為氏。一二二二年生、一二八六年没（第一七節参照）。○兼長朝臣＝源兼長。本名重成。生没年未詳。天喜五〈一〇五七〉生存。右馬権頭道成の男。母は参議平親信の女。正五位下。右兵衛佐、備前守・讃岐守。「弘徽殿女御生子歌合」「内裏歌合」に出詠。能因法師に送った歌（後拾遺・賀483）。和歌六人党の一人。勅撰集に後拾遺集五首のみ。○光行＝源光行。長寛元〈一一六三〉年生、寛元二〈一二四四〉年二月一七日没。正五位下豊前守光季の男。元暦元〈一一八四〉年関東下向。承元元〈一二〇七〉年以降、後鳥羽院に仕えた。晩年には鎌倉に居住。「日吉社五首歌合」「為家卿家百首」に出詠。子息親光とによる河内本源氏を整定。源氏物語注釈書に『水原抄』。勅撰集に千載集三首、新古今集一首、新勅撰集三首、続後撰集・続古今集・続拾遺集・新後撰集・玉葉集・続後拾遺集各一首など一九首入集。○祝部＝底本に「ハフリヘ」と傍書。平安時代以降、日吉社の禰宜として代々相承した家系。歌人としても著名な人物としては、まず、成遠の末孫で、その玄孫にあたる成仲―允仲（まさなか）―成茂―成賢―成良―成久―成国―成光の系統。成茂は第二三節に記載。允仲女は後鳥羽院下野。次に、希遠の系統（樹下家）で、行氏―行親。行氏は第二一節に記載。

【考察】祝部氏の歌人で勅撰集入集を調査すると、成遠の家系の成仲は詞花集初出（一首）で千載集七首、新古今集五首などの三一首入集。允仲は新古今集初出（一首）で四首入集。成茂は新古今集初出（一首）で新勅撰集五首、続後撰集八首などの四四首入集。成賢は続後撰集初出（一首）で一五首入集。成良は続拾遺集初出（二首）で六首入集。

成久は新後撰集初出（三首）で一七首入集。成国は風雅集初出（三首）で一五首入集。成光は新千載集初出（一首）で一一首入集など。希遠の家系の行氏は続拾遺集初出（三首）で新後撰集一首、続千載集三首などの一二首入集。行親は続千載集初出（一首）で八首入集。

九〇　雀文車

□（又）云《ハク》。民部卿入道、出行之時、弁入道家前を被《ル》レ通《ラ》ニ、雀《ノ》文車立《チ》タリ。以《ツテ》二下部《ヲ》一「誰人《ガ》哉《ト》」被《レ》レ尋《ネ》之処ニ、日向守殿《ノ》御車《ト》云々。兼氏朝臣也。以《ツテ》二下《シ》一腹立《ヲ》一、帰後直《チ》ニ入《リ》二和哥所一、兼氏朝臣《ノ》哥三首書入たるを、悉《ク》被《ルト》二切出《サ》一云々。

【参考】 被通ニ—被通（歌）、誰人哉—誰人の御車候哉（歌・群）、被尋—被尋候（群）、御車云々—御車と云々（群）、以下—以之外（歌）・以外（群）、帰後—被帰之後（歌）・被帰後（群）、書入たる—被書入たる（歌・群）

【口語訳】 又（故宗匠が）云う。民部卿入道（為家）が出行の折、弁入道の家の前を通られたとき、雀文の牛車が停っていた。下人をもって、「これは誰のものか」と尋ねられると、日向守殿（兼氏朝臣）の御車だということ云々。（民部卿は）腹立たれて、帰邸後すぐに和歌所に入られ、兼氏朝臣の歌三首書き入れていたのを、すべて切り出されたと云々。

【語釈】 **〇弁入道**＝真観（葉室光俊）。一二〇三年生、一二七六年没（第一節参照）。**〇雀文車**＝雀模様の飾りを付けた豪奢な牛車。**〇日向守殿**＝源兼氏。生年未詳、一二七八年一二月二七日以前に没（第七六節）。**〇和哥所**＝宮中の和歌事業を司る役所。天暦五〈九五一〉年後撰集撰進の際の梨壺（昭陽舎）を臨時の和歌所としたのを始めとし、建仁元〈一二〇一〉年新古今集撰進の際に正式に復興された。**〇切出**＝勅撰集編纂（撰歌・部類）の時、入集歌を削除（「切出」）または増補（「切入」）することを「切継」という。

【考察】 為家が源兼氏の歌を切り出されたのがどの集かは特定できないが、為家が単独撰者を務めた続後撰集が建長三〈一二五一〉年一〇月二七日（一説に一二月二五日とも）奏覧であるから、この勅撰集の可能性がある（ちなみに兼氏の初出は続古今集であり、続後撰集には入集していない）。兼氏については、第七六節で二条為藤が「稽古も読口もあひかねたる」として評価しているから、ここでの切り出し事件は為家の気性として捉えるべきであろう。

九一 長舜と順教

□（長）舜と順教とハ、遁世して、勧修寺奥松陰別所行《ニキ》て栖《ミ》けり。長舜ハ出《デ》て、聖道ニ成《リ》て、青蓮院辺《ニ》経迴ス。舜恵ハ関東ニ下《リ》て、我《ガ》本道□（の）陰陽師をたてゝ奉公《ス》。各立身《スト》云々。長舜、初ハ遁世躰にて、関東《ニ》□（下）向《シ》、号《ス》観恵と。大御堂辺《ニ》時々出現《ス》。所々哥合《スト》交衆《ト》。あまりに哥平□（懐）之間、平懐なる哥をバ、関東ニハ観公といひけり。

【参考】 経迴ス—経曲（群）、舜恵ハ—順教舜恵は（歌・群）、躰—體（歌・群）、号観恵と—号観恵（群）、哥合—歌会（歌・群）、之間—なり（歌）、関東ニハ—関東にては（歌・群）

【口語訳】 長舜と順教とは、出家遁世した後、勧修寺の奥松陰の別所に行って栖とした。長舜は出世して聖道となり、青蓮院の辺りを徘徊した。舜恵は関東に下り、わが家の陰陽師をたてて、奉公し出世したと云々。長舜は当初より遁世の思いが強く、関東に下り、観恵と名乗ったという。大御堂辺りに時々出現して（歌を詠んでいたが）、多くの人々と歌合わせをした。あまりに平懐な詠みぶりなため、平懐な歌を（見ると）、（これは）関東では観公と言ったという。

【語釈】 ○**長舜**＝生没年未詳。日向守源兼氏の男。観恵と号。正中二〈一三二五〉年頃没（第七六節参照）。○**順教**＝伝未詳。○**勧修寺**＝真言寺。京都市山科区勧修寺。昌泰三〈九〇〇〉年、承俊律師を行事となし寺領年に八幡宮神田を

寄せらる。延喜三〈九〇三〉年済高僧都を別当に補す。寛胤法親王（後伏見天皇皇子）は第一五世を継ぎ、以来皇族を以て相承。足利尊氏は更に教書を下し、頼成・惟成の二卿は八幡宮の領田を寄せられ、盛大を極めた。**〇青蓮院**＝天台寺。京都市下京区粟田口町。伝教大師の草創にして、行玄大僧正を中興とする。**〇経迴**＝底本に「ケイクワイ」と傍書。**〇舜恵**＝正和三〈一三一四〉年生、永徳二〈一三八二〉年二月九日没。一五歳の時、園城寺で出家し、倶舎・天台・真言を学び、円珍の『授決集』を学ぶ。自ら聴聞した法を記して、『法界記』と名付け、後学の徒の指針とした。勝山房に住し、探題を務めた。

【考察】 長舜には、為世・為藤との交流を示した和歌が残っている。

前大納言為世よませ侍りし歌に、故郷月をよみ侍りける
あれにけりわが古郷のかげのいほみしよのままに月はすめども　（続千載・秋下503）

前大納言為世賀茂社にて三首歌合し侍りし時、尋花と云ふ事を
にほはずははなのところも白雲のかさなる山も猶やまよはん　（同右・雑上1669）

民部卿為藤よませ侍りける十首歌に
まねくとはよそにみれども花薄われかといひてとふ人ぞなき　（新後拾遺・秋上309）

また、頓阿との交流も次のように確認できる。

法印長舜すすめ侍りし賀茂社六首に
白雲にまがふとならば山桜たえずたなびく色にさかなん　（草庵集・春下138）

法印長舜すすめ侍りし日吉社六首、秋
すみはてぬよかはの水に秋をへてみしよの月や猶やどるらん　（同右・秋下548）

法印長舜すすめ侍りし日吉社六首

立出でて山のしら雲そのままにまたもかへらであとはたえにき　（同右・冬809）

九二　俊言宰相雲客之時

□（戸）部云《ハク》。京極大納言入道、俊言宰相雲客之時、吹挙して、令《ム》レ勧二仕《セ》□（講）師《ニ》一而《シテ》左大臣と読《ムヲ》、「ひだりのおほいまうち君」とよむ事を不レ知《ラ》。亜相も不レ教《エ》、不《ル》レ被《レ》レ存《ゼ》歟。比興《ト》云々。

【参考】 読―読む（歌・群）、ひだり―ひだむ（群）、不知―しらず（群）、比興―比興と（群）

【口語訳】 戸部（為藤）が云う。京極大納言入道（為世）は俊言宰相が内裏（清涼殿の殿上の間）におられた時、（俊言を）推挙して講師に勤めさせたが、左大臣と読むところを、「ひだりのおほいまうち君」と読むことを知らなかった。亜相（為氏）も教えなかったし、ご存じでなかった。おもしろいことであると云々。

【語釈】 **○京極大納言入道**＝二条為世か。御子左家及び二条家では、定家の権中納言どまりであったが、為家・為氏・為世は権大納言まで昇進し、為藤以後、再び権中納言どまりであった。一二五〇年生、一三三八年没（第一節参照）。**○俊言宰相**＝生年未詳、正中二〈一三二五〉年一〇月没（「常楽記」）。底本に「トシトキ」と傍書。為世の末弟、左馬頭二条為言の男。文保元〈一三一七〉年出家。従三位参議。大覚寺統の二条家出身でありながら、持明院統廷臣で、京極為兼の庇護を受け、弟為基とともに京極派の歌人。伏見院・後伏見院仙洞での歌会や為兼関係の和歌行事に参加。勅撰集に玉葉集四首、風雅集三首の七首入集。**○亜相**＝京極大納言入道の父の二条為氏か。

【考察】『御子左家系図』（続群書類従所収）によると、長家を祖とする御子左家及びその後裔の二条家・冷泉家・京極家の極官を見てみると、権大納言または権中納言である。皇太后宮大夫正三位の俊成を父とする成家及び定家は、それぞれ兵部卿正三位、民部卿権中納言正二位であった。定家の民部卿職はその男為家に継がれ、その後二代経て、二条為世男の為藤、同為道の男為定、為藤男の為明に継がれる。これ以後、冷泉為秀男の為邦・為尹に継がれ、一代経て、為之男の為富—為広—為和—為益と継がれて途絶えている。一方、二条家の為氏には「歌鞠宗匠」とされ、以後、為世—為藤—為明・為忠、為道男の為定—為遠へと継承される。また、冷泉家の為相に「歌鞠宗匠家督」、以後為秀男の為邦とされ、京極家の為教には「歌鞠道」とされていて、歌道にとどまらず、蹴鞠道でも三家そろい踏みであることが理会される。

九三　有声人

私云《ハク》。近日内々会《ノ》、某《ノ》講師可《キ》レ勧《ス》などいへば、「彼ハ有声人《ノ》也。講誦に可《シ》レ宜《アル》。別の人を」など云《フ》。或ハ講誦ニすゝまんとても、声を損じてなど云《ヒ》て、礼讃懺法などの調声など、せんずる様ニいひあひたる、返々片腹痛《キ》事也。日比更ニ不二聞《クニ》及《バ》一、無下ニ此《ノ》間事也。

【参考】損じて—損（群）、云て—いひて（歌・群）、調声—誦声（歌・群）、様ニ—ほどに（群）、痛—いたき（歌・群）、日比—日比は（歌・群）

【口語訳】私に云う。近日の内々の会で某の講師を勧めてほしいといわれて、「彼は声の良い人だ。講誦者に適当であって、（講師には）他の人を捜したがよい」などと云う。また、講誦者に勧めようとしても、声を損なっているから（と言ってことわり）などいって、礼讃懺法などの調声などを品定めするように言い合うことは、たいそうみっともないことである。数日来さらに聞くこともなく、全くこの間のことのようである。

【語釈】○**有声人**＝読経などを唱える美声の者。○**講誦**＝底本に「カウシヨウ」と傍書。○**礼讃懺法**＝仏を礼拝しその功徳をほめたたえる経を誦して、罪障を懺悔する法要。

【考察】 有声人の逸話が『平家物語』巻第一「祇王」の一節に見られる。清盛入道の御前にめされ、「いかでか声をも聞かであるべき。今様一つうたへかし」と要望された仏御前（白拍子）が三返繰り返し唄った歌、

君をはじめて見るをりは千代も経ぬべし姫小松
おまへの池なる亀岡に鶴こそむれゐてあそぶめれ

により、「みな耳目をおどろかす」とされる。入道も舞のみならず声に驚いた様子であったという。仏御前は、かみすがたよりはじめて、みめかたちうつくしく、声よく節も上手でありければ、なじかは舞も損ずべき。心も及ばず舞ひすましたりければ、入道相国舞にめで給ひて、仏に心を移されけり。

九四　読畢急可起故実

内々如《ク》㆑続（ママ）《ム》㆑哥《ヲ》講師《トシテ》　勧号《セラル》者《ハ》、哥を読《ミ》はてもあへず、座を起《チ》て、面々したる心ちニ思へり。此《ノ》事、京極中納言入道殿被㆑書《カ》たる物にも、読《ミ》畢《リテ》急《デ》可《キ》㆑起《ツ》、故実也。御製を別講師《ニ》可《キ》㆑読《ム》故也《ト》云々。御製もなき下様、内々会ニ、事有《リ》かほニ急起《ギチ》、知《リ》㆑一《ヲ》不《ラ》㆑知《ヲ》㆑二と云《フ》ハ、かゝる事にや。哥を読《ミ》畢《ル》上ハ、やがて可《キ》㆑立《ツ》之条ハ無㆓子細㆒けれ共、物しりかほニあハて立《ツ》。毎度おかしくミゆる事也。読《ム》音などのうと〳〵しきもよろしからず。

【参考】 勧号―勧る（歌・群）、あへず―敢ず（群）、入道殿―入道（歌・群）、被書たる物―被書物（歌・群）、内々会―内会（群）、やがて―やがてに（群）、無子細けれ共―子細なけれども（歌・群）、あハて―あわて（歌）、おかしく―をかしく（歌）、読音―読声（歌・群）、うと〳〵しき―こと〳〵敷（歌・群）、よろしからず―不宜なり（歌・群）

【口語訳】 内々に歌を読むように講師として勧められる者は、歌を読み終える前に、座を立って、対面した心境にな

るように思う。このことにつき、京極中納言入道（定家）の書かれた書にも、読み終わり急ぎ立つべき故実としてある。御製（歌）を別に講師が読むのもこのためだと云々。御製（歌）もない身分の低い者のあつまりの内々の会に、物知り顔に急ぎ立ち、一を知り二を知らないというのは、このことであろうか。歌を詠み終わったうえは、すぐに立つべき条は子細も無いけれども、物知り顔にあわてて立つ（ことは）、いつものこととはいえ、おかしく見えることである。しかし、読む声などがよそよそしいのもよくないことである。

【語釈】○講師＝「かうじ」。歌合などで、詩歌を読み上げる役の者。一方、「読師（とくし）」は懐紙又は短冊を整理して上下に定め、読み上げる順に従って、講師に渡す役の者。**○起**＝底本に「タツ」と傍書。**○京極中納言入道殿被書たる物**＝藤原定家の書いた書（『明月記』か）。**○うとうとし**＝よそよそしい。疎遠。

【考察】「御製を別講師可読」の故実を、風雅集撰進の貞和二〈一三四六〉年二月二六日に開催された「仙洞詩歌御会」での和歌披講の様子から見てみる。洞院公賢著『園太暦』には、次のように記される。

先奉行人宗光朝臣持二参殿上人並関白詩一、置二文台一、次公卿下﨟置レ詩、先読師実守卿依レ召着二円座一、次講師文章博士高嗣朝臣着二円座一、先之召二下読師一、右少弁仲房遅参之間、只次第取二伝一枚ツヽ一還レ之云々、講頌長員・家倫・在淳・在成等卿、宗重・有範等朝臣云々、御製講師長員卿、読師前関白云々、御製講頌、了二講師懐中一云々、事了人々退去、…次歌人加着、…一会儀大略如レ詩歟、公卿置レ歌、殿上人並関白・冷泉大納言俊冬等也、読師竹林院大納言、講師俊冬、講頌二条前中納言・九条三位為明・為継等朝臣云々、御製読師前関白、講師春宮大夫依レ召参、

これによると、御製の場合には、漢詩の講師は高嗣朝臣から長員卿へ、和歌の講師は俊冬から春宮大夫（洞院実夏）へと、召しにより変更されている事実が確認される。

九五　晴哥ハ人にもみせあハす

晴哥《ノ》ハ、人にもみせあハせ、又我《ガ》晴に出《ダ》したる哥にも可《キ》レ校《ス》也。一条法印、嘉元御百首、

道のべにしづが門松になひ取《リ》ていそぐニ見ゆる年の暮哉

と云《フ》哥、文保御百首又此《ノ》哥あり。さしもかやうの事、執せられたりし人の老後失錯也。又門弟などに、あまたミせあハせられぬ故也。

【参考】 御百首―御百首に（歌・群）、しづが―賤が（歌・群）、になひ取て―荷もて（歌・群）、いそぐニ―いそぐと（歌・群）、御百首―御百首に（歌・群）、あハせられぬ―られぬ（群）

【口語訳】 晴の歌は（披講前に）人に見合わせ、又晴に提出した自歌にも校正をするべきである。一条法印（定為）は、「嘉元仙洞御百首」の際、

（道ばたに身分の卑しい者が門松を背負っているよ、年越しを急ぐように見える年の暮だことよ）

という歌が、「文保御百首」にも収められた。ほんとうにこのようなことは、（歌の）道に通じた人には、老後の失錯である。又門弟などにも、多く見せ合わせられないためである。

【語釈】 〇**一条法印**＝藤原定為。生年未詳、嘉暦二〈一三二七〉年以前に没（第三節参照）。〇**「道のべにしづが門松」の歌**＝一条法印（定為）の一首（出典未詳）。現存の「嘉元御百首」「文保御百首」には見えない。〇**嘉元御百首**＝嘉元仙洞御百首。後宇多院が正安四〈一三〇二〉年に下命召集の新後撰集の撰定のための百首。春二〇首、夏一〇首、秋二〇首、冬一〇首、恋二〇首、雑二〇首。亀山院・後宇多院・鷹司基忠・実兼・空性・九条師教・鷹司冬平・一条内実・三条実重・為世・定為・覚助親王などの二七名（書陵部本）の百首を所収。〇**文保御百首**＝後宇多院が文保二〈一三一八〉年に下命召集の続千載集の撰定のための百首。実際には文保三年春から翌元応二年夏にかけての詠進。

春二〇首、夏一〇首、秋二〇首、冬一〇首、恋二〇首、雑二〇首。後宇多院・忠房・冬平・道平・実兼・内経・実重・空性・実泰・有房・為世・為教などの三四名（書陵部本）の百首を所収。

【考察】 歌会などでの披講以前の、歌の見合わせについては、定家の失態を教訓として、「歌ハ人にも見合、可レ去二禁忌一也」（第七節）と述べたことに通じる。とりわけ、本節の二つの百首がともに後宇多院の命が二条為世に下された点で、なぜか同じ歌が交じったという珍事でもある。

九六　めづらしき本哥名所

□（め）づらしき本哥名所《ノ》、常にもなき五文字など、同事を不レ可《カラ》レ詠《ム》。『拾遺愚□（草）』ニ、此句《ノ》又出来《デ》などつけられたる後、皆をいましめんため也。近き程ニ、□（人）の詠《ミ》たる本哥なども、耳ニたつハ不レ可《カラズ》レ詠《ム》。此事《ノ》近日一人詠ずれバ、聽□《テ》（人）ごとによみあひて侍る、うたてき事也。

【参考】 又出来―出来（群）、皆―日比（歌）・昆（群）、近き程―近ほど（歌）、聽―やがて（歌・群）、侍る―侍（歌）・侍り（群）

【口語訳】 珍しい本歌（に詠まれた）名所で、あまり使わない五文字などは、同じことを詠んではならない。（定家の）『拾遺愚草』に、この句は一度詠まれたと付されたのは、後の人がみな（詠まないように）戒めようとしたためである。最近の例に、人が詠んだ本歌などでも、耳にたつものは詠んではならない。このことは近日一人が詠じると、さらに他人もまねて詠み合うなど、見苦しきことである。

【語釈】 ○**本哥**＝古歌の世界を背景にし、表現の重層化をはかる表現手法。歌論としてはすでに公任著の『新撰髄脳』に、「一ふしにてもめづらしき詞を詠み出でむ」として、「古歌を本文にして詠める」論として見いだせる。さらに、定家著の『近代秀歌』になると、「余情」をさらに追求した「妖艶」の表現世界を構築する（古歌の世界に物語世界を重ねる）論へと展開した。定家の「本歌取り」の基準は、本歌の最大二句と三、四字までとし、同心同題を避ける、などである。**○拾遺愚草**＝藤原定家の家集。建保四〈一二一六〉年に上中下三巻が成立し、その後天福元〈一二三三〉年の出家前まで増補。「拾遺」は侍従の唐名。『拾遺愚草員外』一巻は正編成立後に、嘉禎三〈一二三七〉年から堀河院題百首までを加えたもの。本家集の注釈書に、東常縁『拾遺愚草抄出聞書』、三条西実隆『拾遺愚草抄出聞書』などがある。**○後皆**＝底本に「コウコン」と傍書。**○軈**＝底本に「アマツサヘ」と傍書。ほどなく。とりもなおさず。

【考察】歌論史上の本歌取り論の展開は、藤原定家著『毎月抄』に始まる。

本歌取り侍るやうは、さき（注—『詠歌大概』）にも記し申し候ひし花の歌をやがて花によみ、月の歌をやがて月にてよむ事は、達者のわざなるべし。春の歌をば秋・冬などによみかへ、恋の歌をば雑や季の歌などにて、しかもその歌を取れるよと聞ゆるやうによみなすべきにて候。本歌の詞をあまりに多く取る事はあるまじきにて候。そのやうは、詮とおぼゆる詞二つばかりにて、今の歌の上下句にわかち置くべきにや。…また、あまりにかすかに取りてその歌にてよめるよとも見えざらむ、何の詮か侍るべきなれば、宜しくこれらは心得てとるべきこそ。

定家の本歌取りの基本は、二つあり、一つが本歌の季題を変えて詠むことであり、もう一つが「詞二つ」、これは句二つのこと（藤平春男説）であり、その後の例示（省略）をみると、一二音までとることができるとする。

九七　哥などの案を別物ニ書

□（哥）会《ノ》時、続哥（ママ）などの案を別物ニ書《キ》て人ニみえ、又詠草を後のため□（と）おぼしくて、かきうつして懐中などする事、ふるき堪能の人々更ニせられざりし事也。近日はやりたる事也。剰《エ》短冊分取《リ》て後、料紙□（一）校づヽ人別ニひく所もあり。返々見苦《シキ》事也。我哥《ガ》をいしき物がほニ□（書《キ》）付《ケ》てもちたる、おかしくみゆ。当座《ノ》哥をさのミ人に見せあハせ、人に□（な）をさせなどする事不レ可《カラ》レ然《ル》。近日ハ頭さしつどへて、評定する躰也。見苦《シキ》事也。

【参考】みえ—見せ（群）、いしき—いみじき（歌・群）、一校—一枚（歌・群）、見苦—見苦しき（群）、おかしく—をかしく（歌）、当座哥—当座のうた（歌）、なを—なほ（歌）、不可然—然べからず（歌）、頭—かしら（歌・群）、躰也—ていなど（歌）、見苦—見ぐるしき（歌）

【口語訳】歌会の時、詠歌などの案を別の物に書いて人に見せたり、又詠草を後のためと思って、書き写し懐中に納めるなどのことは、昔の堪能の人々は決してしなかったことである。（しかし）近来はよく見かけることである。そのうえに短冊を分別した後、料紙を一枚づつ一人一人に用意するところもある。やはりどうも見苦しいことである。わが歌でも大事そうに書き付けて持っている姿は、おかしく見える。当座の歌をむやみに人に見合わせ、人に直させるなどすることはしてはいけない。近来は大勢寄り集まって決定するようである。（やはり）見苦しいことである。

【語釈】○詠草＝懐紙や短冊に書いて歌会などに提出した和歌に対して、詠者の手控として書き留めた和歌。又は提出和歌の下書き。近世初期に竪詠草、横詠草、綴詠草の様式が定まった。○剰＝「アマツサえ」。そのうえ。○短冊＝詠歌料紙の一つ。細長い紙片。近世初期にその書式（竪三五糎幅六糎、上より題・和歌二行書き・名乗の四等分）が定まった。○いし＝「美し」。すぐれている。おいしい。上手である。○さし＝「さす」（他サ四）。事物をさし出す。手をさし上げる。物を前方にさし出す。

【考察】百首歌披講での自筆短冊持参の故実を、九四節と同じく『園太暦』貞和二〈一三四六〉年閏九月六日条から引いてみる。当日兼好法師が訪ねて来て、「御百首来十日披講必定云々、就レ其兼日可レ付二奉行人一歟、将又可二持参一歟」と尋ねられ、前日為定（戸部）卿と示談したことを記す書状に、定家・為氏の教えを次のように引用する。

就レ中正治・建仁等定家卿記披見候了、後京極御百首調様被二相訪一候ける、注進之次第委細載レ之候、我百首をハ何とも不レ書、只持参と書候、弘安為氏卿も只持参と許書て、調様不レ載候、如何にも唯持参、不レ可レ有レ難歟之由存之旨申し候き

兼好の「前日に奉行人に付すべきか、あるいは（自ら）持参すべきか」の問いに対して、定家は正治・建仁の両百首（現存の両百首歌は、『壬二集』がある）につき、また為氏は弘安百首（続拾遺集の撰集資料）につき、その記録にただ「持参」としか記していないことを紹介している。

九八　勅撰ハ或可然高位人を

□□（一条）法印云《ハク》。勅撰ハ或《ハ》可《キ》レ然《ル》高位《ノ》人を賞し、譜代《ノ》輩をさきだて□（ら）るゝ間、哥《ノ》読口数寄稽古などハ次ニ成《リ》て、道《ノ》賢愚あらハれがた□□（し。打）聞を撰《ビ》て、哥《ノ》善悪ニよりて可《キ》二用捨《ス》一之由、年来思《ヒ》企《テ》侍《リ》しかども、□（打）聞も人の恨ハ同事なるべき程に、終に不《ト》二思立《タ》一云々。

【参考】 或―ナシ（群）、高位人―高位の人（歌）、哥善悪―歌の善悪（歌）

【口語訳】 一条法印（定為）が云う。勅撰集ではあるときはさる高位の人を賞賛し、一族の輩を優先して（入集させるため）、歌の読み口や数寄のほど、修練のほどは後になって（しまう結果）、道の良し悪しがわかりにくい。打聞を撰ずる時、歌の良し悪しによって用捨を決定しようと、数年来思念してきたが、打聞にも人の恨みが（加味されて）同様になってしまううちに、とうとう思い立たなかったと云々。

【語釈】○一条法印＝藤原定為。生年未詳、一三二七年以前に没（第三節参照）。○譜代＝代々ついできた家系。又はそれを記したもの。系譜。○打聞＝耳にした事項を書き留め筆録した書の意と、いわゆる「聞書」として私撰集の意の両義がある。「打聞」の諸集名は「和歌現在書目録」『八雲御抄』『和歌色葉』などに見える。

【考察】「勅撰ハ或可レ然二高位人一を賞し」について、前節と同じく『園太暦』を見てみる。風雅集の「竟宴之儀」（貞和二年一一月九日条）には、当日の「参著」と和歌の「直置二文台上一」の順位につき、それぞれ「文永任レ位次参著也」「不レ論二左右任位官次第一自レ下置レ之也」と記される。

九九　拾遺集と拾遺抄

□□（冷泉）相公云《ハク》。公任卿、

朝まだき嵐の山のさむければちる紅葉ばをきぬ人□（ぞ）なき

と云《フ》哥を、花山院、拾遺集ニ、「紅葉のにしききぬ人ぞなき」□（と）なをして被《レ》レ入《レ》たるを、公任卿の所存にたがひて、此《ノ》哥を拾遺抄ニ、「ちるもみぢばをきぬ人ぞなき」とて被《レ》レ入《レ》たり。時の人「集」をさしをきて、「抄」をもてなしけり。仍《リテ》通俊卿、後拾遺も、「集」ニハつかずして、「抄」につきて、後拾遺抄と題せり。其《ノ》後年久しく、「抄」を賞翫する事にて侍《リ》けるを、京極黄門、「『集』も誠ニ殊勝なり」とて、「抄」をさしをきて、「集」を翫《ビ》て、此《ノ》よしを後鳥羽院へも被レ申《サ》ければ、御所も御同心有《リ》けり。其《ノ》後、「集」をもてなす事ニ成《リ》て侍《ル》らし。京極、委細被《ト》二書《キ》置《カ》一云々。公任、拾遺抄をえらぶ事も、我《ガ》哥一首ノゆへニ被《ト》二思立《タ》一云々。

【参考】 なをして—なほして（歌）、被入—いれられ（歌）、仍—仍て（群）、其後—その、ち（歌）、翫て—もてあそぶ（群）、其後—その、ち（歌）、侍らし—侍よし（歌）、京極—京極黄門（群）、公任—公任卿（群）、ゆへニ—ゆゑに（歌）、被思立—被思立と（歌・群）

【口語訳】 冷泉相公（為秀）が云う。公任卿の、

（朝にまだならないうちに、嵐吹く山が寒いので、紅葉の葉をまとわない人はいないよ）

という歌を、花山院が拾遺集に「紅葉のにしききぬ人ぞなき」と直して入集されたので、公任卿の思いと違い、この歌を（公任卿が）拾遺抄に、「ちるもみぢばをきぬ人ぞなき」と（もとのままに）して入れられた。当時の人々は「集」をさしおき、「抄」を珍重したという。その結果、通俊卿も「集」ではなく、「抄」をとり、後拾遺抄と題を付した。その後、長い間「抄」を賞翫していたが、京極黄門（定家）は、「『集』の方がまことに優れている」として、「抄」をさしおき、「集」をもてなす風潮を（示して）、後鳥羽院に申された。院も同じように考えられたという。その後は「集」をもてなすようになったらしいことを、京極（定家）が詳しく書き置かれたと云々。公任が拾遺抄を撰んだことも、自歌一首（への強い思い）のために思い立たれたことと云々。

【語釈】 **○冷泉相公**＝冷泉家で相公（大臣）の経歴があるのは、為相（弘長三〈一二六三〉年生、嘉暦三〈一三二八〉年七月一七日没）、為秀（生年未詳、応安五〈一三七二〉年六月一一日没）の二人だが、ここでは後者。為秀は冷泉為相の男。従二位権中納言。翌年正三位。「貞和百首」を詠み、自ら講師を務む。公蔭・為基とともに風雅集撰集の寄人となった。貞和二〈一三四六〉年一一月九日風雅集竟宴。文和元〈一三五二〉年閏二月三日三代集を書写。延文五〈一三六〇〉年奏覧の新千載集に為秀入集せず。貞治四〈一三六五〉年足利尊氏、書を京の為秀に送り、遠江よりの古今の説を謝し、詠草の合点などを請う。また、同五年しばしば頓阿の蔡花園を訪問。延文五年三月に二条為定没の頃より、二条家が為遠・為重方と為明・為忠方に分裂し、為秀は後者と接近したとされる（井上宗雄説）。勅撰集に風雅集一〇

首、新拾遺集八首などの二六首入集。○**公任卿**＝藤原公任。四条大納言と称。底本に「キンタウ」と傍書。九六六年
生、一〇四一年没（第五八節参照）。○**「朝まだき嵐の山の」の歌**＝拾遺抄（秋130）の公任の一首。拾遺集・秋210では
四五句が「紅葉の錦きぬ人ぞなき」。○**花山院**＝第六五代天皇。永観二〈九八四〉年〜寛和二〈九八六〉年在位。冷泉
天皇の第一皇子。寵妃弘徽殿女御の死と藤原氏の策略により出家。その後、正暦四〈九九三〉年頃京の東院に住んだ。
拾遺抄を増補し、拾遺集を編纂した（本節）。勅撰集に拾遺集三首（読人不知）、後拾遺集五首、金葉集五首（すべて三
奏本）、詞花集九首、千載集四首、新古今集七首、続古今集四首、続拾遺集二首、玉葉集一三首などの七三首入集。
○**拾遺集**＝第三番目の勅撰集。出家後の花山院を中心となり、長能・道済らが編纂。「集」は花山院の親撰であり、
「抄」は「集」に不満の公任が抄出したものとする（定家『三代集之間事』）。入集は貫之一一三首・人麿一〇四首・能
宣五九首・元輔四六首・兼盛三八首・公任一五首など。○**拾遺抄**＝私撰集。公任撰か。定家所持本（天福本）では五
九四首。拾遺抄（一〇巻）を増補して拾遺集（二〇巻）を編纂したか。○**通俊卿**＝藤原通俊。永承二〈一〇四七〉年生、
康和元〈一〇九九〉年八月一六日没。大宰大弐従三位藤原経平の男。母は筑前守高階成順の女。権大納言藤原信家の
養子。従二位権中納言。治部卿。白河天皇の信任を得て、単独撰者として後拾遺集撰進。源経信『難後拾遺』と通俊
『後拾遺問答』で論戦。勅撰集に後拾遺集五首、金葉集三首（二度本、三奏本も）、詞花集二首、千載集・新古今集各
二首、新勅撰集・続古今集・続拾遺集各一首、続千載集・続後拾遺集各二首などの二七首入集。○**後拾遺**＝第四番目
の勅撰集。後拾遺和歌抄が正式。白河天皇の院宣により、藤原通俊が撰じた。成立までに九年を要した。源経信との
間に問答が交わされた。応徳三〈一〇八六〉年九月一六日に奏覧本を奏上。経信の『難後拾遺』の非難を取り入れ、
翌寛治元〈一〇八七〉年二月に再奏本を奏上。入集数は和泉式部六七首、相模四〇首、赤染衛門三二首、能因三一首、
公任一九首など。全体の三割弱が宮廷女流歌人。○**京極黄門**＝藤原定家。一一六二年生、一二四一年没（第四節参照）。
○**後鳥羽院**＝第八二代天皇。一一八四年七月二八日即位、一一九八年正月一一日譲位（第八節参照）。

【考察】花山院と公任の撰集故実は、『袋草紙』（第六五節）にすでに見られる。これまでの考察（天理本の第四一節・第六八節・第七二節・第八三節、そして第九九節）から分かることは、家の伝授（受）者が途絶えていた六条家の家伝を、天理本が取り込もうとした意図である。これは六条家の歌人、行家（一二二三年生、一二七五年没、第二六節）、その男隆博（生年未詳～一二九八年、第四五節）、そして、隆博の男隆教（一二六九年生、一三四八年没、第四三節・第七七節）の逸話を、『井蛙抄』が引用していることからも明らかである。一方、天理本は本節以降、冷泉為秀の歌伝を四節続ける。二条家正統の書である『井蛙抄』が、なぜ冷泉家の秘伝を記載したかは謎である。ただ、他家の家伝を誹謗するか、または無視するかの傾向が多かった歌界においては、頓阿の所行が特異であったとして捉えられるべきであろう。冷泉為秀が参議（宰相）となったのは、延文五〈一三六〇〉年一二月二七日。また、「冷泉宰相蔡花園にて歌よまれしに」「蓮阿庵室にて冷泉宰相歌よまれし」などの詞書が『草庵集』になく、『続草庵集』に一一例あることから、この延文五年という年が、天理本の成立の下限となるであろう（「解説」参照）。

一〇〇　点の多とすくなきと

後西園寺大政入道殿、故民部卿藤為対面之時、「初心者、哥ニハ点の多《ク》とすくなきと、いづれが始終器用にて有《ル》べきぞ」と御尋有《リ》けれバ、「すくなきハ猶器量の者にて候《ヒ》ぬべき」と被レ申《サ》けるを、後までも被《レ》二感《ぜ》仰《セ》一ける由、或人被二語《リ》申《サ》一き。

【参考】大政入道—太政大臣入道（歌）・太政大臣殿（群）、初心者—初心は（群）、多—おほき（歌）・多き（群）、有べきぞ—あるべきと（歌）、器量—器用（歌・群）、の者にて候ぬべき—にて有べき（群）、被語申き—語申されき（歌）

【口語訳】後西園寺大政入道殿（実兼）は故民部卿（為藤）と対面されたとき、「初心者の歌に点が多いのと少ないのとは、どちらが結局才能があるのか」と尋ねられたところ、（為藤が）「少ないほうがやはり器用の者といえよう」と申されたので、後まで感じ入っておられたと、ある人が語り申された。

【語釈】 **○後西園寺大政入道殿**＝西園寺実兼。建長元〈一二四九〉年生、元亨二〈一三二二〉年九月一日没。後西園寺と号。太政大臣西園寺公相の男。母は大外記中原師朝の女。女子に永福門院・昭訓門院・後京極院。従一位太政大臣。翌年辞す。正安元〈一二九九〉年六月二四日出家（法名空性）。正和四〈一三一五〉年以後、関東申次として権勢。京極派を支持するが、その後失脚。「嘉元百首」「文保百首」に出詠。『とはずがたり』の「雪の曙」は実兼であり、後深草院女房二条の恋人。家集に『実兼集』。勅撰集には続拾遺集七首、新後撰集二七首、玉葉集六〇首、続千載集五一首などの二〇七首が入集。**○故民部卿**＝底本に「為藤」と割注。一二七五年生、一三二四年没（第二節参照）。**○点**＝和歌に付けられた合点・付墨・批点。師匠や尊者からの評価の表記となる。当世には和歌の初学百首などの批評を乞うことが多かった。**○多**＝底本に「オ、キ」と傍書。**○或人**＝不明。

【考察】 後深草院近臣として出仕した西園寺実兼は、後深草院二条著『とはずがたり』のなかで、作者の恋人（「雪の曙」）として登場している。同書は二条の半生（四九歳まで）を、あるじの後深草院を中心として記した、記憶の日記である。そこに見られる実兼（「雪の曙」）の姿を二カ所引用してみる。二条は二歳で母と死別し、一五歳で父と死別している。一四歳の日記の起筆時から、雪の曙は登場する。まず父と死別した二条を弔問したときの贈答の様子。

「今年は常の年にも過ぎて哀れ多かる。袖の暇なき一年の雪の夜の九献の式、常に逢ひ見よとかやもせめての心ざしと覚えし」など、泣きみ笑ひみ夜もすがら言ふ程に、明け行く鐘の声聞ゆるこそ、げに逢ふ人からの秋の夜は言葉残りて鶏鳴きにけり。「あらぬ様なる朝帰りとや世に聞えん」など言ひて、帰るさの名残も多き心地して、

別れしも今朝の名残を取り添へて置き重ねぬる袖の露かな（注—雪の曙）

婢者にて車へ遣はし侍りしかば、

名残とはいかが思はん別れにし袖の露こそ暇なかるらめ（注―一条）

次は雪の曙の女子を身籠り、周囲を偽る中で、雪の曙に見守られお産した直後の様子。

先づ「あな、嬉し」とて、「重湯疾く」など言はるるこそ、「いつ習ひける事ぞ」と、心知るどちは憐れがり侍りしか。「さても何ぞ」と灯ともして見給へば、生髪黒々として今より見開け給ひたるを、ただ一目見れば、恩愛の誼なれば憐れならずしもなきを、側なる白き小袖に押し包みて、枕なる刀の小刀にて、臍の緒打ち切りつつ、掻き抱きて、人にも言はず外へ出で給ひぬと見しより外、又二度その面影見ざりしこそ。

（孤本の宮内庁書陵部蔵本による）

これは二条にとって、幼子との最後の別れとなった場面でもある。この女子は特定されていないが、実兼第二女の瑛子（後の亀山院妃、恒明親王母の昭訓門院）とする説（岩佐美代子説）がある。

一〇一　風雅集被撰之比

冷泉云《ハク》。風雅集被《ルル》レ撰《ゼ》之比、常《ニ》萩原殿参候之時、法皇《ノ》御物語《ニ》云《ハク》。□（為）兼卿我《ガ》哥《ニ》云《ハク》、

「鳥のねものどけき山のあさあけに霞の色も春□（め）きにけり

所存《ノ》哥にて、本にもすべきやうに申《シ》き」と云々。

【参考】 冷泉―冷泉殿（歌・群）、被撰之比―被撰ころ（群）、常―常に（歌・群）、物語云―物語に（群）、我哥云―我歌には（歌）・我には（群）、所存哥にて―所存之歌にて（歌）・所存歌にも（群）、申きと―申き（歌・群）

【口語訳】 冷泉（為秀）が云う。風雅集が撰ばれた頃、常に萩原殿（花園院）に参上の時、法皇のお話に云う。為兼卿が自らの歌に、

「〈鳥の声が聞こえてのんびりとした山の朝明け時に、霞の色も春めいてきたよ〉という歌を、歌の手本とすべきだと申した」と云々。

【語釈】 **○冷泉**＝冷泉為秀。生年未詳、一三七二年没（第九九節参照）。**○風雅集**＝第一七番目の勅撰集。花園院の企画編纂、光厳天皇の親撰。貞和二〈一三四六〉年四月二五日に応製百首（貞和百首）。同年閏九月一〇日披講。寄人に正親町公蔭・玄哲（藤原為基）・冷泉為秀。花園院の仮名序・真名序。入集は伏見院八五首、永福門院六八首、花園院五四首、為兼五二首、為子（為教女）三九首、定家三六首、後伏見院三五首など。持明院統の天皇・皇族、京極派・冷泉派の歌人が多い。**○萩原殿**＝花園院の称号。**○法皇**＝第九五代花園天皇。諱は富仁。萩原法皇・萩原院と称。伏見天皇皇子。母は左大臣洞院実雄の女、顕親門院季子。徳治三〈一三〇八〉年一一月即位、文保二〈一三一八〉年譲位。『徒然草』には、「御国譲りの節会」について、新院（花園院）が「おりゐさせ給ひての春、詠ませ給ひけるとかや」として、「殿守のとものみやつこよそにして掃はぬ庭に花ぞ散りしく」を載せる（第二七段）。京極為兼・永福門院に和歌の指南。後期京極派歌壇の中心的存在。康永二〈一三四三〉年「院六首歌合」を主催。元応年間〈一三一九年～一三二一年〉以降、連歌の会を主催。勅撰集に玉葉集一二首、続千載集四首、続後拾遺集三首、風雅集五四首、新千載集二三首など一一八首入集。**○為兼卿**＝京極為兼。建長六〈一二五四〉年生、元弘二〈一三三二〉年三月二一日没。正和二〈一三一三〉年一〇月七日出家（法名静覚）。京極家の祖為教の男。母は三善雅衡の女。正二位権大納言。永仁六〈一二九八〉年、讒言により佐渡配流。乾元二〈一三〇三〉年帰京。伏見院側近として政治や歌壇で活躍。二条為世との争いに勝ち、正和元〈一三一二〉年玉葉集を奏覧、翌年出家（法名は初め蓮覚、のち静覚）。正和五年西園寺実兼により土佐配流。勅撰集に続拾遺集二首、新後撰集九首、玉葉集三六首、風雅集五三首、新千載集一六首などの一三三首入集。**○「鳥のねものどけき山の」の歌**＝玉葉集（春歌上9・「山中春望」題）の京極為兼の一首。ただし、第四句「霞の色は」。

【考察】 風雅集竟宴の日（貞和二〈一三四六〉年一一月九日）の様子を、第九八節同じく『園太暦』を見てみる。「晴陰不定、及レ半更雨降、風雅和歌集撰歌等、大略被二沙汰寄一歟、仍温二元久文永之例一、被レ行二撰集竟宴之儀一也」で始まり、そのスタッフの「早参」の後、円座や文台等が用意され、関白以下着座して、上皇が出御されると、いよいよ講師（忠季卿）により歌集の読み上げとなる。

関白・内大臣等〜――、忠季卿正笏読申レ之、風雅和歌集ノ序ト読也、其後次第随二読入一予巻レ之、至レ奥云コトシカリト読了、次予取レ序置二文台右一、次第一巻開レ之、其後講師又読レ之、風雅和歌集巻ノ第一ト読也、巻頭前大納言為兼歌也、文永記或四五首〜――首読レ之由有二所見一、今度為兼以後六首故（取カ）者也。…（割注省略）

この後、懐紙持参による人々の和歌を殿上人四人（為明・為忠・隆清・為秀）が文台上に置くと、公賢が披見するという手順で進められる。

一〇二 為家卿を聟に

□□（又云《ハク》）。為家卿を宇津宮入道所望して、聟に取《リ》き。京極不レ被《レ》二庶幾《セ》一、あつ□□（との）ゐ物の下より目ミ出《ダ》して、「道《ノ》稽古せらるべきニあらず」と被□（レ申《サ》）けりと云々。

【参考】 為家卿を―為家卿（歌）、京極―京極殿（歌）、不被庶幾―不被庶幾歟（歌・群）、あつとのゐ―あつことのゐ（群傍書「此三字本ノマ、」）、被申けり―申されけり（群）

【口語訳】 又（冷泉為秀が）云う。為家卿を宇都宮入道（頼綱）が所望されて、（娘の）婿に取った。（父の）京極（定家）は願われたことでなくて、厚手の夜具の下から側目を出して、「歌の道を修学することができない」と申されたと云々。

【語釈】 **○為家卿**＝藤原為家。一一九八年生、一二七五年没（第一節参照）。宇都宮頼綱女との間に、為氏・為教を儲けた。**○宇津宮入道**＝宇都宮頼綱。治承二〈一一七八〉年生、正元元〈一二五九〉年一一月一二日没。宇都宮入道と称。宇都宮成綱の男。母は新院蔵人長盛の女。為家の義父。祖父は幕府の御家人朝綱（鳥羽院武者・後白河院北面）。鎌倉幕府御家人。元久二〈一二〇五〉年謀反の疑を被り、出家（法諱蓮生）。のち源空に師事。弟信生とともに宇都宮歌壇の中心人物。「嵯峨中院山荘色紙和歌」は定家に撰を依頼。京歌壇と実朝の鎌倉歌壇との架け橋。勅撰集に新勅撰集三首、続後撰集六首、続古今集二首、続拾遺集六首などの三九首入集。**○京極**＝藤原定家。一一六二年生、一二四一年没（第四節参照）。**○あつとのゐ物**＝「宿直物」は夜、宿直の時に用いる衣服・夜具のやうなもの。「あつ」は「厚」で、夜具の厚手の衣服か。

【考察】 蓮生には次のような歌がある。まず、出家の頃の歌。

　世をのがれてのち、修行のついであさか山をこえ侍りけるに、むかしのことおもひいで侍りてよみ侍りける

　いにしへのわれとはしらじあさか山見えし山井のかげにしあらねば（新勅撰・羇旅535）

次に道覚親王との贈答歌。

　としごろ西山にすみ侍りけるが、みやこにいでてのちなげく事侍りて、蓮生法師がもとに遣はしける

入道親王道覚

　山がはにすすぎしままのそでならばかかるうき世に名をばけがさじ

　返し

蓮生法師

　のりの水にすます心のきよければけがるるそでとたれか見るべき（続後撰・雑秋1135）

ここで定家がその男為家の宇都宮家への婿入りに当初反対であったのはなぜであったか。宇都宮家は祖父以来の関東武家の家であり、頼綱には勅撰集歌人としての実績を残すが、歌道に疎かった家であったことが考えられる。とはい

え結果として、二条家（冷泉家）と関東武家との血縁上のつながりが確立できたのであり、また、頼綱により小倉百人一首編纂の依頼を定家が受諾している。定家の心配は、むしろ為家自身のことに及んでいたからと思われる（第三節参照）。

一〇三 順徳院被遣京極勅書

□□□（又云《ハク》。順）徳院、被《ル》レ遣《ハサ》二京極《ニ》一勅書ニ、「あさのさ衣うつしうつし」、不《ル》二庶幾《セ》一□□（之由）被レ申《サ》。相《ヒ》叶《ヒテ》愚意之由、被《ルト》二仰《セ》下《サ》一云々。又、近江姫君の、はこざき□□（の松）のやうなる哥おほし。叡慮ニ不《ル》レ叶《ハ》之由、同《ジク》被《ルルト》レ仰《セ》云々。

【参考】 勅書ニ—勅書云（歌）、うつしうつし—うつしうゐし（歌）・うつくしく（歌）

【口語訳】 又（冷泉為秀が）云う。順徳院が京極（定家）に遣わされた勅書に、「あさのさ衣うつしうつし」と（いう表現）は、庶幾するところでないと申されたが、（それでも）お互いの愚意に叶っていると仰せ下されたと云々。又、近江姫君の、「はこざきの松」のような歌が多く、（院の）叡慮に叶わなかったと、同じく仰せられたと云々。

【語釈】 **〇順徳院**＝第八四代天皇。諱は守成。後鳥羽院皇子。母は脩明門院重子。承元四〈一二一〇〉年即位（一四歳）。承久三〈一二二一〉年譲位。承久の乱後、佐渡に配流。その地で仁治三〈一二四二〉年崩御。建暦二〈一二一二〉年の内裏詩歌合、建保三年内裏名所百首などを主催。配流中に『順徳院御百首』を詠み、定家と後鳥羽院に合点を請うた。歌論書に『八雲御抄』、家集に『順徳院御集』、有職故実書に『禁秘抄』、日記に『順徳院御記』。勅撰集に続後撰集一七首、続古今集三五首、続拾遺集一五首、続拾遺集一五首などの一六〇首入集。**〇京極**＝藤原定家。一一六二年生、一二四一年没（第一節参照）。**〇あさのさ衣うつしうつし**＝定家の一首の一部分か（出典未詳）。「あさのさ衣」は「まどろまでながめよとてのすさびかなあさのさ衣月にうつ声」（新古今・秋下479、宮内卿）、「山がつのあさのさ衣をさをあらみあはで月日やすぎふけるいほ」（同上・恋二1108、良経）などのように、「衣」との縁語の表現（「うつ」「あふ」）が使われた。**〇近江姫君のはこざきの松**＝源氏物語「常夏」巻の贈答歌を踏まえる。内大臣娘の弘徽殿女御のもとへ、出仕することになった近江君が、挨拶の手紙に添えた珍妙な歌（「草若み常陸の浦のいかが崎いかであひ見ん田子の浦波」）に返した、中納言君の歌、「常陸なる駿河の海の須磨の浦に波立ち出でよ筥崎の松」。**〇はこざきの松**＝拾遺集・神楽歌591（重之）に、「いく世にかかたりつたへむはこざきの松のちとせのひとつならねば」がある。なお、『古事談』第五神社仏寺には、昔、筥崎宮に一人の僧が菩提心を発して住んでいたが、そこを離れ、山林に住もうとした夜の夢に、紅の直垂を着た人が現れ、「筥崎の松吹く風は波の音と尋ね思へば四徳波羅蜜」と詠んだという。筥崎宮は福岡市箱崎町にある。祭神は応神天皇・神功皇后・玉依姫の三神。『延喜式』にも、「八幡大菩薩筥崎宮」が見え、筑前国の一の宮。

【考察】天理本の最終節が「順徳院被遣京極勅書」になっていることに一言する必要がある。これは当初からの編集意図というよりも、何らかの理由による奏上の状態を示しているにすぎないとするべきであろう。なぜなら、それほどに歌論史上に重要な内容ということではないからである。とはいえ、天理本が現存する『井蛙抄』のなかで、最長の節（一〇三節）を有する伝本であることに間違いないのである。

奥書

□（井）蛙抄都合六巻、以二頓阿《ノ》自筆之本《ヲ》一令《メ》レ写《サ》レ之《ヲ》、加《ヘ》二数反校合《ヲ》一畢《ンヌ》。

寛正二年六月廿五日（甲午）

洛陽東山隠士金剛資円雅

□（此）《ノ》抄者秘之中秘、深之中深也。爰《ニ》左近大夫平常縁云《ハク》、累代之作者、云《フ》二当時之数寄《ト》一。依《リ》二此《ノ》道之懇志不レ浅《カラ》二多年之芳契甚深《ニ》一、令《メ》二附与《セ》一之訖《ンヌ》。

右之本難《キ》二見分《ケ》一文字等在《リ》レ之。老眼といひ、かれこれあやまりのみなるべし。然《レ》共道の志ばかりニ書写候《シ》也。自然見わけられん御方は、可《キ》レ被《ル》レ入《レ》二筆者《ニ》一也。

大永七年四月廿五日　　　　六十五歳也宋心（花押）

【口語訳】 井蛙抄は都合六巻であり、頓阿の自筆本を以て、之を写せしめ、数回校合を繰り返して終了した。

寛正二〈一四六一〉年（甲午）六月二五日。洛陽東山隠士金剛資円雅。

此の抄は秘中の秘であり、深中の深である。爰に左近大夫平常縁が云はく、累代の作者は当時の数寄者という。此の道の懇志浅からず多年にわたり芳契する（広く交わる）ことが甚だ深いことにより、之を付与せしめることとした。

右の本は見分けがたいほどの文字等が存在する。老眼のため、至る所で誤記があるようだ。しかしながら、この道への強い思いにより書写したものである。自ずから見分けることができる御方は、筆者として加えられるべきである。

大永七〈一五二七〉年四月二五日。　　六五歳也。宋心（花押）

【語釈】 ○六巻＝『井蛙抄』の諸本の中、第一種本（国立歴史民俗博物館蔵堯孝筆本）が五巻、第二種本（国文学研究資料館蔵宗祇筆本ほか）・第三種本（天理大学附属天理図書館蔵宋心筆本）が六巻。○頓阿自筆之本＝現存の頓阿自筆本（第一巻のみ）は前田尊経閣文庫に所存。○金剛資円雅＝生没年未詳。寛正三〈一四六二〉年九月生存。円雅は堯孝直門の歌僧。新続古今集に一首隠名で入集。京都東山に隠棲して、多くの歌集を書写した。畠山義忠・細川道覧らと交流。○

此抄者＝この箇所（原文は三行）には句点あり。**〇平常縁**＝応永八〈一四〇一〉年生、文明一六〈一四八四〉年頃没か。一説に明応三〈一四九四〉年没。昼錦居士と号。東野州と称。東益之（素明）の男。従五位下左近将監。宗家下総千葉氏の分裂抗争により東下し、文明元年上洛後、下野守と称し、美濃に入る。その後上洛し、円雅に学び、また歌書を書写した。宗祇により『古今和歌集両度聞書』をまとめた。歌論書に『東野州聞書』、注釈書に『新古今聞書』『常縁口伝和歌』（『拾遺愚草』の注釈）。古今伝授の創始者とされる、二条家の正当の継承者。**〇右之本**＝この箇所（三行）は他の奥書部分より一字オチのすこし小文字で記される。**〇宋心**＝伝未詳。真宗・禅宗・浄土宗・律宗の血脈類に名を見いだせない。

【考察】この奥書によると、天理本『井蛙抄』は数次の段階の転写が施されていることがうかがえる。まず頓阿の自筆本とその他の伝本で校合を行った書写本があった。この時点が寛正二〈一四六一〉年六月二五日（甲午）、書写者円雅という、［第一次段階］である。そして、この書写本を書写者円雅が秘密裡の中で左近大夫平常縁に託したという、［第二次段階］である。

この書写本が校合を行われながら、誤記も見えるようだといい、不明な個所には加筆を加えて試みたのが、大永七〈一五二七〉年四月二五日、この天理本の書写者宋心という、［第三次段階］である。この奥書による限り、数度の校合が施されたことになろう（円雅から託された常縁が校合をしたかどうかは、この範囲では不明としかいえない）。

Ⅱ　考察

一　天理本『井蛙抄』の性格

1　『井蛙抄』の諸本

『井蛙抄』の現存諸本は、まず現存しないが頓阿自筆（又は頓阿から直接の聞書）の六巻からなる「祖本」から派生した、いくつかの伝本が見いだされる。それらの伝本は巻一から巻五までは共通していて、巻六の節数によって三系統に分類することができる。それらを次のように名称立てておく。すなわち、巻一～巻五のみの伝本を「第一種本」、巻一～巻五と巻六・六六節の伝本を「第二種本」、巻一～巻五と巻六・一〇三節の伝本を「第三種本」の三系統である。これら三系統の現存諸本のうち、「第二種本」がいわゆる流布本系統となる。それには現存写本の多くが含まれ、また、三種からなる版本がすべてこの系統に属している。さらには、巻六の考察（解説3を参照）により、「第二種本」は「第三種本」から、その後半（第六七節から一〇三節）を切り出して成立したものと考えられる。

これらを図示すると、次のような系統図（略図）ができあがる。[1]

祖本
- 第一種本（〈一〉と略す）…宮
- 第二種本（〈二〉と略す）…宗・総・松・尊・京・広甲／版本（広乙ほか）
- 第三種本（〈三〉と略す）…天

※略号は次のとおり。

〈一〉　宮＝国立歴史民俗博物館蔵本（高松宮家旧蔵堯孝筆）
〈二〉　宗＝国文学研究資料館本（宗祇自筆）、総＝京都府立総合資料館本、松＝島原松平文庫本、尊＝尊経閣文庫本（徳大寺公維筆）、京＝京都大学附属図書館本（中院通勝筆）、広甲＝広島大学附属図書館本〈写本〉／広乙＝慶安元年版、その他の版本＝宝永六年版・宝暦二年版
〈三〉　天＝天理大学附属天理図書館本（宋心筆）

2　天理本の成立過程

第三種本としての現存最古の写本は、管見の範囲ではまず天理図書館蔵本（以下「天理本」と略す）がある。さらに日本歌学大系所収の大島雅太郎氏蔵本（以下「歌学大系本」と略す）と続群書類従所収の校訂本（以下「続類従本」）があり、これらと天理本との関係が注目されるが、歌学大系本の原本が管見に入っていないこともあり、現在のところ不明としかいえない(2)。

さて、天理本の奥書を示すと、次のとおりである（句点は原文のまま、／は改行を示す）。

井蛙抄都合六巻以頓阿自筆之本令写之加数反校合畢／寛正二年六月廿五日甲午／洛陽東山隠士金剛資円雅

此抄者。秘之中秘。深之中深也。爰左近大夫。平常縁／云累代之作者。云当時之数寄。依此道之懇志／不浅多年之芳契甚深。令附与之訖

右之本難見分文字等在之老眼といひかれこれあやまり／のミなるへし然共道の志はかりニ書写候也自然見わけ／られん御方は可被入筆者也

大永七年四月廿五日

六十五歳也　宋心（花押）

これによると、天理本は大きく三段階の転写が行われたことがうかがえる。まず頓阿の自筆本とその他の伝本で校合を行った「第一次段階」があり、書写時期が寛正二〈一四六一〉年六月二五日（甲午）、書写者が円雅（頓阿曾孫の尭孝門下）である。そして、それを円雅が秘密裡の中で左近大夫平常縁（東常縁、和歌を尭孝・正徹に学ぶ、二条家正統の継承者）に託した「第二次段階」（これは書写時期・書写者が不明）がある。さらにその後誤記箇所を校訂し、不明な個所には加筆を加えた「第三次段階」があり、これは書写時期が大永七〈一五二七〉年四月二五日、書写者が宋心である。したがって、天理本の原本（第一段階）は頓阿から経賢、尭尋、尭孝と父子で伝授され、尭孝門下の円雅に伝えられたということである。

天理本の書写者の宋心は不明である。外題・内題ともになく、表表紙裏に「青谿書屋」の角印がある。表アソビに「天理図書館昭和三十年六月壱日　４８２３８１」の丸印がある。本文は漢字ひらがな・カタカナ混り文。書写はかなり正確であり、他の諸本の不明個所を明らかにしてくれる。さらに書き込みと傍注・割注がある。

ここで、天理本の伝播状況を考えておく。頓阿曾孫の尭孝（一三九一年生、一四五五年没）門下の円雅が秘蔵裡に東常縁（一四〇一年生、一四八四年頃没）に託した伝本が天理本である。また、校合本として六巻からなる頓阿自筆本があった。そこで問題なのが、天理本の巻六第六七節（本文三行中、第二行と第三行の間の傍注）にある書き込み「コレヨリ已下ハ高倉ノ本ニハ不可有之」である。井上宗雄氏の考察(3)では、「高倉本」は尭孝所持本ではないかとされるが、そうすると尭孝所持本とは第二種本のことであり、それは頓阿自筆の第三種本から巻六後半（第六七節から一〇三節）が削除されたものというになる。それは巻六の考察から考えると、頓阿―経賢―尭尋―尭孝と伝授される過程で発生したのであろうか。結果、第二種本と区別される、頓阿自らによる第三種本の特徴が生じたと思われる。

3　天理本の性格――二条家正統の書をめぐって――

○頓阿について

『井蛙抄』の内容は、まず巻一に「風体事」、巻二に「取本歌事」、巻三に「禁制詞」、巻四に「同名名所」、巻五に「同類事」「同てにをはの字あまたある事」「初五文字事」の本篇があり、そこには先行の歌学書や歌合の用例の引用のほか、当代の歌合が引用されている。そして、巻六に「雑談篇」があり、それが注目されるのは、頓阿の宗匠、二条為世及び為世の次男為藤と、長男為道の一子為定の家伝の伝授が記載されるほかに、冷泉家・津守家などの二条家と血縁上のつながりのある家伝、小倉家・久我家の家伝などの関東武家とのつながりのある家伝が記されているからである。これらの多方面の「秘伝」がどのような理由でこの書に書き留められたのかということは、南北朝期の歌壇の動向を知る上でも、重要な課題といえる。

『井蛙抄』の著者は頓阿である。俗名は二階堂貞宗。正応二〈一二八九〉年生れ、応安五〈一三七二〉年三月一三日没。下野守二階堂光貞の男。法諱は頓阿。法号は泰尋・感空。兄弟には因幡守行秋・行豊。女には邦省親王家少将。二〇歳頃に出家後、比叡山・高野山で修行し、京都四条金蓮寺の浄阿に従って時宗となった。早くから和歌に親しみ、応長年間〈一三一一年～一三一二年〉に百首歌。二条為世の門人となり、同為定・為藤らと交流。足利尊氏・同義詮に信任され、また、西行の跡を慕って諸国行脚し、京都東山双林寺に西行庵を興した。のち仁和寺内の蔡花園に庵居し、同所で没している。

建武二〈一三三五〉年「内裏千首」に参加。観応三〈一三五二〉年二条良基の「後普光園院御百首」に慶運・兼好とともに加点した。貞治三〈一三六四〉年一〇月、新拾遺集の撰者二条為明が撰中に没したのち、それを引き継ぎ、同年一二月これを完成した。浄弁・能与（能誉か）・兼好らとともに、為世門下の「四天王」と称され、後に冷泉為秀門下となったとされる（『了俊歌学書』）。宗尊親王に歌の指南をするなど、二条家・冷泉家などの京歌壇の権勢争いの中で、独自に歌道を見極めようとしたことが、『井蛙抄』雑談篇の記述から伺える。

頓阿の家集には『草庵集』『続草庵集』がある。歌学書には『井蛙抄』以外に『愚問賢註』がある。勅撰集に続千載集一首、続後拾遺集二首、風雅集一首、新千載集四首、新拾遺集一四首、新後拾遺集八首などの四九首入集している。

○天理本に見られる二条家の伝

『井蛙抄』雑談篇の内容を検討すると、第一の特徴としてあげられるのが、二条家伝の伝授が多く見られることである。これは著者頓阿が当初二条為世の門下であったことによる。天理本全一〇三節について、伝授者を明記したもののうち、故宗匠（為世）の伝が一九例、戸部（為藤）の伝が二八例であり、これらを次に考察していく。

まず二条為世（一二五〇年生、一三三八年没）は祖父為家の一子為氏の男。この書の特徴の第一にあげられるのが故宗匠（為世）の伝一九例であり、そこには祖父為家（一一九八年生、一二七五年没）の教えが一一例と最も多く見られる。その中から次の二例を見てみる。

1故宗匠語云。亡父卿ノ

人トハヾミズトヤいはん玉津嶋かすむ入江の春の曙

ノ哥ハ、建長詩哥合時、かやカミのたてガミのうらに書て、祖父入道ニみせ申されし時、「ミつとやいはん」と被書たりしを、「ミずとや」とそばになをされたり。作者ハ猶所存とけずながら、「みずとや」と書て被出云々。

（第一七節）

2又云。民部卿入道ニ、古今の説をうけんとて参ぜし時、法師にて聞書などハしなれたる程に、其為ニ定為をぐして侍しかバ、「今日ハさしあふ事あり。後日可来」之由被仰て、内々、「なにとて人をバつれたるぞ」と被申き。仍のち二一人まかりて、説ヲうけ侍き。（第二八節）

1の「建長詩哥合」は建長二〈一二五〇〉年九月に開催された仙洞詩歌合であるが、紙屋紙の裏に為氏が自詠歌を書き留めて祖父（為家）に見せたところ、「ミつ」を「ミず」と直されたので、そのまま「ミず」として提出したという。「見た」ことと「見なかった」ことは相反した意となるが、ここには祖父の教えが絶対であったことを記している。

2は祖父為家に古今の説（古今集の注釈）を受けようと、為世は聞書に慣れた弟の僧定為を具していったところ、祖父から帰るように言われた。為世が納得しないでいると、内々に「なにとて人をバつれたるぞ」と諭され、後日一人でその説を聴いたのである。ここには秘伝伝授の厳しさを記している。

さらに為家の教えをもう一例示す。

3□（又）云。民部卿入道、出行之時、弁入道家前を被通ニ、雀文車立タリ。以下部、「誰人哉」被尋之処ニ、日向守殿御車云々。兼氏朝臣也。以下腹立、帰後直ニ入和哥所ニ、兼氏朝臣哥三首書入たるを、悉被切出云々。

（第九〇節。□は判読不明箇所。大系本により補う。以下同じ）

為家（民部卿入道）と真観（弁入道）の確執は巻六の第一・第二・第二〇・第二三・第四八・第五四などの各節に記され、当時では多くの知るところであった。ここでは為家が真観邸の前を通った折に、雀模様の牛車が停まっていたので、誰の牛車かを尋ねたところ、日ごろからよい印象をもっていた（第七六節で、為藤が「稽古も読口もあひかねたる」と評す）源兼氏の牛車であったことに立腹し、和歌所に戻って撰入前の兼氏歌を切り出したという。これだけでどの撰集かは特定できないが、為家独撰の勅撰集であり、源兼氏歌が一首もない続後撰集のことかと思われる。兼氏（生没年未詳）は一二七八年一二月二七日以前に没しているとされるから、世代的には為氏（一二二二年生、一二八六年没）、または為世の時代である。

次に為世男の為藤（一二七五年生、一三二四年没）の伝が父の相伝以上の多さで記されている。その二八例には、曾祖父定家（一一六二年生、一二四一年没）の教えが一三例、祖父為家の教えが八例あり、とりわけ、為藤という定家曾孫の代になると、定家への回帰の志向が認められる。その中から次の二例を見てみる。

4又云。知家卿、父顕家非堪能。此道事微弱。京極中納言取立諷諫之。彼家説も父よりハ不受。中納言入道、其家説かやうなるぞとをしへたてられて、器量たりとて、哥合などにも毎度称美之。新勅撰哥数なども被賞翫。老後まで当家門弟にて侍しが、中納言入道逝去之後、向背の心出来て、宝治御百首哥、非当家風躰事共、おほくよめり。不知恩事也。（第四二節）

5又云。京極中納言入道殿、被進慈鎮和尚消息云。「御詠亡父哥などこそ、うるはしき哥よみの哥にてハ候へ。定家などハ智恵の力を以てつくる哥作也。天下ニ哥を作る者ハ、皆以門弟也」云々。（第八七節）

4の六条顕家の男、知家は、当初定家（中納言、当時の御子左家当主）の門弟として、勅撰集に新古今集一首、新勅撰集一二首をはじめ一二〇首入集した歌人であるが、定家の逝去後御子左家から遠ざかり、「宝治御百首」の歌ではそれまでの歌風も違ってしまったという。六条家歌学は顕季―顕輔―重家―顕家―知家・顕氏と伝えられるが、当時六条家の権威は失墜していたと考えられる。(4) とはいえ、六条家は歌の家の名門であり、その末流である知家への目配りを見せる記述姿勢には注目される。

5は定家（京極中納言入道）が慈円（慈鎮和尚）に送った消息に、亡父俊成を「うるはしき哥よみ」とし、みなその門弟であるとして、俊成を絶対視して賞賛している。慈円は他の節（第三三節）で、若き為家の出家を思い留めさせたことにより、二条家の「恩徳」の歌人として記されている。

さらに定家の教えをもう一例示す。

6戸部云。高尾文学上人哥五首詠て、京極禅門許ニ持来。「皆々志珍重也。仏法練行ノ心通和哥説」之由、記録被書載。都賀ノ尾ノ明恵上人ハ、此道数寄異に他也。仍新勅撰にも哥あまた被撰入。又自「遺心集」之集を書て、哥をあつめられたり。文学上人数寄、被相続歟。（第六一節）

文覚（文学）上人は摂津遠藤氏出身の武家とされ、出家後神護寺復興に尽力するなどの仏法者であった。ここでは定家の記録として、文覚の和歌の所行を「仏法練行ノ心通和哥」とした。(5) また、明恵上人は九歳にして文覚上人の高弟、上覚房行慈に師事しているが、勅撰集に新勅撰集五首をはじめとして二七首入集するなどの風流を見せている。その明恵上人の数寄を文覚上人より継承したものかとしているのである。なお、定家の明恵評には、「持来明恵贈答歌、事験頗可謂幽玄」（『明月記』天福元〈一二三三〉年七月三日条）がある。仏法者の数寄を定家が高く評価したことを特記するところが注目される。

○天理本に見られる他家の伝

次に多くの伝を記す他家の伝を見てみる。中でも二条家と血縁上のつながりのあった、冷泉家と津守家の二家に注目する。

まず冷泉家は為家の男、為相（一二六三年生、一三二八年没）を第一代当主とする、現存唯一の歌の家である。井蛙抄当時の当主は第二代為秀（?〜一三七二年没）であるが、彼が関東武家の間で活躍したことが、次の文書により明らかである。

為秀代々武家奉公、争無優異哉。就中、亡父中納言、昔於関東、当道之恢弘抜群之功労。就内外、異他者歟。其跡孤独而、已及牢籠、何無御扶翼之儀。将又当御代建武三年、将軍家御坐八幡・東寺等御所之時、為秀一人、或献諸社御願歌題、或抽不退愚直之功、傍輩漸少等倫哉。

（「冷泉中納言為相卿遺跡事」『冷泉家古文書』149）

ここには建武三〈一三三六〉年、足利尊氏（将軍家）の京滞在中、為秀が諸社御願歌題の奉納を行ったことが記される。為秀と尊氏との交流は同年九月の「尊氏以下五首和歌　住吉宝前」での為秀の奉納歌（八首）にすでに認められ、その後光厳上皇の信任を得て、風雅集の講師・寄人の任命を受けるのである。

そこで冷泉家伝を見ると、その四例がいずれも天理本の最終部分にまとまっているという特徴が見られる。その中から次の二例を見てみる。

7冷泉云。風雅集被撰之比、常萩原殿参候之時、法皇御物語云、□（為）兼卿我哥云
「鳥のねものどけき山のあさあけに霞の色も春□（め）きにけり
所存哥にて、本にもすべきやうに申き」と云々。　（第一〇一節）

8□□（又云）。為家卿を宇津宮入道所望して、聟ニ取き。京極、不被庶幾、あつ□□（との）ゐ物の下より、目ミ出して、「道稽古せらるべきニあらず」と被□（申）けりと云々。　（第一〇二節）

7の風雅集披講は貞和二〈一三四六〉年閏九月一〇日に行われたが、その際寄人の為秀は花園院（萩原殿）に再三参上していた。その際に、花園院により為兼歌を「本にもすべき」として推されたという。[6] 花園院と京極家との親交は、風雅集の撰集状況をみると明らかである。為兼歌を為秀に推されたということを記す記述の姿勢は、御家の争いとは別の視点があったことになり、歌道上重要な意味を呈しているといえる。

8には、関東武家の宇都宮頼綱女（二条為氏と京極為教の母。頼綱は清和源氏で後冷泉天皇時代に蔵人を務めた。孫に頼政がいる。）を「つま」に迎えた、為家の婚儀に反対する父定家の態度をうかがうことができる。「道稽古せらるべきニあらず」という発言には、歌の家を確立していた定家にとって、子孫への不安をかいま見せている。これは定家と為秀の時代の歌壇の趨勢を考慮すれば理会されることである。定家の時代は定家の言にあるように、「紅旗征戎」（『明月記』治承四〈一一八〇〉年九月条）に与されない歌道者としての自覚が存在していたのであり、そのことは為家の時

代とて同じであった。歌道に取り組む時期が遅れた（第三三節参照）とはいえ、続古今集の撰者追加の勅旨を受けると、為家は「我撰進の哥の外ハ、一事以上不可有申子細」（第一節）として、撰集の独撰的な意志を曲げようとしなかったのである。

ただ定家には相当の歌学書（『近代秀歌』『詠歌大概』ほか）が残されている一方で、為家にはそれが多く見られないという相違がある。このことが二条為氏・冷泉為相の時代になると一変する。周知のように秘伝の歌書所持の闘争（「延慶両卿訴陳状」に見られる二条為世と京極為兼との論争）を横目にしながら、とりわけ冷泉為相には母阿仏尼が細川荘の相続問題で関東に出向したこともあり、関東方と関わる機会が多かったことが推定される。このことの先蹤を為家の「つま」方が示したという意味では、その存在は大きかった。阿仏尼が頼りとするのは、為家の母方とつながりの深かった関東方の人物（武家や僧など）であったのである。為家が冷泉家に託したのは、このような関東方とのつながりであり、それが為相―為秀に継承されていくのである。(7)

次に、津守家は津守国助女（早世した為躬の母）が為世の「つま」となったことから、二条家との関わりが深かった。その津守家伝には三例見られ、これは第二種本の末尾部分にまとまっているという特徴が見られる。その中から次の二例を見てみる。

9住吉神主国冬云。哥よみハおほく当社御眷属となれり。和泉守通経ハ鬼形にて、紙筆をもちて、とのいかきのいぬいのすミの壇上に、西むきに座して、人にみえけると申伝たりと云々。（第六五節）

10国助神主をバ、神護寺ノソバニ社ヲ作テ、神トアガム。今主神ト号ス。近来此道ノ堪能也。

敷嶋ノ道マモリケル神ヲシモ我神ガキト思ウレシサ

稽古も名誉も無双也き。然ニ家隆詠哥六万首ありける事ヲウラヤミテ、己達ノ後哥ヲ多よみけり。月次ニ千首ヲヨトヨメル。ゲニサゾ思ケントヲボユ。公宴ヲゆるされ、新後撰ノ時、新古今ノ秀能が例にて、十七首入られ、ム事ヲシケリ。其比よりの哥優美ならず。オソロシキ事マジレリ。かやうの事尤斟酌スベキ由、今ノ宗匠語被申き。東入道行氏も、毎月ノ百首とてよめる哥共ハ、更ニ勅撰にえらび入ぬべき物もみえずと被申き。（同右）

9 10ともに、住吉社神主の津守国冬（一二七〇年生、一三二〇年没、第五〇代）・同国助（一二四二年生、一二九九年没、第四九代）の伝を記したものである。9の和泉守通経（生没年未詳）は従五位上和泉守という記録が残され、金葉集初出の人物である。また、道経は『長明無名抄』所引の、藤原基俊と藤原俊成との和歌の師弟の橋渡しの役目で有名であるが、新古今集・神祇歌には次の歌がある。

一品聡子内親王すみよしにまうでて、人人歌よみ侍りけるによめる

すみよしの浜松が枝に風ふけば浪のしらゆふかけぬまぞなき　（1913）

これにより、道経は住吉社にゆかりのある人物であり、また、津守家とも血縁上の繋がりがあったかと思われる。10は「今主神」と号した国助の伝である。新古今時代の秀能（法名如願）の先例により、歌の家でない歌人が為世独撰の新後撰集に一七首入首した。しかし、家隆を羨んで「月次二千首」を詠んだが、その詠は「其比よりの哥優美ならず。オソロシキ事マジレリ」とされたことが、今宗匠（ここでは二条為定）の伝として記される。加えて、同じく新後撰集に七首入集した東入道平行氏の所行にも、「更ニ勅撰にえらび入ぬべき物もみえず」とされるが、ここにも二条家の記述姿勢というより、やはり御家を超えた歌道上意味深いこととして捉えられる。

さらに津守家の伝には次の一例が見られる。

11勅撰ニハ異名共アリ。後拾遺ヲバ小鯵集ト名付。津守国基哥、小鯵ヲバコヒテ撰者ノ心ニ叶テ、哥多入タル由ノ異名歟。金葉ヲバ臂突主トイヘリ。ゐせしうと云心にや。新勅撰ヲバ宇治河集トいひけり。武士ノ多入たる故也。続拾遺ヲバ鵜舟集と云。かゝりの多入たる故也。新後撰ヲ謗家ハ津守集といひけり。住吉神官ノ多入たる故歟。今世ハ勅撰ソシル者ハアレドモ、名ヅクル程ノチカラアル人もなきにや。（第六八節）

国基（一〇二三年生、一一〇二年没）は第四〇代の住吉社神主である。「小鰺ヲバコヒテ撰者ノ心ニ叶テ、哥多入タル」の噂が事実かどうか確認できないが、後拾遺集の三首入集により、白河院との接近を勝ちとり、神社再興の夢が叶ったことを推定させる。また、新後撰集に津守家の歌人が多数入集したことにより、「津守集」の異名が付いたという。(8) さらに近来の歌人の実力の低迷を嘆き、「勅撰ソシル者ハアレドモ、名ヅクル程ノチカラアル人もなきにや」とするところには、御家争いの歌界の状況を批判的に記し、ここにも歌道家としての自覚を認めることができる。

このほかの家伝としては、小倉公雄の伝が五例、六条内府源有房の伝が四例見られる。

小倉公雄（一二四四年頃生）は一三二五年頃没とされるが、山階左大臣実雄の男として、元亨元〈一三二一〉年の「外宮北御門歌合」では判者を勤め、続古今集二首を初めとして一一〇首入集の勅撰歌人であった。六条知家孫の隆博が、亀山院御時の百韻連歌の折に、勅命により為氏の下句に上句を付けたことに、「さすが也」という御沙汰があったこと（第四五節）や、同院の五首歌合で、真観（光俊）と番えられたこと（第五四節）などである。とくに後者には小倉公雄の詠の「勝」という参列者の意向に反し真観が異を唱えたことに、真観を「傍若無人」としている。

源有房（一二五一年生、一三一九年没）は右近衛少将六条通有の男として、和漢の才に恵まれ、能書家であり、新後撰集三首を初めとして二六首入集の勅撰歌人であった。亀山院御時の「三代集作者を賦物にて御連哥ある」折に、源當純の書写に際し、為世と為兼の意見が食い違った時、為世が定家卿貞応本を見て確かめると、為世の意見の正しさが証明され、結果「為兼卿閇口事躰、ゆゝしかりし」こと（第五三節）や、嵯峨中院亭での千句連歌の折に、為家が発句を付けて、「今世発句いかにかやうになからん」と評されたこと（第七八節）などである。とくに前者には文書の相伝争いを行った為世と為兼のことが、ここでは為世の方に分があることとして補われている。

○天理本に見られる秀歌伝

天理本巻六（雑談篇）の内容は多様な伝承内容を見せている。これまでに見てきた二条家・冷泉家・津守家などの家伝以外にも、多くの歌人逸伝を記している。ここでは歌人の秀歌をめぐっての伝を見てみる。

歌人の伝としては、家隆（六例）をはじめとして、家隆女の小宰相・隆信男の信実・信実女（三例）・今出河近衛局・文覚上人（二例）・家良・西行（三例）などがある。さらに能誉・兼氏・隆教（二例）・実教・経任・経継などがある。

家隆については、「寂蓮が聟」として、寂蓮に連れだって大夫入道（俊成）の和歌の門弟となったこと（第一四節）、新勅撰集の春の歌を撰者定家が捜していたとき、家隆詠を入集させたこと（第一六節）、出家を取りやめた為家が詠んだ春十首を、定家が家隆に見せるように指示したこと（第三三節）など、定家と家隆の交流が記されている。

また、次の二例を見てみる。

12故宗匠云。民部卿入道ハ信実卿をバ無双哥よみにおもはれたりき。続後撰時巻頭にいれんとて、「立春哥十首計書てたまはらん」といひつかハされたれバ、「之ハなにの御要にか候らん」とて書ても出さず。卑下ノ心も幽玄なりき。百首をよみて民部卿入道ニ点をこひたる哥中ニ、「『をはつせ山のたに〳〵に』と云哥、山法師のやうにや候らん」と詞を付て遣たれバ、其日夜に入て中院へ尋来れり。対面して「たゞ今なに事に御渡そ」と被尋ければ、「『谷〳〵』、山法師のやうなると承候事が、おもしろくぞ参て候」云々。数寄ノ程ヤサシカリキ。

（第二二節）

12の信実（一一七七年生、一二六五年没）は右京権大夫藤原隆信の男であり、寛元元〈一二四三〉年に「河合社歌合」を主催し、また、「春日若宮社歌合」に出詠していて、新勅撰集一〇首を初めとして一三二首入集の勅撰歌人である。為家（民部卿入道）が続後撰集の巻頭に入れようと、立春歌の提出を依頼したが、謙虚に断ったことを「卑下ノ心も幽玄」とした。さらに、自詠歌の点を為家に請うたところ、その評を受けると、すぐに嵯峨中院を訪れて感謝の言葉を述べたことを、「数寄ノ程ヤサシカリキ」とした。これらが為世伝として記されるが、信実の父隆信と為家の父定家は同母兄弟であることから、二代にわたって、よき交流が保たれたのである。

13後宇多院、亀山殿千首時、渡霞ニ、経継卿、

津の国の難波わたりの朝ぼらけあはれかすミのたち所哉

と詠ぜられたるよし、戸部于時侍従中納言語被仰し程に、「かやうなるあハれ、近比人不詠。誠ニ達者の志事とみえて候」由を申侍しを、経継卿、「参会ノ時、『頓阿かやうニ申』と語けるニや。吉田僧正、参合の時、『あハれ霞の立所かな』と被称美由、侍従中納言被語」とて、中御門、如此被自愛よし被語き。知房ハ伊家弁ニ「御哥優なり」といはれて、「道ニたづさハるハ、かやうの事か。あぢきなき」とて、道をすてたる事も侍ぞかし。員外ノ後学ノ一言を自愛せられける。誠の数寄人と覚ておもしろく侍りき。（第八三節）

13の経継（一二五八年生、没年未詳）は中納言吉田経俊の男であり、中御門家の祖である。弘安七〈一二八四〉年頃、二条為氏に入門し、「亀山院七百首」「亀山殿百韻連歌」「石清水社歌合」に出詠し、また、白河山荘で探題歌会を催した。新後撰集三首を初めとして、四二首入集の勅撰歌人である。その経継の一首を為籐（戸部）が頓阿の称賛の言として、「誠ニ達者の志事」と評したことを、吉田僧正（吉田は中御門家の旧姓であるが、ここでは誰を指すか不明）からの伝として記される。為籐も頓阿も、経継からすると「員外ノ後学」であるが、その言を自愛したことを「誠の数寄人と覚ておもしろ」しとしたのである。

さらに、西行への強い思慕を記す例が至るところで確認できる（第九・第一〇・第三四・第六三の各節）(9)が、高雄山での文学（覚）上人とのやりとり（第六二節）は有名である。この伝が先述の第六一節の「仏法練行ノ心通和哥」の説の直後に記されることは、文覚上人と西行をともに仏法者の数寄として位置づけていることの表れである。

これ以外で注目されるのは、中世女流歌人について記すところで、斉藤基任伝として父家隆を「心えにくき」歌は

ないと小宰相が評すること（第一五節）、信実女の三人のうち藻壁門院少将を「ことに秀逸」の歌人とし（第二四節）、出家後に人にまみえることを嫌った謙虚さに対し「やさしく優にこそ侍れ」としたこと（第二五節）、鷹司伊平女の今出河院近衛局が「一生不犯の禅尼」として「哥ことにめづらしく優美によまれし人」とされたこと（第三〇節）などである。

○天理本に見られる寺社伝

次に寺社をめぐっての伝を見てみる。寺社としては、先述の住吉社以外では、日吉社（四例）をはじめとして、北野社・法輪寺・真宗寺（二例）・仁和寺・勧修寺などがある。

日吉社の禰宜を務めた祝部氏について、「祝部者共云々、殊被譲与門弟也」（第八九節）とされる。また、成茂（一一八〇年生、一二五四年没）には、「誠に異他なる門弟也」（第二三節）、行氏には、同門の忠成により「たゞ哥ハあを雲にむかひて案ぜよ」と伝授されたこと（第二二節）が記され、二条家門弟であったことがうかがえる。[10]

日吉社以外で注目されるのは仁和寺である。六条顕季が仁和寺門跡の最勝院・真乗院を造営したこと（『仁和寺諸堂記』）など、六条家との関わりが先学により指摘されているが、[11]二条家との関わりについては、俊成と兄弟の仁助・寛豪・禅寿・寛叡らが仁和寺の僧となっている（『御子左系図』）。井蛙抄に仁和寺門跡の香隆寺に関わる記事が次のように記される。

14能誉ハ故宗匠ノ被執シ哥読也。故香隆寺ノ僧正ノ愛弟ノ児也。

侘人ノ心ニナラヘ時鳥ウキニゾヤスク子ハナカレケル

トヨメル哥、新後撰ニ隠名ニテ入タリ。後二条院、新後撰哥ヲ御手ヅカラ屏風ノ色紙ニアソバサレタルニモ、此哥ヲ被入タルトゾ承シ。故宗匠、コレガ哥トテオボエテ人ニ被語キ。

あふさかやつゐニとまらぬ月影を関の戸あけて西にみる哉
里ノ犬ノ声する方をしるべにてとがむる人にやどやからまし
などいへる哥也。是ハサシテ庶幾せらるべき躰共おぼえ侍らぬニ、いかなる事にかとおぼつかなし。
（第七五節）

14の能誉（生没年未詳）については、伝不詳だが、「故香隆寺ノ僧正[12]」の愛弟の児とされる。その詠歌が後二条院の賞賛を得て、「手ヅカラ屏風ノ色紙」に書されたという。とはいえ、為世（故宗匠）には合点がいかなかったようで、さらに二首引きながら「サシテ庶幾せらるべき躰共おぼえ侍らぬ」ことを強調する。さらに続けて次の文がくる。

⒁東山双輪寺ニ住し比、尋来りて、「年月承及ながら、未不得参会之次、近程ニ筑紫へ可罷下。又上洛ノ命もしらぬ程ニ、うゐ〳〵しながら、尋来る」など申き。此道ノ事モ、如法卑下しかへりたり。さして稽古仕たる事もなし。詠哥も生得に、其骨なき由を存侍るを、宗匠、「あしからぬ由を被仰事、我ながら心え侍らず。此世ひとつならぬ宿執にて侍やらんなどまでおぼゆる」と申き。しばし雑談して侍しが、物などいたくよミたる物とハ不覚。世ニヤサシキ数寄者ト覚侍りき。
（同右）

頓阿が東山双輪寺（双林寺か）に住んだ頃、能誉が訪問してきて、九州筑紫下向のことを申し述べ、暇乞いに来たという。さらに雑談をしたが、「物などいたくよミたる物とハ不覚」とされ、最後に、「世ニヤサシキ数寄者」として、その卑下ぶりに感動したのであろうか。

これ以外で注目されるのは、北野社に参籠の時に為家・為氏父子が連歌をしたこと（第四六節）、六条家末裔の隆教が「わかくてハ非器」として、住吉社・玉津島社という和歌ゆかりの神社を参詣したこと（第七七節）、信実が好士を大勢誘って、山城深草の真宗院を訪れ連歌をした折、為家が発句をし（第七九節）、また、今度は為氏が誘われて同院に行くと、花下連歌師の無生が発句をしたこと（第八〇節）などである。

4　天理本の成立下限

夙に紹介された資料であるが、『冷泉家時雨亭叢書』に、冷泉為秀門下の今川了俊（一三二六年生、一四二〇年没）著の『了俊歌学書』（応永一七〈一四一〇〉年八月二一日付）[13]があり、その中に「為世四天王」のことが記されている。

①和哥道ハ三代集以後、九条六条二条とてをの／＼家久くおハせしかども、其跡をのづから絶て、風躰を残たる家々絶侍き。只俊成卿・定家卿の一流バかりに成たり。それさへ為世卿・為相卿・為兼卿など〻、一門より三門にわかれて、其門弟のをしへ心／＼に成侍しを、今ハたゞ為相卿の一門ばかりに盛にて侍れバ、天下にあらそふべき人なきにだに、為尹卿の家を如無に申人も侍とかや。（4ウ～5オ）

②為世卿の門弟等の中にハ、四天王とか云て、かれらが哥ざまを、薬師寺・中條・千穐・秋山など〻云し人々、如小師に信ぜしかども、故為秀卿の弟子に成にき。其四天王ハ浄弁・頓阿・能与・兼好等也。浄弁ハうせにしかバ、其子慶運・其子基運・頓阿これら皆為秀卿の弟子に成てはてにき。兼好・能与ハ早世して跡なく成しかども、存命の時ハ、兼好法師ハ為秀卿の家をぞことの外に信じて、後撰集・拾遺集をも為秀卿の家本申出てうつしなどせし事、我等見及しぞかし。かれらが申しハ、古今の説の事ハ皆、為氏卿・為世卿二代の時、為相卿と問答に、一天下の隠なく成て侍しかバ、今更二条家を不可改、さりながら今此門弟に参て、直に説をうけ給に、かの説ハあさまに成て侍とぞ。此法師等ハ申侍し。（7オ～7ウ）

①では、歌道家の流派形成につき、俊成・定家の一流が形成され、為家を経て為世・為相・為兼の三流派となったこと、その後為相門のみとなり、争うほどの家は消滅したこと、さらには為秀男の為尹に至っては「家を如無に申人も侍」るという噂まで記している。また、②では、為世四天王の四人が示され、その中に頓阿が入っていること、世

代も交代してみな為秀門下に成ったことが記される。為秀門下の了俊の書であることを加味して捉える必要があるが、その中でもとりわけ注目されるのが、②の後半に記された事柄である。兼好・能与（能誉か）らが為秀門を仰いで、後撰集・拾遺集の為秀所収伝本を書写したこと、さらに古今の説につき、為氏・為世の二条家の教えを改めなかったが、その後為秀の冷泉家の教えを直に受けて、結果二条家の教えを「あさま」としたことが記されている。「此法師」には頓阿も含まれると考えられる。すなわちここには、当初二条家門下であった頓阿（一二八九年生、一三七二年）は、晩年には冷泉家門下となったことを示している。

さて、これまで天理本の内容を考察してきたが、随所にその記述姿勢について歌道上の意義を力説してきた。それは二条家正統の秘伝ということにとどまらず、当時の歌道の真実を追究するという、真摯な姿勢があったことである。ここで頓阿以降の伝本の行方を考える必要がある。

頓阿の跡を受けて、その子経賢（生没年未詳）は父と協力して、貞治三〈一三六四〉年に新拾遺集の撰進を行った。経賢は同六年の「新玉津島社歌合」に出詠し、応安五〈一三七二〉年の頓阿没後、その手で造営された蔡花園を伝領している。最終僧位として法印権大僧都になっている。父を追悼する「頓阿五旬願文」（応安五年四月付）を詠むくらいにその思慕の念が強かった。その後、堯尋（生没年未詳）—堯孝（一三九一年生、一四五五年没）と蔡花園は継承され、「頓阿とその子孫たちの歌学精神の具象化された姿そのものだった(14)」とされる。

そのことと『井蛙抄』諸本の伝授は合致していない。それは第一種本〜第三種本という三系統が存在するからである。とりわけ第三種本の初期段階的な傾向を第二種本がもっていることが注目される。本稿で考察したように、第三種本は多様な秘伝を記しているのである。それでは第三種本にしかない、冷泉家の伝の記事の存在はなにを意味しているのであろうか。そこには頓阿が後年二条家から冷泉家への傾倒が見られることと関係していると思われる。当初二条家の権威付けとして成立したはずの井蛙抄であったのが、二条為定や洞院公賢が亡くなると（為定が延文五〈一三六〇〉年三月一四日、公賢が同年四月六日）、二条家の圧力が弱まり、さらに為定を受けた為明が没する頃（貞治三〈一三六四〉年一〇月二七日）になると、冷泉家（為秀）が歌壇を支配し始め、そのために本来二条家正統の書であったものに、冷泉家の伝をも記したということではなかろうか。[15] したがって、『井蛙抄』（天理本）の成立下限は延文五年であり、それ以降の数年間に書き継がれて成立したと指摘した、先学の井上宗雄氏の説[16]が首肯され、これ以上の推測には及ばない。

注

（1）系統図作成の具体的な検証を別に行っているので、拙編著『井蛙抄雑談篇　本文と校異』（和泉書院、一九九六年四月発行）を参照。

（2）歌学大系本の奥書は文字配りや平仮名表記・不明文字に至るまで、天理本とほぼ同文である。その異同を示すと、「難見合（大）→難見分（天）」、「しをり少々（大）→志はかりニ（天）」、「可致入筆者也（大）→可被入筆者也（天）」、「宗分（大）→宋心（天）」の三カ所となるが、これは大系本の翻刻時の誤りと考えられ、結果、歌学大系本は天理本と同一か、又はそれほど転写の回数が経過していない段階の転写本（あるいは天理本の祖本）の可能性が高い。一方、続類従本は流布本版本により校訂された本文であり、天理本の奥書と違っている。私には第三種本の天理本を「祖本」に近い本と考えるから、続類従本は天理本その他から派生した伝本となる。巻六の前半終と同後半終に、三種の奥書が記される。順に示す。

（前半終）①右頓阿之抄二条家之内足也。努々不可外見。卒爾書写。鳥跡可恥云々。明応甲寅暮秋上旬

（後半終）②右此書者頓阿法師対為世卿所被聞書也。号井蛙抄。六軸合為一冊。於二条家尤為秘蔵者也。明応三年正月十一日／③此一部当家雖為秘説。依懇望令授兼載法橋畢。努々不可有他見者也。

これは井蛙抄が二条家秘伝の書であることを強調したものである。①は歌学大系本の同所にもあり、また、②には六軸の巻子本を一冊の冊子本にしたことが記される。さらに、③には兼載（猪苗代氏。一四五二年生、一五一〇年没）の懇望により伝授したとされる。①②の奥書はともに明応三〈一四九四〉年（甲寅）の暮秋と正月の書写である。

（3）井上宗雄『中世歌壇史の研究　南北朝期』（明治書院、一九八七年五月改訂新版）参照。

（4）六条家衰退については、「源承和歌口伝」の成立に触れた福田秀一『中世和歌史の研究』（角川書店、一九七二年三月発行）、「古今著聞集」の成立に触れた三輪正胤『歌学秘伝の研究』（風間書房、一九九四年三月発行）を参照。

（5）谷山俊英「西行と文覚―歌僧頓阿の眼に映った両者の邂逅―」（『国文学解釈と鑑賞』第65巻3号、二〇〇〇年三月発行）には、和歌観と真言密教の教理とが通底することを説く。

（6）風雅集披講時の儀礼に付き、洞院公賢著『園太暦』には、事前の二条為定（天理本第八二節に「今宗匠」、一二九三年生、一三六〇年没）との談議内容につき、次のように記す。

抑戸部［為定］卿昨日対面仕候き。此事示談候き。且被仰下候旨語候き。（中略）兼又建保四年水無瀬殿御百首記、無何昨日写取候き。入見参候。是ハ只読上候けり。相似宝治之儀候歟。是も不及悉、少々と見候。凡如何にも勅撰之時、御首ハ可有披講にて候やらんと覚候。戸部参仕事ハ無相違候。但毎度御製兼拝見候。今度定不可有此儀候歟。講師又如何云々。為秀にてぞ候ハんずらん。彼朝臣極微音未練、所労之後、目ハ勿論、耳さへ不聞候。披講如何なるべしとも不覚候。如之（マヽ）参上候。何とも秘計候て、兼ちと申出候て拝見し候へ。以次も可拝見候。ありもあらぬ事など披講出候てハ、珍事候などこそ申候しか。　（「後書案等候べく候」貞和二〈一三四六〉年閏九月七日付、『園太暦』所収）

このうち、講師として勅上のあった冷泉為秀につき、「彼朝臣極微音未練、所労之後、目ハ勿論、耳さへ不聞候」から、従来の説は為秀の不見不聞とした（井上宗雄説）がどうであろうか。書簡体で宛名は不明であるが、公賢と二条為定との談議であるから、当時の冷泉家への批判的な言動から考えると、この為秀評には事実を誇張した意図がうかがえないであろうか。

（7）為家の歌学書に冷泉為相の庭訓として『詠歌一体』があるが、「題をよくよく心得べき事」「歌の姿の事」「文字の余る事」などの八箇条を示すのみである。なお、錦仁・小林一彦編著『冷泉為秀筆　詠歌一体』（和泉書院、二〇〇一年一〇月発行）参照。

（8）新後撰集の入集歌数を調査すると、藤原定家三三首、為家・為氏二八首、実兼二七首、後嵯峨院・亀山院二五首のほか、経国（三首）―国平（三首）―国助（一七首）・棟国（一首）―国冬（四首）・国道（一首）の津守家四代の和歌が多く入集。

（9）頓阿の西行への思慕としては、西行が居住した双林寺に庵室を結び、二〇代後半から四三歳頃まで住んだこと、晩年造営した蔡花園の設えを西行の嗜好に思いを寄せたことなどがある。なお、稲田利徳「蔡花園の風流―頓阿とその子孫の居宅をめぐって─」（『岡山大学教育学部研究集録』第七十九号、一九八八年一一月発行）を参照。

（10）祝部氏の勅撰集入集状況を調査すると、成遠の家系の成仲は詞花集初出（一首）で千載集七首、新古今集五首などの三一首入集。允仲は新古今集初出（一首）で四首入集。成茂は新古今集初出（一首）で新勅撰集五首、続後撰集八首などの四四首入集。成賢は続後撰集初出（一首）で一五首入集。成良は続拾遺集初出（一首）で六首入集。成久は新後撰集初出（三首）で一七首入集。成国は風雅集初出（三首）で一五首入集。成光は新千載集初出（一首）で一一首入集など。希遠の家系の行氏は続拾遺集初出（三首）で新後撰集一首、続千載集三首などの一二首入集。行親は続千載集初出（一首）で八首入集などである。なお、佐藤恒雄「為家から為相への典籍・文書の付属と御子左家の日吉社信仰について」（『中世文学研究』第十八号、一九九二年八月発行）を参照。

（11）六条家歌学につき、西村加代子著『平安後期歌学の研究』（和泉書院、一九九七年九月発行）、中川博夫著『藤原顕氏全歌注釈と研究』（笠間書院、一九九九年六月発行）、川上新一郎著『六条藤家歌学の研究』（汲古書院、一九九九年八月発行）を参照。

（12）香隆寺は仁和寺門跡であり、「寛空僧正之跡也、今無其跡」とされる（『仁和寺諸堂記』）。この頃の僧正には、弘安二〈一二七九〉年正月一四日任権僧正の宣助法印、前中納言藤原頼資卿息で仏名院と号した僧正頼誉、弘安四年一〇月二八日任権僧正（三三歳）の前大僧正守誉などがいる（『仁和寺諸院家記』）が、「愛弟ノ児」については不明。

（13）『了俊歌学書』は従来は東山御文庫本で紹介されていたが、その親本である冷泉家本の紹介により新たに明らかになったことが多くある。冷泉家時雨亭叢書の解題（島津忠夫著、『中世歌学集書目集』朝日新聞社、一九九五年四月発行）には、冷泉家本の『了俊歌学書』が第七代当主為和の花押があるが、井上宗雄氏の推定を受けて、書写年代（明応六〈一四九七〉年）の時の為和の年齢（一二歳）から見て、その一代前の為広（一四五〇年生、一五二六年没）の指示したものではないかと定めている。

（14）注（9）稲田氏の前掲書参照。「頓阿五旬願文」の史料も稲田氏による。

（15）井上宗雄「南北朝歌壇の推移と冷泉為秀」（『和歌文学研究』第七号、一九五九年七月発行）参照。

（16）注（3）井上氏の前掲書参照。

二　頓阿の精神的基底―草庵集・続草庵集覚え書き―

はじめに

頓阿（一二八九年生、一三七二年没）には、合計二一〇〇首を超える、私家集が存在する。それは晩年に住まいした東山双林寺の寓居にちなみ、『草庵集』『続草庵集』と名付けられた。その詞書・和歌を分析すると、歌人頓阿の精神的基底としての文化史的環境を伺い知れる。そのことを私なりの方法により考察してみたい。

1　家集の成立と構成

『草庵集』は延文四〈一三五九〉年に成立している。四季（六巻）、恋（二巻）、雑（一巻）、羇旅・哀傷・釈教・神祇・賀（一巻）の一〇巻からなる。応長百首から延文三年頃の百首歌などの作品が入集している。

一方、『続草庵集』は貞治五〈一三六六〉年頃に成立している。四季・恋・雑・雑体・連歌各一巻の五巻からなる。延文五年から貞治五年頃の定数歌などの作品が入集している。

この二つの家集の成立時期は、天理本『井蛙抄』、とりわけ雑談篇（巻六）の成立時期と重ねて考えることができる。そこでこの時期の頓阿の精神的基底を考察するために、いくつかの傍証を捉えてみたいと思う。

2　歌壇的傾向

そこで二つの家集の詞書に注目し、まず歌合歌会の歌及び百首・千首の歌を家集の提出順に次に示す。引用は私家集大成によるが、私に表記（濁点・オドリ字等）を改めた。

【歌合歌会の歌】

和歌所　源大納言家詩歌合　基任家歌合　民部卿家老若歌合　宰相典侍歌合　弾正尹親王家五首歌合　弾正尹親王家五十首歌合　妙法院三品法親王家八月十五夜十五首歌合　妙法院宮月十五首歌合　梶井宮歌合　住吉百番歌合　金蓮寺十首歌合　金蓮寺歌合　住吉社歌合　寂蓮法師歌合　後花山院内大臣家歌合　贈左大臣家月次歌合

梶井宮二品親王家歌合

【百首・千首の歌】

建武二年内裏千首　御子左大納言家四季百首　民部卿家百首　建武三年内裏千首　清閑寺花百首　四季百首　応長百首　民部卿家旬十題百首　二条大納言家一日百首　民部卿家一日百首　民部卿家千首　民部卿家一日千首

贈左大臣家千首　贈左大臣家北野法楽千首　元亨二年二条大納言家一日千首　西林寺二品親王家千首　関白殿続百首　古集五言一句題百首　古集五言題百首　九月十三夜関白殿月百首　民部卿家百千首

このうち、【歌合歌会の歌】の源大納言とは親房（正二位大納言）、民部卿とは御子左為定（正二位権大納言）、宰相典侍とは後宇多院宰相典侍、弾正尹親王とは邦省親王（後二条天皇皇子）、妙法院三品法親王とは宗良親王（後醍醐天皇皇子、母は為世女の為子）、梶井宮とは尊胤（後伏見天皇皇子）、寂蓮法師は俊成猶子（実父は俊成弟の僧阿闍梨俊海）、後花山院内大臣とは師信（内大臣花山院師継の男）、贈左大臣とは尊円（伏見天皇皇子）などである。また、【百首・千首の歌】の御子左大納言とは為定（民部卿と同じ）、二条大納言とは為世（正二位権大納言民部卿）、関白殿とは経教（九条道教の男、母は内大臣藤原季衡の女）などである。

これ以外にも、次のような小さな歌会が催され、そこでの頓阿の歌が披露されている。

【親王家での歌会】

聖護院二品法親王家（五十首歌）　梶井宮二品法親王家　弾正尹親王家（五十首歌）　閑伽井宮（三首歌）　青蓮院入道二品親王家（五十首歌）

【将軍家及び大臣家等の歌会】

将軍家　二条入道大納言家　等持院贈左大臣家　日野大納言家　御子左入道大納言家　民部少輔氏経家　後光明照院前関白家　刑部少輔広房家　民部卿家　後岡屋前関白家　入道前太政大臣家　侍従中納言　源大納言家　近衛前関白殿　花山院大納言家　藤大納言　源宗氏家　冷泉大納言家　兵庫頭調長秀家　右京権大夫光吉朝臣山庄蓮智（宇都宮遠江入道）　源光政　大宰権帥（俊実）家　大膳大夫頼康家

このうち、【親王家での歌会】の聖護院二品法親王とは覚助法親王（後嵯峨天皇皇子）、青蓮院入道二品親王とは尊円（贈左大臣に同じ）などである。また、【将軍家及び大臣家等の歌会】の将軍とは足利義詮（尊氏の男、室町幕府第二代将軍、二条為明に新拾遺集撰進の下命）、日野大納言とは柳原資明（権大納言日野俊光の男、正二位権大納言）、後光明照院前関白とは二条道平（兼基の男、子に良基、従一位関白）、民部卿とはここでは二条為藤（為世の男、正二位権中納言）、後岡屋前関白とは近衛基嗣（左大臣近衛経平の男、従一位関白）、入道前太政大臣とは洞院公賢（洞院実泰の男、従一位太政大臣）、侍従中納言とは二条為明（為藤の男、正二位権中納言民部卿）、近衛前関白殿とは基嗣（後岡屋前関白と同じ）、花山院大納言とは花山院師賢（内大臣花山院師信の男、従一位内大臣）、藤大納言とは二条為世（二条大納言と同じ）、冷泉大納言とは洞院公泰（洞院実泰の男、従三位右大臣）などである。

3　地理的傾向

家集の入集歌が京周辺に限られているなか、羇旅歌（巻第一〇）には頓阿の地理的遍歴の一面を伺わせてくれる。次にそのことがわかるいくつかの歌を引用する。

・　関路旅を
1263 あふ坂の関こゆるよりやがてはやみやこの山ぞみえずなりゆく
・　金蓮寺にて名所歌よみ侍しに、富士山
1267 たごの浦はまたはるかなる東路にけふより富士のたかねをぞみる
・　修行し侍し時、かつらぎの山をくゆるとて
1275 かつらぎの山ぢをこえてけふみれば都ぞよその雲井なりけり
・　善光寺にまうで侍し時、九月十三夜おばすての月をみて
1276 今夜しもおばすて山をながむればたぐひなきまですめる月哉
・　九月晦日、武蔵野をすぐとて
1280 むさし野は猶ゆくすゑのとをければ秋はけふこそかぎりなりけれ
・　高野にのぼり侍し時
1284 名もしらぬみ山の鳥の声はしてあふ人もなしまきの下道
・　三条中納言（実任）藤原基任など、河じりのゆあみ侍時、前藤大納言人々さそひて、難波の月見にくだりて、

暁のぼられ侍し時
1299 波の上に月をのこして難波江のあし分を舟こぎやわかれん

ここには逢坂の関、富士山、姨捨山、善光寺、葛城山、武蔵野、高野山、難波江などの寺院又は和歌名所が見られる。これ以外でも、『続草庵集』の連歌（巻第五）には、「東山にすみ侍し比、花山院右大臣家花のころおはしまして、庭のすみれをつみて」（一八組）、「伊勢のかたへ修行し侍し時、同行の僧」（二組）などがある。

東国行脚を励行する修行僧頓阿には、絶えず和歌との深いつながりがあったことを伺わせる。後代に残される百首歌などの頓阿の詠歌からのみでは伺い知れない、旅の中での和歌の修練の姿が垣間見られるのである。

4　寺社的傾向

頓阿は比叡山天台宗の僧であるが、後年の修行に際して、諸寺を行脚している。それは前掲の歌合歌会の歌や百首千首の歌に見られたところである。このうち、清閑寺とは現在の京都市東山区にある、真言宗智山派の寺院（一条天皇の勅願寺、当寺住僧の真燕僧都の逸話がある）、住吉社とは現在の大阪市住吉区にある、旧官幣大社（神功皇后時鎮祭、歴代天皇の行幸・御幸・奉幣が多い）、金蓮寺とは現在は京都市北区にあるが、もとは四条京極にあった、時宗四条派の本山（浄阿の開山、後伏見天皇の勅願寺・花園天皇の勅額がある、連歌師の心敬が住んだ）である。

また、次のような詞書により、寺社の名前を見いだすことができる。

法印浄弁月次　左衛門佐入道（和義）法輪　北野社　浄光明院　法性寺花下　賀茂社　三宝院僧正清閑寺坊
双林寺　東山院　法印定宗坊

このうち、法印の浄弁・定宗らが修行した寺院（定宗は円宗寺の法印）、法輪寺（現在の京都市右京区、真言宗五智教団の寺）、北野社（京都市上京区）、法性寺（京都市東山区、西山禅林寺派、九条兼実が当寺で出家し月輪殿・後法性寺殿と号）、賀茂社（京都市上京区、賀茂別雷・賀茂御祖の両社の総称）、三宝院（京都市伏見区醍醐寺の子院、真言宗醍醐派の総本山、修験道当山派の本山）、双林寺（京都市東山区、天台宗の寺）などである。

5　頓阿の歌風—独吟百首歌を中心に

このほか注目される百首歌として、「独吟百首」がある。これは『草庵集』に限定して入集されており、内容から見ると、『草庵集』の編集方針のなかで活用されていることが伺われる。そのことを明らかにしてみる。

まず、全歌二三首を一覧に示す。

25 かげろふのをのの雪まをふみ分てあるかなきかのわかなをぞつむ
68 久かたの月のかつらの空かけて夜わたる月に春風ぞふく
84 影うつす岩垣ふちの玉柳ふかく成ゆく春のいろかな
94 こしの海のかすむ波まに帰るなり水に数かくかりの一むら
213 おもひしる人もなき世にさくら花なにとあだなる色をみすらん
235 わがために手をりてくべき人もなしいさみにゆかんたごのうら藤
263 なにとただかけてこふらんそのかみに又もあふひのかさしならぬを
298 あし引の山ほととぎす山にても猶うき時とねをや鳴らん
323 名のみして山は朝日の影もみず八十宇治川の五月雨の比
355 明やすき名残をかねて思ふには出るもおしき夏の夜の月

417 をとたてはや吹きにけりかげろふのをのの秋つの秋の初かぜ
440 草も木も露けき秋のならひとや心なきみの袖のぬるらん
443 ことはりと思ながらもさびしきは深山の庵の秋のゆふ暮
511 かぎりなき空もしられでふじのねの煙のうへにいづる月影
579 秋の田のかりほの笘をもる露も袖にしぐるる月のかげかな
636 ゆく秋の末野の浅茅霜かれてまだきに冬の立ぞみえけり
682 色をのみそむるとみえし紅葉ばのをとは時雨にいつならひけん
1059 さすがよもわすれじ物をいにしへも人やはいひし世々のかねごと
1079 をのづからあひみし比のならはしも中々つらきひとりねの床
1090 おもひしにせめてもかはるちぎりとやわすらるる身の世にのこるらん
1108 いくたびか我のみ人をまくず原うらみてもはてず又したふらん
1141 いまは世になしともきかばおもひしれこれをかぎりにうらみけりとは
1265 ゆくままにいやとをざかる古郷の山さへいまは雲かくれつつ

全体的な詠歌の印象は著名な歌語を駆使して古風であり、卑近な歌語を引用することもなく、いわゆる名歌名所を読み込む傾向がある。もちろん「独吟」であるから、晩年の頓阿の思念が想起されるなかで、頓阿の和歌の修練の集大成が示されているともいえよう。

このなかから、『草庵集』の編纂意図に注目しながら、一連の歌の配列と構造を考察してみる。

まず、次の一連の歌を見てみる。

民部卿家百首に、雨中柳

79いまよりはみどり色そふ青柳のいとよりかけて春雨ぞふる

御子左大納言家四季百首に、柳

80青柳のはなだのいとを染かけてそほの川原に今やほすらん

前関白家にて、柳

81風ふけばみだれもはてず朝露のむすぶばかりの青柳の糸

二条入道大納言家三首に

82吹みだす風のあとよりやがて又こころとどくる青柳のいと

後岡屋前関白家にて、柳風

83青柳のなびくをみればのどかなる春とて風の吹ぬまもなし

独吟百首に

[84]影うつす岩垣ふちの玉柳ふかく成ゆく春のいろかな

ここには六首一組の青柳の歌が並べられている。細かく見てみると、春雨にぬれて青柳の緑色が増してくると、浅藍色に染まって川原に乾した衣のようだとし、それに朝露が降り添ってきらめいているといい、さらに風に吹かれると青柳の小枝が力強く跳ね返しているとし、立派に生え終わった青柳が風に吹かれて靡くのをやめないといい、独吟歌によって、青柳のすべての意味を吸収して、春の一風景として確立している。このように意味上のなだらかな配列にあって、いわば春の青柳の創出する繊細なイメージを、独吟歌によって完成しているといえる。

また、次の一連の歌を見てみる。

御子左入道大納言家旬十首、卯花

258卯花のさける垣ねはしら雪の所を分てふるかとぞみる

社卯花

259うの花の咲そめしより神かきに八十うぢ人の袖ぞ数そふ

御子左大納言家にて、里卯花

260さらでだに月かとまがふ卯花を露もてみがく玉川のさと

夜卯花

261夏の夜のおぼろ月よも卯花の垣ねにうつる影ぞさやけき

御子左入道大納言家旬十首、牡丹

262さきにけり何そは色のふかみ草さらでも人の花になる世に

独吟百首に

263なにとただかけてこふらんそのかみに又もあふひのかざしならぬを

御子左入道大納言家旬十首、葵

264春秋の名におふみやの宮人もおなじあふひをかざすけふ哉

このうち、最初の四首が卯の花の歌、次に一首の牡丹の歌が挿入され、その後に独吟歌を含めた二首の葵の歌が並べられている。卯の花―牡丹―葵は自然の時の流れに即した配列となっている。(1)細かく見てみると、卯の花の四首を見ると、雪にまがえられたかと思うと、神社の神域を卯の花が覆い尽くしたといい、さらに月とまがえられて露に光を添えるとし、夏の朧月と卯の花の美の競演で締めくくられる。次の牡丹の歌を見ると、短くて派手な色に人の世をかさねている。そして、葵の歌を見ると、若き頃の希望に満ちた日々に思いをめぐらしながら、現在では周囲の宮人が葵の挿頭を飾る現象を詠んでいる。独吟歌によって、自らの思いを挿入したといえよう続いて、次の一連の歌を見てみる。

屋上時雨

679 冬の夜のね屋のうた間は明やらでいくたびとなくふる時雨哉

海辺時雨

680 もしほくむあまのいそやのむら時雨もるともしらぬぬるる袂は

住吉百番歌合に、落葉

681 神無月四方の木葉を吹かぜに山は時雨のはるる日もなし

独吟百首に

682 色をのみそむるとみえし紅葉ばのをとは時雨にいつならひけん

贈左大大臣家にて、落葉

683 木のもとにつもる紅葉をいづくにも猶のこさじと山かぜぞふく

金蓮寺十首歌合に

684 露霜はかかれとてしも山かぜのさそふ木葉をそめずや有けん

ここに示した六首の直前には、一六首の時雨歌が並び、直後には一五首の落葉歌が並んでいる。それではこの六首の歌はどういう意図から、この位置に配列されたのであろうか。それぞれの歌の内容を見ると、最初の二首の屋上と海辺の時雨という自然現象であるのが、第三首目からは、落葉の時雨るる様が詠まれていて、落葉のために山が時雨れて晴れる日がないといい、独吟歌には上の句に紅葉の色を詠み、下の句に紅葉の時雨の音を詠むという、秋の日の優れた情景が形成されている。この二首は、その後の二首による紅葉と山風の取り合わせ[2]という構成に引き継がれることになるが、その存在感は際立っていることに気づかされる。木の葉の織り成す美の世界が極められているのである。

さらに、次の一連の歌を見てみる。

右大臣殿五首に、契恋

1057 かはらじとおもひしまでや行末のこころもしらず契をきけん

弾正尹親王家五首、寄鏡恋

1058 とし月ぞめぐりもあはでうつりゆく市のなかなるかがみならねば

独吟百首に

1059 さすがよもわすれじ物をいにしへも人やはいひし世々のかねごと

寄杣恋

1060 わすらるるみほの杣木のうきふしをおもひしらずや暮やまたまし

恋歌上（巻第七）には初恋歌に始まり暁待恋歌まで、そして、恋歌下（巻第八）には初遇恋歌に始まり恨恋歌までの一連の歌で括られている。そのなかで右の四首には恋人との小さな約束にまどわされるころ、時の経過してゆく恋人との不遇の問答に暮れるころ、独吟歌の人の噂の頼りなさにとまどうころ、そして思いもしなかった心の迷いに暮れているころという、それぞれ待恋の心境を歌に吐露している。ここでも心の移り変わりのなかに自然に挿入された配列を読み取ることができよう。

最後に、次の一連の歌を見てみる。

関路旅を

1263 あふ坂の関こゆるよりやがてはやみやこの山ぞみえずなりゆく

前太政大臣家にて、朝旅行

1264 あふ坂の鳥の音とをくなりにけり朝露わたるあはつののはら

独吟百首に

1265 ゆくままにいやとをざかる古郷の山さへいまは雲かくれつつ

1266 里とはんかたもしられず霧こめてさやにもみえぬさやの中山

金蓮寺にて名所歌よみ侍しに、富士山

1267 たごの浦はまたはるかなる東路にけふより富士のたかねぞをみる

陸奥守頼氏家にて、旅行を

1268 東路ぞおもへばとをきふじの根のふもとにきても日数へにけり

大膳大夫頼氏家にて歌よみ侍し、羈中眺望

1269 みやこにてまつやかたらんおほはらのなかばにみゆる富士のみ雪を

ここには羈旅歌（巻第一〇）の冒頭歌七首を示している。旅といえばまず京から東路への渡行が代表的であるが、その心境を、逢坂の関路を越えて山が見えなくなるころ、その鳥（時鳥）の音が聞こえなっていくころと続く。その後独吟歌二首が来て、古郷の山が雲隠れする頃となると、遠江国の名所「さやの中山」と同「富士山」の山々が見え出す場所に移動すると、京大原の雪景色を思い出すとする。ここには頓阿の名所志向があらわれているといえよう。

おわりに

以上の考察から、頓阿の和歌に懸ける使命感ともいうべき緊張感を伺い知ることができる。和歌史上に残された頓阿の歌論書『井蛙抄』（とりわけ巻六）とともに、私家集『草庵集』『続草庵集』を並べて考察すると、晩年の頓阿には、御家（二条家）に縛られることもなく、比較的自由に歌道を追求した姿があったとするべきである。しかしながら、そのことは経賢—堯尋[3]—堯孝と続く、いわゆる室町前期の二条派に強く影響することはなかったようであり、その意味では、頓阿の一生涯の業績として言及しておくべきであろう。

最後に、家集の中で、気になる歌（群）をいくつか考察して、稿を閉じたいと思う。

『草庵集』の家集には、「応長の比よみ侍し百首に…」という歌が五首見られる。応長百首（応長年間は一三一一年～一三一二年）は玉葉和歌集（京極為兼撰、正和元〈一三一二〉年三月成立）の撰集資料とされたものであるが、この時頓阿は二三～二四歳であり、彼の初学期の和歌として位置づけられる。一一首のうち、数首次に示す。

244 うつりゆく月日もしらぬ山里は花をかぎりに春ぞくれぬる （春歌下、「山家暮春」）
521 夜もすがら露とともにやもる山の下葉をかけて月ぞうつろふ （秋歌上、「山月」）
1106 つもりてもおもひし後はことの葉のなきにつけてぞうらみかねぬる （恋歌下）
1240 とにかくにうき身を猶もなげくこそすでにしたがふ心なりけれ （雑歌）
1286 秋風の夜さむの月をながむともみやこにたれかしら川のせき （羇旅歌）

これらは古歌に準じて詠まれた、無心な歌（「ことの葉のなき——うらみかねぬる」「すでにしたがふ心」）である。これと先の「独吟百首」に見る晩年の作品と比較すると、対照的な初学期の作品として位置づけられる。この間の七〇年ばかりの頓阿の苦悶は、和歌の表現史の中でさまざまに変容したことであろう。

また、二つの家集には、二条為世の同門のライバルとして、卜部兼好との邂逅の歌が見られる。

兼好庵室にまゐりて歌よみ侍しに、暮秋月を
354 時雨する雲のたえまをゆく月のはやくもくるる秋の空哉 （秋歌下）

兼好来て歌詠侍しとき、尋余花
続124 春ののち又ぞとひけるちるとみてあるべきやまにのこる桜を （夏）

これらの歌に、兼好著『徒然草』下巻冒頭（第一三七段、烏丸光広本）の文章を想起しない方はいないであろう。

花は盛りに、月は隈なきをのみ、見るものかは。雨に対ひて月を恋ひ、垂れこめて春の行衛知らぬも、なほ、あはれに情深し。

兼好が旧知の仲（兼好が六歳年上）である頓阿に、書き下ろしの『徒然草』の草稿本を手渡したことは大いに考えられよう。以後、二人の和歌上の親交は兼好が亡くなるまで続いたのである。

注

（1）「卯の花」「葵」は古今集以来詠まれた題材であり、夏の歌題としても『堀河院百首和歌』以降定着している。一方、「牡丹」は意外と詠まれることが少なく、詞花集（春48、崇徳院）や新古今集（哀傷768、藤原重家）、経信集（橘俊綱との贈答歌）から詠まれた題材であり、歌題にはなっていない。

（2）拙論「「木の葉しぐるる」考―表現理論史の中で―」（『活水論文集　日本文学科編』第三十三集、一九九〇年三月発行）では、定家の「しぐるるも音はかはらぬ板間より木のはは月のもるにぞ有りける」（『社学百首』所収）の「木の葉―しぐるる」の表現に着目し、時代の中での定家の感性の特異性について、次のように述べたことがある。「詠者が現在「あり」としているのは、木の葉時雨る板間であり、そこには月光が差し込んでいながら、木の葉で見え隠れしている空ろな時空なのである。同時に「木の葉時雨る」「時雨る板間」「月光漏る」ことの異なる世界での存在感――いつかどこかで見ている、何かで読んだことがある・聞いたことがある――をも開示しているようである」。

（3）経賢は生没年未詳。妙法院法印と称。法印権大僧都。新拾遺集の撰進に際し、頓阿を助けた。頓阿卒後、常光院・蔡花園を伝領した。また、堯尋は生没年未詳。常光院と称。権僧都。斯波義将邸や飛鳥井家での歌会に列席した。子の経賢で一度低迷した二条家（派）を孫の堯尋が再興し、それを堯孝が引き継ぎ、発展させたと考えられる。

Ⅲ　索引

（注）I注釈のうち、「語注」に引用した、人物・事項を音読み順、和歌を訓読み順に、それぞれ示した。なお、漢数字は注釈の節番号である。

○人物・事項索引

シ

○和歌初句索引

後記

本著を作成するまでに丸一〇年の歳月を要した。この時期、わたくしの研究領域は平安末期の歌学から鎌倉〜南北朝期の歌学へと拡張していった。現在の研究課題は二条家及び冷泉家の歌学史であり、個人でいうと、頓阿から堯孝までの歌学史である。

わたくしの学会活動の中心は、関西平安文学会（現在の中古文学会関西例会）と和歌文学会関西例会及び中世文学会である。そこでは島津忠夫先生、片桐洋一先生をはじめとして、多くの先学や同年代の先生方に、多くの学恩を受けてきた。また、今回「六七〜一〇三及び奥書」部分の注釈には、私学研修福祉会による国内研修（大阪大学大学院、伊井春樹教授指導）を活用させていただいたが、伊井先生をはじめ、助手の海野圭介先生には、さまざまな教示を受けた。加えて、今日の頓阿から堯孝の研究には、田中登先生のご指導をあおいでいる。この場を借りてこれらの各氏に厚くお礼申し上げたい。

現代の情報社会は資料検索を容易にしてくれる。人物・語彙の研究動向は、国立国会図書館や国文学研究資料館などのＯＰＡＣを活用すれば調査できる。本著中の諸説の提示を最低限にとどめたのは、そのことを意識したからである。ただ、わたくしも和歌を詠み、ある同人会主宰の門下に列していることから、和歌事績にこだわりをもって記したことを付記したい。Ⅰ注釈の考察やⅡ考察で、頓阿とその時代の歌と歌壇にこだわって記したのも、そのためである。とはいえ、管見の及ばない箇所での見落としがあることは否むべくもないので、お気づきのところはご一報いただきたい。本著が今後の『井蛙抄』研究に何らかの礎を示していれば幸いである。

本著は次の初出論文をもとにして、加筆と表記上の統一を図ってまとめたものである。

Ⅰ注釈

・一～六六　『活水論文集　日本文学科（現代日本文化学科）編』第四一集～第四五集、一九九八（平成一〇）年三月～二〇〇二（平成一四）年三月　活水女子大学紀要　（ただし、原題は「井蛙抄雑談篇全注釈（一）～（五）」）

・六七～一〇三及び奥書　書きおろし

Ⅱ考察

・一　天理本『井蛙抄』の性格　二〇〇三（平成一五）年度中世文学会秋季大会口頭発表レジメ集　（原題は「天理本雑談編の考察―二条家正統の書をめぐって―」）　その後『活水論文集　現代日本文化学科編』第四七集、二〇〇四（平成一六）年三月　活水女子大学紀要　（ただし、原題は「天理本『井蛙抄』巻六（雑談篇）の考察」）

・二　頓阿の精神的基底―草庵集・続草庵集覚え書き―　『活水日文』第四七号、二〇〇五（平成一七）年一二月　活水学院現代日本文化学会

最後に、本著の出版に際し、活水女子大学の研究図書出版助成を受けることができたことに対し、また、その出版をお引き受けいただいた和泉書院の廣橋研三氏に対して、深甚の謝意を表して結びとしたい。

二〇〇五（平成一七）年一二月吉日

著者記す

■著者紹介

野中和孝（のなか　かずたか）

一九五五（昭和三〇）年　福岡県生
一九七九（昭和五四）年　早稲田大学文学部卒業
一九八八（昭和六三）年　関西学院大学大学院文学研究科博士課程単位取得退学

現　職　活水女子大学文学部教授

編　著　『井蛙抄　雑談篇　本文と校異』（和泉書院、一九九六年四月三〇日初版）

論　文　「「めぐみ給へ。あはれび給へ。」考—源俊頼の精神的基底—」（『日本文藝學』第三四号）、「道綱母の財産相続形態」（『活水日文』第三八号）、「「平安女性の財産相続」考証」（『活水日文』第三九号）、「現代社会に巣くう「心の闇」—古典和歌に学ぶ」（『活水日文』第四五号）ほか。

研究叢書　349

井蛙抄　雑談篇　注釈と考察

二〇〇六年三月三〇日初版第一刷発行
（検印省略）

著　者　野中和孝
発行者　廣橋研三
印刷所　亜細亜印刷
製本所　渋谷文泉閣
発行所　有限会社　和泉書院

大阪市天王寺区上汐五－三－八
〒五四三－〇〇〇二
電話　〇六－六七七一－一四六七
振替　〇〇九七〇－八－一五〇四三

ISBN4-7576-0364-9　C3395